其業報之深，超乎應得。

——薇拉・凱瑟，《我們中的一個》

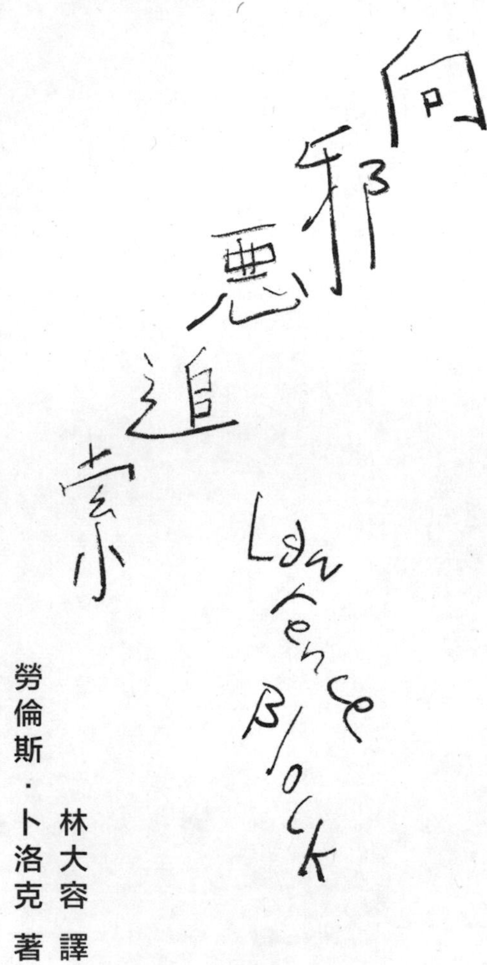

勞倫斯・卜洛克 著
林大容 譯

Even the Wicked

馬修・史卡德系列 13

向邪惡追索 Even the Wicked

作者——勞倫斯・卜洛克 Lawrence Block
譯者——林大容
美術設計—— ONE.10 Society
編輯協力——黃麗玟、劉人鳳
業務——李振東、林佩瑜
行銷企畫——陳彩玉、林詩玟
發行人——凃玉雲

出版——臉譜出版
104台北市中山區民生東路二段141號5樓
電話：(02)2500-7696　傳真：(02)2500-1952
臉譜部落格 facesfaces.pixnet.net/blog

發行——英屬蓋曼群島商家庭傳媒股份有限公司城邦分公司
104台北市中山區民生東路二段141號11樓
客服服務專線：(02)2500-7718；2500-7719
24小時傳真專線：(02)2500-1990；2500-1991
服務時間：週一至週五上午9：30~12：00；下午13：30~17：00
劃撥帳號：19863813
戶名：書虫股份有限公司
讀者服務信箱：service@readingclub.com.tw

香港發行所——城邦(香港)出版集團有限公司
香港灣仔駱克道193號東超商業中心1樓
電話：(852)2877-8606　傳真：(852)2578-9337　E-mail: hkcite@biznetvigator.com

馬新發行所——城邦(馬新)出版集團 Cite(M)Sdn Bhd (458372U)
41, Jalan Radin Anum, Bandar Baru Sri Petaling, 57000 Kuala Lumpur, Malaysia.
電話：(603)9056-3833　傳真：(603)9057-6622　E-mail: services@cite.com.my

初 版 一 刷　1999年6月
三 版 一 刷　2024年2月
ISBN 978-626-315-421-6

定價460元(本書如有缺頁、破損、倒裝，請寄回本社更換)

國家圖書館出版品預行編目資料

向邪惡追索／勞倫斯・卜洛克(Lawrence Block)著；林大容譯. -- 三版. -- 台北市：臉譜出版：家庭傳媒城邦分公司發行, 2024.02
面；公分. --(馬修・史卡德系列；13)
譯自：Even the Wicked
ISBN 978-626-315-421-6(平裝)
874.57　　112019033

〈新版推薦序〉

關於我的朋友馬修・史卡德

臥斧

有很長一段時間，遇上還沒讀過「馬修・史卡德」系列的友人詢問「該從哪一本開始讀？」或「你最喜歡、最推薦哪一本？」之類問題，我都會回答，「先讀《八百萬種死法》，我最喜歡《酒店關門之後》。」

如此答覆有其原因。

「馬修・史卡德」系列幾乎每一本都可以獨立閱讀——作者勞倫斯・卜洛克認為，即使是系列作品，每部作品都仍該是個完整故事，所以倘若故事裡出現已在系列中其他作品登場過的角色，卜洛克就會簡述來歷，沒讀過其他作品或許不會理解角色之間的詳細關係，不過不會對理解手頭這本的情節造成妨礙。事實上，這系列在二十世紀末首度被引介進入國內書市時，出版社選擇出版的第一本書，就不是系列首作《父之罪》，而是第五部作品《八百萬種死法》。

出版順序自然有編輯和行銷的考量，讀者不見得要照章行事，我的答案與當年的出版順序並無關聯，《八百萬種死法》也不是我第一本讀的本系列作品。建議先讀《八百萬種死法》，是因為我認為這本小說最適合用來當成某種測試，確認讀者是否已經到達「人生中適合認識史卡德」的時期；

倘若喜歡這本，約莫也會喜歡這系列的其他故事，倘若不喜歡這本，那大概就是時候未到——生命中的哪個階段會被哪樣的作品觸動，每個讀者狀況都不相同。

這樣的答覆方式使用多年，一直沒聽過負面回饋，直到某回聽到一名友人坦承，自己初讀《八百萬種死法》時，覺得這故事「很難看」。有意思的是，這名友人後來仍然成為卜洛克的書迷，讀完了整個系列。

概略討論之後，我發現友人覺得難看的主因在於情節——這個故事並未完全依循推理小說作者與讀者之間不言自明的默契，結局之前的轉折雖然合理，但拐彎的角度大得讓人有點猝不及防，有部分讀者會覺得自己沒能被說服接受。可是友人同時指出，史卡德這個主角相當吸引人——這系列故事主線均由史卡德的第一人稱主述敘事，所以這也表示整個故事讀來會相當吸引人。能夠吸引讀者、呼應讀者自身的生命經驗、讓讀者打從心底關切的角色，總會讓讀者想要知道：這角色還會面對哪些事件，又會如何看待他所處的世界？

這是讓友人持續讀完整個系列的動力，也是我認為這本小說適合用來測試的原因——《八百萬種死法》是全系列中結局轉折最大的故事，也是完整奠定史卡德特色的故事。從這個故事開始認識史卡德，就像交了個朋友；而交了史卡德這個朋友，會讓人願意聽他訴說生命裡發生的種種故事。

約莫在友人同我說起這事的前後，我按著卜洛克原初的出版順序，重新閱讀「馬修．史卡德」系列，然後發現：倘若當初我建議朋友從首作《父之罪》開始讀，友人應該還是會成為全系列的忠實讀者，只是對情節和主角的感覺可能不大一樣。

史卡德登場

二十世紀的七〇年代，卜洛克讀了李歐納．薛克特的《論收賄》，這是薛克特與一名收賄的紐約警察一起完成的作品，內容講的就是那個警察的經歷。那是一名盡責任、有效率的警察，偵破不少案子，但同時也貪污收賄、經營某些不法生意。

卜洛克十五、六歲起就想當作家，他讀了很多偉大的經典作品，不過一開始並不確定自己該寫什麼；剛入行時他用筆名寫的是女同志和軟調情色長篇，市場反應不錯，六〇年代開始寫「睡不著覺的密探」系列，銷售成績也不差。七〇年代他與出版社商議要寫犯罪小說時，認為《論收賄》裡的警察或許能夠成為一個有趣的角色，只是他覺得自己比較習慣使用局外人的觀點敘事，沒什麼把握能寫好一個在警務體制裡工作的貪污警員。

於是卜洛克開始想像這麼一個角色：這個人是名經驗老到的刑警，和老婆小孩一起住在市郊，有辦案的實績，也沒放過收賄的機會；某天下班，這人為了阻止一樁酒吧搶案而掏槍射擊，但跳彈意外殺死了一個街邊的女孩。誤殺事件讓這人對自己原來的生活模式產生巨大懷疑，加劇了喝酒的習慣、與妻子分居、獨自住在旅館，偶爾依靠自己過往的技能接點委託維持生計，但沒有申請正式的偵探執照，而且習慣損出固定比例的收入給教堂……

真實人物的遭遇加上小說家的虛構技法，馬修・史卡德這個角色如此成形。

一九七六年，《父之罪》出版。

一名女性在紐約市住處遭人殺害，嫌犯渾身浴血、衣衫不整地衝到街上嚷嚷之後被捕，兩天後在獄中上吊身亡。女孩的父親從紐約州北部的故鄉到紐約市辦理後續事宜，聽了事件經過後找上史卡德——就警方的角度來看這起案件已經偵結，這名父親也不大確定自己還想做什麼，他與女兒幾年來鮮少聯絡，甫知女兒死訊，才想搞清楚女兒這幾年如何生活、為什麼會遇上這種事。警方不會處理這類問題，於是把他轉介給曾經當過警察、現已離職獨居的史卡德。

以情節來看，《父之罪》比較像刻板印象中的推理小說：偵探接受委託，找出凶案的真正因由。這個故事同時確立了系列案件的基調——會找上史卡德的案子可能是警方認為不需要處理的，或者是當事人因故無法、或不願交給警方處理的；而史卡德做的不僅是找出真凶，還會在偵辦過程裡挖掘出隱在角色內裡的某些物事，包括被害者、凶手，甚至其他相關人物。

緊接著出版的《在死亡之中》和《謀殺與創造之時》都仍維持類似的推理氛圍，不同的是卜洛克對史卡德的描寫越來越多。史卡德的背景設定在首作就已經完整說明，卜洛克增加的是史卡德處理事件過程的生活細節——他對罪案的執拗、他與酒精的糾纏、他和其他角色的互動，以及他在紐約憑藉公車、地鐵、偶爾駕車或搭車但大多依靠雙腿四處行走查訪當中的所見所聞，這些細節累疊在原先的背景設定上，逐漸讓史卡德越來越立體，越來越真實。

史卡德曾是手腳不算乾淨的警員，他知道這麼做有違規範，但也認為這麼做沒什麼不對——有缺陷的是制度，他只是和所有人一樣，設法在制度底下找到生存的姿態。這使得史卡德成為一個特殊的冷硬派偵探——這類角色常以譏誚批判的眼光注視社會，史卡德也會，但更多時候這類譏誚會轉為自嘲，因為他明白自己並不比其他人更好，這類角色常面不改色地飲用烈酒，史卡德也會，但酒精因而成為一種將他拽開常軌的誘惑，摧折身體與精神的健康；這類角色心中都會具備一套自己的道德判準，史卡德也會，而且雖然嘴上不說，但他堅持的力道絕不遜於任何一個硬漢。

我私心將一九七六年到一九八一年的四部作品劃歸為系列的「第一階段」。這四部作品的情節不只呈現了偵查經過，也替史卡德建立了鮮明的形象——作家替角色設定的個性與特質會決定角色面對衝突時的反應，而讀者會從這些反應推展出現的情節理解角色的個性與特質。史卡德並非完人，沒有超凡的天才，反倒有不少常人的性格缺陷，對善惡的標準似乎難以解釋，但他面對罪惡的態度會讓讀者清楚地感知那個難以解釋的核心價值。

讀者越來越了解史卡德——他不是擁有某些特殊技能、客觀精準的神探，他就是個試著盡力解決問題的凡人。或許卜洛克也越寫越喜歡透過史卡德去觀察世界——因為他寫了《八百萬種死法》。

反正每個人都會死，所以呢？

《八百萬種死法》一九八二年出版。

打算脫離皮肉生涯的妓女透過關係找上史卡德，請史卡德代她向皮條客說明。皮條客的行為模式與眾不同，尋找時花了點工夫，找上後倒沒遇到什麼麻煩；皮條客很乾脆地答應，但幾天之後，史卡德發現那名妓女出了事。史卡德已經完成委託，後續的事理論上與他無關，可是他無法放手，認為這事八成是言而無信的皮條客幹的；他試著再找皮條客，雖然不確定找上後自己要做什麼，不料皮條客先聯絡他，除了聲明自己與此事毫無關聯，並且要雇用史卡德查明真相。

在妓女出現之前，史卡德做的事不大像一般的推理小說；接下皮條客的委託之後，史卡德的工作方式則與前幾部作品一樣，不是推敲手上的線索就看出應該追查的方向，而是透過皮條客手下的其他妓女以及史卡德過往在黑白兩道建立的人脈，扎扎實實地四處查訪。因此之故，《八百萬種死法》有不少篇幅耗在史卡德從紐約市的這裡到那裡，敲門按電鈴，問問這個問問那個；其他篇幅一部分用來講述史卡德的生活狀況——主要是他日益嚴重的酗酒問題，酒精已經明顯影響他的神智和健康，但他對戒酒無名會那種似乎大家聚在一起取暖的進行方式嗤之以鼻，另一部分則記述了史卡德從媒體或對話裡聽聞的死亡新聞。

《八百萬種死法》的書名源於當時紐約市有八百萬人口，每個人可能都有不同的死亡方式；這些死亡事件與史卡德接受的委託沒有關係，史卡德也沒必要細究每樁死亡背後是否藏有什麼祕密。如此安排容易讓讀者覺得莫名其妙——我要看史卡德怎麼查線索破案子，卜洛克你講這些無關緊要的東西做什麼？不過讀者也會慢慢發現：這些插播進來的死亡新聞，讀起來會勾出某些古怪的反應，有時是深沉的慨嘆，有時是苦澀的笑意。它們大多不是自然死亡，有的根本不該牽扯死亡——例如有人扛回被丟棄的電視機想修好了自己用，結果因電視機爆炸而亡，這幾乎有種荒謬的喜感——讀者認為它們「無關緊要」，是因它們與故事主線互不相涉，但對它們的當事人而言，那是生命的瞬間消逝，可一點都不「無關緊要」。

是故，這些死亡準確地提出一個意在言外的問題：反正每個人都會死，所以呢？每個人如何迎來生命終點都無法預料，甚至不可理喻，沒有善惡終報的定理，只有無以名狀的機運；在這樣的世界裡，執著地追究某個人的死亡，有沒有意義？或者，以史卡德的處境來說，遠離酒精，讓自己清醒地面對痛苦，有沒有意義？

推理故事大多與死亡有關。古典和本格派將死亡案件視為智力遊戲，是偵探與凶手、讀者與作者之間鬥智的謎題；冷硬和社會派利用死亡案件反映社會與人的關係，什麼樣的環境會讓人做出什麼樣的掙扎，什麼樣的時代會讓人犯下什麼樣的罪行。其實，推理故事一直是最適合用來揭示人性的故事，因為要查明一個或數個角色的死因，調查會以死者為圓心向外輻射，觸及與死者有關的其他角色，釐清他們與死者的關係、死亡對他們的影響、拼湊死者與他們的過往，這些調查會顯露角色們的個性，死因與行凶動機往往就埋在這些人性糾葛之中。

《八百萬種死法》不只是推理小說，還是一部討論「人該怎麼活著」的小說。

「馬修．史卡德」是個從建立角色開始的系列，而《八百萬種死法》確立了這個系列的特色，這些故事不僅要破解死亡謎團、查出凶手，也要從罪案去談人性。

我們終將孤獨

在《八百萬種死法》之後，卜洛克有幾年沒寫史卡德。

據聞《八百萬種死法》本來可能是系列的最後一個故事，從故事的結尾也讀得出這種味道——史卡德解決了事件，也終於直視自己的問題，讓系列在劇末那個悸動人心的橋段結束，是個合理的選擇，也是個漂亮的收場——不過從隔了四年、一九八六年出版的《酒店關門之後》來看，卜洛克還想繼續以史卡德的視角看世界，沒有馬上寫他的故事，可能是自己的好奇還沒尋得答案。

因為大家都知道，故事會有該停止的段落，角色做完了該做的事、有了該有的領悟；但在現實生活裡，時間不會停在「全書完」三個字出現的那一頁，就算人生因為某些事件而轉往新方向，等在眼前的也不會是一帆風順「從此幸福快樂」的日子。卜洛克的好奇或許是：在史卡德直視自身問題、做了重要決定之後，他還是原來設定的那個史卡德嗎？那個決定會讓史卡德的生活出現什麼變化？那些變化是否會影響史卡德面對世界的態度？

倘若沒把這些事情想清楚就動手寫續作，大約會出現兩種可能：一是動搖前五部作品建立的系列基調——既然卜洛克喜歡這個角色，那麼就會避免這種情況發生；二是保持了系列基調但破壞了《八百萬種死法》那個完美結局的力道——真是如此的話，不如乾脆結束系列，換另一個主角講故事。

《酒店關門之後》是卜洛克思考之後的第一個答案。

這個故事裡出現三樁不同案件，發生在《八百萬種死法》之前。案件之間乍看並不相干（不過後來發現其中兩起有點關聯），史卡德甚至不算真的在調查案件——第一樁案件是酒吧常客妻子被殺，史卡德被委任去找出兩名落網嫌犯的過往記錄，讓他們看起來更有殺人嫌疑；第二樁事件是另一家起酒吧帳本失竊，史卡德負責的是與竊賊交涉、贖回帳本，而非查出竊賊身分。至於第三樁事件，史卡德完全沒被指派工作，那是一樁搶案，史卡德只是倒楣地身處事發當時的酒吧裡頭，而且也沒被搶。

三樁案件各自包裹了不同題目，這些題目可以用「愛情」、「友誼」之類名詞簡單描述，但真要說明白它們內裡的複雜層次，卻常讓人找不著最合適的語彙。卜洛克擅長用對話表現角色個性和推進情節，因此故事讀來一向流暢直白；流暢直白不表示作家缺乏所謂的文學技法，因為《酒店關門之後》完全展現出這類文字的力量——倘若作家運用得宜，這類看似毫不花巧的文字其實能夠帶領讀者無限貼近這些題目的核心，將難以描述的不同面向透過情節精準展演。

同時，卜洛克也在《酒店關門之後》為自己和讀者重新回顧了史卡德的完整形象，他的私人生活，他的道德判準，以及酒精。《酒店關門之後》的案件都與酒吧有關，故事裡也出現了非常多酒吧——高檔的酒吧、簡陋的酒吧、給觀光客拍照留念的酒吧、熟人才知道的酒吧、正派經營的酒吧、非法營業的酒吧、具有異國風情的酒吧、屬於邊緣族群的酒吧。每個人都找得到自己應該歸屬、宛如個人聖殿的酒吧，每個人也都將在這樣的所在，發現自己的孤獨。

史卡德並非沒有朋友，但每個人都只能依靠自己孤獨地面對人生，不是沒有伴侶或好友的孤獨，而是有了伴侶和好友之後才會發現的孤獨，在酒店關門之後、喧囂靜寂之後，隔著酒精製造出來的朦朧迷霧，看見它切切實實地存在。事實上，喝酒與否，那個孤獨都在那裡，只是少了酒精，有時就會缺乏直視的勇氣；可是理解孤獨，便是理解自己面對人生的樣貌，有沒有酒精，這都是必要的人生課題。

同時，《酒店關門之後》確立了這系列的另一個特色。假若從首作讀起，讀者會知道系列故事按著時序發生，不過與現實時空的連結並不明顯——那是二十世紀七、八〇年代發生的事，至於確切是哪一年則不大要緊。不過《酒店關門之後》開場不久，史卡德便提及事件發生在很久之前、一九七五年，是過去的回憶，而結尾則說到時間已經過了十年，也就是故事裡「現在」的時空應當是一九八五年，約莫就是《酒店關門之後》寫作的時間。史卡德不像某些系列作品的主角那樣，似乎固定停留在某段時空當中，他和作者、讀者一起活在同一個現實裡頭。

再過三年，《刀鋒之先》在一九八九年出版，緊接著是一九九〇年的《到墳場的車票》。卜洛克準備答案所花的數年時間沒有白費，結束了在《酒店關門之後》的回顧，史卡德的時間繼續前進，他用一種與過去不大一樣的方式面對人生，但也維持了原先那些吸引人的個性特質。

在人間與黑暗共舞

從《八百萬種死法》至《到墳場的車票》是我私心分類的「第二階段」，卜洛克在這個階段重新整理了對角色的想法，讓史卡德成為一個更有血有肉、會隨著現實一起慢慢老去、彷若與讀者一同生活在現實的真實人物。而系列當中的重要配角在前兩階段作品中也已全數登場，史卡德的人生即將邁入新的篇章。

我認定的「馬修・史卡德」系列「第三階段」從一九九一年的《屠宰場之舞》開始，到一九九八年的《每個人都死了》為止，卜洛克在八年裡出版了六本系列作品，寫作速度很快，而且每個故事都很精采，人性描寫深刻厚實，情節絞揉著溫柔與殘虐。

雖說先前談到前兩階段共八部作品時一直強調角色塑造，但不表示卜洛克沒有好好安排情節。卜洛克的確認為角色很重要——他在講述小說創作的《小說的八百萬種寫法》中明確寫道：「幾乎所有讀者持續翻閱任何小說的主要原因，就是想知道接下來發生的事，讀者之所以在乎接下來發生的事，則是因為作者描寫人物性格的技巧。小說中的人物若有充分描繪，具有引起讀者共鳴與認同的力量，讀者就會想知道他們下場如何，並深深擔心他們的未來會不會好轉，」「馬修・史卡德」系列可以視為這番言論的實際作業成績。不過，同一本書裡，他也提及寫作之前應該重新閱讀，不是以讀者的眼光閱讀，而是以作者的洞察力閱讀。卜洛克認為這樣的閱讀不是可以學到某種公式，而是能夠培養出一些類似「直覺」的東西，知道創作某類小說時可以用什麼方式。說得具體一點，「以作者的洞察力閱讀」指的不單是享受故事，而是進一步拆解故事，找出該故事的作者用什麼方法鋪排情節，如何埋設伏筆、讓氣氛懸疑，如何製造轉折、讓發展爆出意外。

開始寫「馬修．史卡德」系列時，卜洛克已經是很有經驗的寫作者；要寫犯罪小說之前，他已經拆解了不少相關類型的作品。史卡德接受的是檢調體制不想處理、或當事人不願交給體制處理的案件，這些案件不大可能牽涉某種國際機密或驚世陰謀，但往往蘊含隱在社會暗角、體制照料不到之處的幽微人性——而史卡德的角色設定，正適合挖掘這樣的內裡。

從《父之罪》開始，「馬修．史卡德」系列就是角色與情節的適恰結合，而在寫完前兩個階段、史卡德的形象穩固完熟之後，卜洛克從《屠宰場之舞》開始加重了情節的黑暗層面。《屠宰場之舞》出現性虐待受害者之後將其殺害、並且錄影自娛的殺人者，《行過死蔭之地》出現綁架、性侵，並以切割被害者肢體為樂的凶手，《一長串的死者》裡一個祕密俱樂部驚覺成員有超過正常狀況的死亡機率，《向邪惡追索》中的預告殺人魔似乎永遠都有辦法狙殺目標。

這些故事都有緊張、刺激、驚悚、駭人的橋段，而在經營更重口味情節的同時，卜洛克持續讓史卡德面對自己的人生課題——前女友罹癌、要求史卡德協助她結束生命；原來已經穩固的感情關係，忽然出現了意想不到變化；調查案子的時候，自己也被捲入事件當中，更糟的是，自己的朋友也被捲入事件當中、甚至因此送命——諸如此類從系列首作就存在的麻煩，在第三階段一個都沒少。

史卡德在一九七六年的《父之罪》裡已經是離職警察，可以合理推測年紀可能在三十到四十之間，因此到一九九八年的《每個人都死了》為止，史卡德處於從三十多歲到接近六十歲的中壯年時期。在人生的這段時期當中，大多數人已經成熟、自立，有能力處理生活當中的大小物事，但也必須承受最多生活壓力——年長者的需求、年幼者的照料、日常經濟來源的提供、人際關係的維繫——而總也在這類時刻，一個人會發現自己並沒有因為年紀到了就變得足夠成熟或擁有足夠能力，毋需面對罪案，人生本身就會讓人不斷思索生存的目的，以及生活的意義。

「馬修．史卡德」系列的每一個故事，都在人間與黑暗共舞，用罪案反映人性，都用角色思考生命。

新世紀之後

進入二十一世紀，卜洛克放緩了書寫史卡德的速度。

原因之一不難明白：史卡德年紀大了，卜洛克也是。

卜洛克出生於一九三八年，推算起來史卡德可能比他年輕一點，或者同樣年紀。在歷經種種人生關卡、頻繁與黑暗對峙的九〇年代之後，史卡德的生活狀態終於進入相對穩定的時期，體力與行動力也逐漸不比以往。

原因之二也很明顯：九〇年代中期之後，網際網路日漸普及，犯罪事件利用網路及相關科技的比例也慢慢提高。卜洛克有自己的部落格、發行電子報，會用電腦製作獨立出版的電子書，也有臉書帳號，這表示他是個與時俱進的科技使用者，但不表示他熟悉網路犯罪的背後運作。要讓史卡德接觸這類罪案並無不可——早在一九九二年的《行過死蔭之地》裡，史卡德就結識了兩名年輕駭客，真要寫這類罪案，卜洛克想來也不會吝惜預做研究的功夫；但倘若不讓史卡德四處走動、觀察人間，那就少了這個系列原有的氛圍。

另一個原因則相對沒那麼醒目：卜洛克長年居住在紐約，世貿雙塔就是史卡德獨居的旅店房間窗景，二〇〇一年九月十一日發生在紐約的恐怖攻擊事件，對卜洛克和史卡德這兩個紐約客而言都是巨大的衝擊。卜洛克在二〇〇三年寫了獨立作品《小城》，描述不同紐約人對九一一的反應與後續生活；史卡德沒在系列故事裡特別強調這事，但更深切地思考了死亡——史卡德這角色是因為死亡才成形的，那樁跳彈誤殺街邊女孩的意外，把史卡德從體制內的警職拉扯出來，變成一個體制外孤獨抵抗人性黑暗的存在。過了二十多年，人生似乎步入安穩境地之際，世界的陡然巨變與個人的生理狀態，則提醒每個人：死亡非但從未遠去，還越來越近。而這也符合史卡德與許多系列配角的狀況，他們和史卡德一樣，都隨著時間無可違逆地老去。

「馬修．史卡德」系列的「第四階段」每部作品間隔都較「第三階段」長了許多。第一本是二〇〇一年《死亡的渴望》，這書與二〇〇五年的《繁花將盡》是本系列僅有「應該按順序閱讀」的作品。下一部作品是二〇一一年出版的《烈酒一滴》，不過談的不是二十一世紀的史卡德，而是《八百萬種死法》之後、《刀鋒之先》之前的史卡德——這兩本作品之間的《酒店關門之後》談的是一九七五年發生的往事，以時序來看，讀者並不知道史卡德在那段時間裡的狀況，那是卜洛克正在思索這個角色、史卡德正在經歷人生轉變的時點，《烈酒一滴》補上了這塊空白。

餘下的兩本都不是長篇作品。《蝙蝠俠的幫手》是短篇合集，可以讀到不同時期史卡德遭遇的事件，讀者會發現即使沒有夠長的篇幅，卜洛克一樣能夠巧妙地運用豐富立體的角色說出有趣的故事。二〇一九年的《聚散有時》則是中篇，也是「馬修・史卡德」系列迄今為止的最後一個故事，事件本身相對單純，但對系列讀者、或者卜洛克自己而言，這故事的重點是交代了史卡德以及系列當中重要配角的生活，他們有的長大了，有的離開了，有的年老了，但仍然在死亡尚未到訪之前，在生命裡碰撞出新的火花，發現新的意義。

最美好的閱讀體驗

「馬修・史卡德」系列的起始是犯罪故事，屬於廣義的推理小說類型，每個故事裡也都能讀出推理小說的趣味，縱使主角史卡德並非智力過人的神探，但他踏實地行走尋訪，反倒看到了更多人間光景，接觸了更多人性內裡。同時因為史卡德並不是個完美的人，所以他的頹唐、自毀、困惑，以及堅持良善時迸出的小小光亮，才會顯得格外真實溫暖。

是故，「馬修・史卡德」系列不只是好看的推理小說，還是好看的小說，不只是好看的小說，還是好的小說——不僅有引發好奇、讓人想探究真相的案件，不僅有流暢又充滿轉折的情節，還有深刻描繪的人性。

讀這個系列會讓讀者感覺真的認識了史卡德，甚至和他變成朋友，一起相互扶持著走過人生低谷、看透人心樣貌。這個朋友會讓人用不同視角理解世界、理解人，或者反過來理解自己。

我依然會建議初識這個系列的讀者，從《八百萬種死法》開始試試自己和史卡德合不合拍，不過或許除了《聚散有時》之外，任何一本都會是很好的選擇——不同時期的史卡德作品會有些不同的質地，但都保持了動人的核心。

這些年來我反覆閱讀其中幾本，尤其是《酒店關門之後》，電子書出版之後，我又從《父之罪》開始依序閱讀，每次閱讀，都會獲得一些新的體悟。史卡德觀看世界的視角未曾過時，卜洛克對人性的描寫深入透徹，身為讀者，這是最美好的閱讀體驗。

〈導讀〉鑑賞卜洛克

唐諾

剃刀太痛，
河流太溼，
氰化物讓人變色
而藥物則引起抽筋；
槍枝不合法，
上吊怕繩子斷掉，
瓦斯味道不佳——
所以你還是活著好了。

——桃樂希．帕克

卡西勒（Ernst Cassier）一直是我個人相當尊敬的一名學者，他過世於一九四五年的美國，但他一九四一年才從瑞典出來，這意思是，和其他不少位歐陸出身的了不起心靈一樣，幸與不幸都在於他們沒辦法一輩子和平安穩的做學問，而是得浸泡在近代史裡最動盪也最令人迷惘的劇烈變動暨殺戮時代，包括兩次世界大戰，包括極左布爾什維克和極右法西斯的可怖人類實驗——人類歷史來到那一代，忽然集體瘋掉了。

這樣經歷之下的學問若還能做得好，通常是最動人的。卡西勒不能算是爆炸力十足的學者，他的動人之處，我個人以為是沉穩、誠實、視野遼闊，但極審慎的把人當人看，是很好的知識分子。

說起「知識分子」這個詞，在近些年來的台灣總令人百味雜陳，我記得朱天文曾引述過她電影同業吳念真的說法，「哼，知識分子!?」這種問號加驚歎號的命名方式當然有難以言喻的輕蔑成分在，這裡，我們並不打算為台灣這些東倒西歪，某種程度來說被問號加驚歎號也並不過分的知識分子辯護，但我仍願意為「知識分子」這個詞或這份志業辯護。借用以撒．柏林的典型說法是，我相信，當這個詞變成純粹的髒名詞時，我們的損失遠比想像的要巨大得多，無可彌補得多。

我個人真正最擔心的是，在如此輕蔑而且輕鬆的指責底下，往往有意的隱藏著或無意的滋生著一種退卻、軟弱和愉悅的偷懶。「知識」永遠有著艱難、孤單、不易為世人所知所接受的這一面本質，而且很多時候在我們現行的市場經濟機制之中並不受到鼓勵，因此，它之於個人常常並不合理，毋寧更接近某種信念。但我們得依靠它來抵抗龐大的世俗權勢，以及更龐大的，世俗裡永遠流竄的那些刻板的、虛假的、懶怠的、存在即真理式的「意見」，當它缺席時，我們便不得不被某種無知無識的民粹所統治。

我們可不可以這麼講，當知識分子並不好時，我們不是去打倒他或取消他，而是用好的知識分子來解決。

什麼是好的知識分子？其實非常多，像說出「只有少數人依然有足夠能力抗拒、打擊刻板印象和真正活生生事物的逝去，而獨立的藝術家和知識分子正屬於這群人」，並認真奉行不懈的米爾斯；或像「道德自由不是事實，而是假設，不是天賦，而是工作，是人給自己的一項最艱鉅的工作，它是一項要求，一個道德命令」的哲學家康德——非常多，只怕我們不去找尋，不會有尋而不獲這種事。

卡西勒當然也是名單中的一個。

這裡我們好像把話講遠了，也講激動了，我們其實只是想引用卡西勒的一段話，這是出自於他《國家的神話》一書之中，卡西勒在回溯歷史檢查幾千年來國家神話的形成及演變之後，說，「摧毀政治神話，非哲學所能勝任。在某種意義下，神話是無法破壞的，理性的議論無法穿透它，三段論無法駁斥它，但是哲學為我們做了另外的重要工作：它使我們了解我們的對手。」

我以為這樣的結論並不黯然，只是對事實一種堅毅的認知。議論幫助我們思索、說服和揭示，但理性有時而窮，最終一步的「證明」它往往無能為力，它讓可以信的人豐盈，卻不能讓不信的人相信——這不僅僅是面對政治神話而已。

Long Time No See

好久不見了，馬修．史卡德先生。

的確是相當一段時日了，距離上一部的《謀殺與創造之時》已整整超過了半年（註：本文寫於一九九九年中文第一版首刷），對為數儘管不夠多但心志極其堅定的史卡德迷而言，這真是有些難受。我所知道的是，在這期間出版社本身接到過相當一些禮貌程度不一、用詞強弱不一的各色詢問，其中最坦白無隱的一份此刻就放我手邊，這是五月七日下午五時四十分傳輸進來的一紙FAX，用紙是TVBS，署名「完全不能接受這種局面的憤怒讀者」，此處一字不易來函照登於此：「為什麼完全停擺了？近半年以上？非常令人不平衡……」

很奇怪的，有時人家對你破口大罵，反而有某種天涯若比鄰的溫暖之感。

為了稍事補償，這裡我們超前一步，先引述一段下一部、也是截至目前為止最新一部史卡德探案《每個人都死了》書中一小段文字，是命案後史卡德瞪視著死去的被害人所看到所想到的：

他向前趴倒，沒事的那半邊臉直接壓著桌上攤開的雜誌，血順流他的臉頰而下，最終在雜誌上汪了一小灘，但不是太多。通常，人真死了血也就很快跟著停了，因此，早在殺手奪門而出之前他就死了，甚至更早在那把小槍掉落在地上之前。

他年紀多大了？六十一，還六十二？差不多就這年歲，一名中老年男子，身穿紅馬球衫和卡其長褲，外披敞著拉鏈的黃褐擋風外套。他的頭髮並沒掉多少，儘管他把前額這一部分頭髮往後梳，頂上因此顯得稀薄了些許。他早上才刮過鬍子，下巴那裡有輕微的割傷，割傷的地方這會兒並看不到，我是稍早前注意到的，在我進盥洗室之前，他常這樣，刮鬍子時弄傷自己，「生前」

經常這樣。

艾克，艾克與麥克中的艾克。

我站在那兒，身旁的人嗡嗡講著話，其中有些話可能還是跟我講的，但什麼也沒被我腦子接收進來，我眼睛一直停在那篇家庭式學校文章的某一個句子，但一樣的，我腦子也沒將它接收進來。我只是站在那兒，終於，我聽到了警笛聲；警方終於趕來了。

卜洛克比較好

美國NBA一位名球評家曾這樣子講過籃球之神麥可．喬丹，「每回我看其他明星球員打球，覺得他們也一樣厲害，一樣好啊，但我把眼光移回喬丹身上，不，沒有這回事，沒人打得比他好，絕對沒有。」

卜洛克比較好，但為什麼比較好呢？

麥可，喬丹比較好，我們當然可以用數字來「說明」他，但他了不起的攻防數字，比之「其他也很厲害的明星球員」，也只是好出一步之遙而已，沒有必然的道理說這有限的差距，正正好是人和神判然二分的界線。他比較好，來自我們長年看球一種難以言喻的整體感受，這真要辯論起來很容易被譏為是某種偏見或甚至神祕主義，但它不是，每個走過八〇、九〇年代的像回事NBA迷都知道，這種感受是堆積出來的，除了不能證明，它絕對是確實無誤的，我們花過無數夜晚的孤獨不寐時光，貪婪的看了數百數千場球，煉劍一般最終化為一句素樸而且好像不該用數字脂粉污顏色、但卻怎麼也說服不了自家老婆的一句話：他真的比較好。

這我們可暫時稱之為「鑑賞力」。

卜洛克比較好，我們也可以耐著性子試圖說明為什麼（事實上，從《八百萬種死法》出版開始，我們每一次書前不厭其煩的引介文字不都在這樣子做嗎？），比方說，前面那一段史卡德看著死去之人的樸實文字，我們會說，你看它多不像刻板的制式推理文字，而是個完整的人的完整感受；我們會說，你看馬修・史卡德的心思多麼哀傷也多麼溫柔，他是看著一個生命的當下終結，是卡爾維諾所說那種「喪失了所有可能性」的駭然死亡，而不是數學課堂上難解的一道聯立方程式；我們會說，你看卜洛克多認真在努力捕捉那種流動著的、且雪花般稍停就消融無蹤的恍惚感受，他正如同書中的史卡德一樣，努力的凝視著這個當下，拚命不讓喧囂的既存推理現實（整整一百五十年的強大書寫記憶）拉走他的一絲注意力，這次死亡，儘管只是他口中大紐約市八百萬種死亡的其中一次，沒必然特別，但因著死者和你所存在的不可替代關係，存在著之前沒有之後也沒有的特殊聯繫，這次死亡遂成為獨特的、唯一的一次死亡；我們會說，你看——

只要在說的同時，我們腦中仍存留著一張不信的臉孔，我們往往會氣急敗壞的繼續說下去，直到我們音量放大、口不擇言到甚至把一個極真的感受講成一個極誇張、極附會、而且愈聽愈假的說法。

只因為我們滿懷好意要別人也相信，我們太認真想通過「證明」來完成不可證明的那最後一步，而那恰好是鑑賞力統治的領域。

同類的召喚

我記得小時候學數學時看過一個神奇的證明：證明1＋1＝2。這是個耗用書本整整兩頁長、極其複雜且不易懂（就小時候我的腦子而言）的證明過程。對老早就相信1加1的確等於2的我個人而言，只是一種被打開視野的新奇感受而已，原來這麼簡單的事我們也可以不當它理所當然，還可以煞有介事再去懷疑它追問它，我並不因此更深信1＋1＝2終身不渝（這一點我三歲左右就不渝了），它只是成長中眾多引導我看到思維廣闊深邃世界其中一條驚喜且印象深刻的路而已，換句話說，我沒有「被證明」，我的收穫是在別處。

這很像緊接著文藝復興、理性最樂觀最步伐昂揚、笛卡爾、萊布尼茲乃至於洛克他們那個時代，他們認真相信，上帝可以而且會被他們證明存在，而歷史告訴我們，他們失之東隅收之桑榆，他們成功打開了人類理性思維的道路，但不僅沒能取代古老勸人信神的途徑，反而把更多人引到相信人類理性不信神的反向道路去了。

所以我總以為，這種數學式的「證明」，其實終歸還只是演繹。演繹是我們理智一種小心謹慎的漫遊，其中躲藏著某種觸類旁通，躲藏著某種冒險的、會不小心找到新發見的本質，而往往不是封閉在已知世界裡直線前進並最終一定回到你設定的原點，它是航海船或蓬車隊，而不是自家後園子裡丈量你買的土地有幾坪大。

而這個演繹的揭示，與其說是「證明」，毋寧稱之為「召喚」——它不是和仇家對決的好用銳利武器，而是一種有著基本善意基礎的對話，它試圖在廣漠喧嚷的世界中呼喚尋求同類，讓彼此覺得溫暖不孤單，從而較堅定的往下想下去，就像傑克．倫敦《野性的呼喚》裡那隻一步一步走回他自己世界的聰明大狼白克，在阿拉斯加的雪地裡，他聽見了，彷彿叫醒了他生命本能深處的某種悸動，令他血液加速起來，他想跟著那些熟悉的聲音去一看究竟。

集義而養氣

但鑑賞力之於我們，不會像白克那麼好命，白克是生命本能的，鑑賞力卻不是內建的，而是後來才灌進去的——就像看球夠久讓我們鑑賞得出喬丹一般，對美好事物的鑑賞，總是來自觀看、經驗、閱讀等等多元的材料吸收過程，並經過我們有意識的思考整理和無意識的自然發酵，從而得到的一種不進則退的判斷力、理解力和感受力，它的確也有著「流淚撒種的人必歡呼收割」的艱難一面。

理解它的來之不易，它建立的艱難，我們是不是也該珍惜它、守護它並再滋養它，而不是因為它某種程度的無用（說服不了不信的人）而棄如敝屣？

孟子當年夸夸其言的說「吾善養吾浩然之氣」，其實是有意思的話，他說這話同時其實是謹慎的，因為他深知這個所謂的浩然之氣可長也可消，而他的解答是「集義養氣」——白話翻譯是持續做對的事、做好的事情，才能讓它沛然不衰退。閱讀鑑賞力的維持也是這樣，你得持續看好的書並不厭其煩去細膩的分辨它，如時時磨利寶劍的鋒刃一般，否則它仍會不知不覺離你而去，就像我們眼看台灣有多少創作者多少讀書人，沒兩年下來，不僅再沒創造力，就連簡單的好壞良窳也再認不出來。

如此，我想我們就部分解答了一個始終存在的問題了：閱讀消遣用的推理類型小說，難道不可以是一種休息？何苦要如此時時勤砥礪到小題大作的地步呢？

我不反對休息（儘管我所理解心智的休息其實並不像肉體疲憊後的休息，它不是一種關閉式的不思不想，方式更接近飲食滋養而不是睡眠不動，因此看好的書、聽好的音樂、想好的事其實是心智的最好休息方式），更不反對只取一瓢飲的只滿足於某種聰明的設計與橋段云云，但在此同時，我更相信的是，當更好的東西出現時，你的鑑賞力不待你辛苦發動自然會起著作用，它不僅不會妨礙你的休息，反而會在比方說你清楚感受到卜洛克和艾勒里．昆恩是如此不同的情況下，有著更多的滿足和幸福之感。

這不就是我們從看《八百萬種死法》以來一直就有的感受嗎？

一

八月的一個星期二夜晚，我和阿傑坐在客廳，觀看一個西班牙語電視頻道裡頭的兩個傢伙互相打來打去，呼吸著比那場比賽更為新鮮的空氣。熱浪已經襲擊本市兩週，延續到上個週末總算告終。然後我們享受了完美的三天，有亮藍的天空，乾爽的空氣，氣溫維持在攝氏二十一到二十六度左右。這樣的天氣在任何地方，都可以稱之為理想氣候；而出現在紐約的仲夏，你只能稱之為奇蹟。

白天我好好利用了這樣的氣候，在市區裡四處晃盪。回家沖過澡之後，坐在椅子裡，剛好趕上彼得·詹寧斯播報新聞。前面十五分鐘伊蓮陪著我一起看，然後她進廚房去忙晚餐。阿傑大約在她開始煮義大利麵時跑來，但堅持說他不餓也沒法待太久。伊蓮早已習慣他的這些老台詞，逕自把晚餐的分量加倍，然後阿傑被我們說服接受他的那盤晚餐，而且一掃而空又再添了好幾次。

「問題就出在，」他告訴伊蓮，「你太會做菜了。現在一到用餐時間我就會想來。一不留心，就被養得肥嘟嘟。」

阿傑自有生存之道。他是個在街上混的小孩，又瘦又靈活，第一眼看到他，你會覺得他跟其他在時代廣場附近混的黑人小鬼沒什麼兩樣，擺「三張賭一張」的小攤子，騙點小錢，設法維生或勉強餬口。他的生活當然不僅只是如此，但我知道他們很多人不能只看外表。我了解他，但對於其他人，我所能見到的也只是外表。

至於阿傑的外表，像是變色龍，會隨著環境而改變。我曾目睹他從聒噪的街頭黑話腔調毫不費力的改口成為長春藤盟校出身的文雅口音。他的髮型也一樣，我認識他以來的這幾年變來變去，從老式的黑人爆炸頭一路往下塌，變了好幾次。一年多前他開始在伊蓮的店裡幫忙，因而認定溫和體面一點的髮型會比較適當。從此他的頭髮一直維持得前所未有的短，不過服裝風格從他工作時穿的大學預科生行頭到「丟斯」裡頭常見的小混混打扮都有。今天晚上他穿了卡其褲和領尖有釦子扣住的男式襯衫。上回我見到他是在一兩天前，當時他穿的是一件鬆垮垮的迷彩長褲和裝飾著金屬亮片的夾克。

「真希望他們講英語，」他抱怨。「幹嘛講西班牙語呢？」

「這樣比較好。」我說。

「難不成你還聽得懂他們在講什麼？」

「偶爾聽懂一兩個詞吧。大部分聽起來只是噪音。」

「你就喜歡這樣？」

「英語播報員太多話了，」我說。「他們就怕如果不這麼嘰哩呱啦講個不停的話，觀眾會搞不懂發生了什麼事。而且他們老是一再重複講過的東西。『他今天的左刺拳打得不夠多。』我過去十年看過的拳賽裡面，播報員不評論拳手應該多使用刺拳的比賽，不會超過五場。他們學播報的第一課一定就是教這個。」

「說不定這個播報員也用西班牙文講同樣的話。」

「說不定，」我同意，「但因為我根本不曉得他在講什麼，就煩不到我了。」

「你沒按過靜音鈕嗎？」

「不一樣。你需要觀眾的吵雜聲，需要聽到拳頭打在身上的聲音。」

「這兩個很少打到對方。」

「都該怪那個穿藍短褲的，」我說。「他的左刺拳打得不夠多。」

不過他打得足夠成為這場四回合熱身賽的贏家，他獲得判定勝，並得到觀眾一輪敷衍的掌聲。下一場是十回合的次中量級比賽，很棒的對決，一個迅速輕巧的年輕拳手，對上一個稍稍過了巔峰時代兩年的重拳手。那個老的——我想他已經三十四足歲了——俐落的擊中對方時，還頗能嚇住那個小夥子，可是歲月拖慢了他一些速度，使得他沒擊中的時候遠比擊中要來得多。那個小夥子則報以密集轟炸式的拳頭，不過輕飄飄的拳力對雙方都沒什麼影響。

「他挺不錯的，」兩個回合後，阿傑說。

「可惜他的拳不夠重。」

「他就是一直打，慢慢把你打垮。同時也累積得分。另外那個傢伙每一回合的得分數則愈來愈少。」

「如果我們聽得懂西班牙文，」我說，「我們就可以聽到那個播報員講這類東西。要讓我賭這場拳賽，我會押那個老的贏。」

「不意外啦，你們這些老古董人類總得團結。此時此地我們還要再看下去嗎？」

「此時此地」是蓋倫產品型錄裡面的一句廣告詞。蓋倫公司是俄亥俄州以利瑞亞市一個裝備商，供應間諜用的電子偵查設備，比方監聽別人電話和辦公室的竊聽器，還有防止自己電話和辦公室不被監聽的反竊聽設備。這整個企業有一種奇怪的相反兩極特質；說到底，他們是促銷半個公司的產品去對抗另一半的產品，而廣告詞常在半途改變立場。「知識就是力量」，他們會在某一頁如此向你保證，兩頁之後，他們則提倡「你最基本的權利——個人與公司的隱私權」。前後的論點都很強烈，從「你有知道的權利！」到「別讓他們的鼻子湊近你的公司！」

你難免想不透，這個公司到底支持什麼？由於「蓋倫」這個名字是德國傳說中的智慧之神，我猜想他們會很高興把任何產品賣給任何人，唯一承諾的就是增加他們自己的銷售額，並使他們的利潤達到最大。可是他們的產品會增加我的銷售額，或提高我的利潤嗎？

「我想沒有這些裝備，我們或許也混得下去，」我告訴阿傑。

「沒有這些最新的科技，我們怎麼能逮到威爾？」

「我們不必去逮。」

「因為他不是我們的麻煩？」

「就我了解是這樣。」

「他是全紐約市的麻煩，不管走到哪裡，大家都在談他，威爾這個威爾那個的。」

「他今天又上了《郵報》的頭版，」我說，「可是報上根本沒什麼新鮮的消息，因為上星期到現在，他根本沒做任何事。不過報紙想把他放在頭版好多賣幾份，所以報導就是關於全市有多麼緊張，等著有什麼事情發生。」

「就只寫這樣？」

「他們試著把整件事放在歷史的背景裡。舉出其他令大眾印象深刻的無名殺手，比方『山姆之子』。」

「不一樣的是，」他說，「沒有人替山姆之子歡呼。」他對著蓋倫型錄的一張照片彈了一下手指。「我喜歡這種變聲電話，可是現在到處都看得見了。連電器連鎖店『無線電屋』都有。看這個價錢，他們的可能比較好。無線電屋賣得要便宜多了。」

「我不意外。」

「威爾要是打算開始用打電話取代寫信的話，可以用這個。」

「下回我見到他，會轉達這個建議。」

「前幾天我自己差點買了一個。」

「用來做什麼？你的聲音變化還不夠多嗎？」

「我只會改變口音而已，」他說。「這個機器能改變音調。」

「我知道這個機器能做什麼。」

「所以你可以讓自己聽起來像女生，或者小孩。或如果你是女的，可以讓自己聽起來像個男人，那些變態就不會故意講髒話嚇你。有這種東西真好玩，就像小孩玩玩具一樣，不是嗎？一兩星期後，等你什麼新把戲都變不出來，就會把它扔進櫃子，要求媽媽再買新玩具給你。」

「我想我們不需要這個。」

他闔上那份型錄，丟到一邊。「一樣都不需要，」他說。「就我的意見是如此。你想知道我們需要什麼嗎？我已經告訴過你了。」

「講過好幾次了。」

「我們需要電腦，」他說。「可是你就是不肯買。」

「這陣子會買的。」

「對嘛。你只是害怕自己不會使用罷了。」

「那種害怕，」我說，「就像沒背降落傘不敢跳出飛機是一樣的。」

「第一，」他說，「你可以學，你沒那麼老。」

「謝了。」

「第二，我可以替你操作。」

「玩電玩破關的能力，」我說，「跟理解電腦的能力是兩回事。」

「不見得差那麼多。你還記得港家兄弟嗎？他們一開始就是玩電玩的，現在他們在哪裡？」

「哈佛，」我承認。港家兄弟的真實姓名是大衛．金和吉米．洪，他們是一對電腦駭客，專門駭侵到電話公司內部的電腦系統。阿傑介紹他們認識我時，他們只是兩個高中生，現在他們人在麻州劍橋市（譯註：哈佛大學所在地），正在從事天曉得什麼大事業。

「你還記得他們幫過我們什麼忙嗎？」

「歷歷在目。」

「你說過幾次你希望他們還在紐約？」

「一兩次吧。」

「不只一兩次，大哥，很多次。」

「那又怎樣？」

「我們買台電腦來，」他說，「我學會了，就可以做同樣的那些狗屎了。另外我還可以做所有合法的事情，比方在十五分鐘內，就挖出你必須在圖書館花一整天找的垃圾。」

「你怎麼知道該怎麼做？」

「外頭有電腦教學的課程，不是教你港家兄弟的招數，而是其他的。他們會讓你坐在電腦前教你。」

「好吧，最近就去買，」我說，「也許我會去上課。」

「不，上課的人是我，」他說，「如果你想學，等我學會就可以教你了。或者有關電腦的工作都由我負責，隨便都行。」

「由我決定，」我說，「因為我是老闆。」

「你說了算。」

原本我還想繼續聊，但這時電視上那個老拳手剛好一拳打過去，把小夥子擊倒在地。裁判數到八，小夥子才搖搖晃晃的爬起來，可是這個回合只剩半分鐘了。老拳手在繩圈內追著小夥子，兩人抱住一兩次，可是小夥子撐著沒再倒下，拖過了這回合。

回合結束的鈴聲響起時，沒有播廣告，反之，鏡頭停留在年輕拳手的那個角落，拍他等待的表情。播報員針對畫面講了很多話，不過講的是西班牙文，所以我們也不必專心聽。

「關於電腦的事情，」阿傑說。

「我會考慮的。」

「該死，」他說。「你才剛被我說動要買，那個老頭兒就偏那麼幸運一拳打倒對方，害我們話題中斷。他幹嘛不多等一回合呢？」

「他只是個老頭子，想從另外一個人身上賺點銀子，」我說。「我們老古董人類都這樣的。」

「這個型錄，」他說，手上揮舞著。「你有沒有看過這個夜視鏡？來自俄羅斯還是哪個類似的國家。」

我點點頭，根據蓋倫公司的廣告，那是蘇聯陸軍製造的，可以讓我在廢棄礦坑底層看清模糊的腳印。

「想不出我們要這幹嘛，」他說，「不過這類東西很好玩。」他又把型錄扔到一邊。「大部分玩意兒都很好玩，根本都是玩具。」

「那電腦呢？一個比其他東西都大的玩具？」

他搖頭。「那是工具。不過我幹嘛浪費口水跟你解釋呢？」

「的確，為什麼？」

我原以為下一回合可以看到擊倒，可是進行到一半，顯然擊倒是不可能發生了。小夥子已經擺脫了曾倒地的影響，我支持的老拳手速度更慢，出拳更難以擊中對方。我了解他現在有什麼感覺。

電話響起，伊蓮在另一個房間接了。電視機螢光幕上，老拳手躲過一拳，艱難的移動著。伊蓮進來，臉上有一種無法看透的表情。「是找你的，」她說，「是艾卓恩．懷菲德。你要稍後再回電嗎？」

「不，我去接，」我說著站起來。「我很好奇他有什麼事情找我。」

8

艾卓恩．懷菲德是一顆崛起中的明星。身為一名刑事辯護律師，過去幾年，他接了許多引起爭議的案件，同時也累積了同等的媒體注意力。光是這個夏天，我就在電視上看過他三次，羅傑．愛樂斯的談話秀，邀他討論陪審團系統的觀念已過時且應予以更新的問題。（他的立場是在民事訴訟可以試驗性實施，但刑事訴訟則否。）然後他還上了CNN的賴瑞．金現場節目兩次，第一次是談洛杉磯的明星謀殺案，然後是討論死刑的優點。（他明確反對死刑。）最近的一次，則是他和雷蒙·古魯留去參加查理·羅斯的節目，嚴肅的談論律師名人話題。「硬漢雷蒙」提出許多歷史上的例子來談這個話題，說了許多厄爾·羅傑斯和比爾·費龍以及克萊倫斯·達若的故事。

在雷蒙·古魯留的推薦下，我曾幫懷菲德做過一些工作，替他查證一些證人和陪審團可能人選的背景，我還算喜歡他，希望能多跟他合作。現在打電話找我談公事有點太晚，不過偵探工作的性質，就是你隨時都可能接到電話。我不介意打擾，尤其這意味著有生意上門。到目前為止，這個夏天步調緩慢。當然不見得完全是壞事，伊蓮和我有機會利用週末長假去鄉下玩了幾趟，只不過我開始有點閒得發慌了。徵兆就是我早上看報紙時，對本地的犯罪新聞特別著迷，渴望自己能夠參與辦案。

我拿起廚房的電話說，「馬修·史卡德，」表明自己的身分，以防電話可能是由別人代撥的。不過這通電話是他自己打的。「馬修，」他說。「我是艾卓恩·懷菲德。希望沒有打擾你。」

「我正在看拳擊賽轉播，」我說。「不論我或那兩個拳手都不怎麼投入。有什麼需要我幫忙的嗎？」

「好問題。麻煩你老實告訴我好嗎？我的聲音聽起來如何？」

「你的聲音？」

「我的聲音沒發抖吧？」

「沒有。」

「我想也是，」他說，「可是應該發抖的。剛剛我接到一通電話。」

「嗯？」

「是一個《每日新聞》的白癡打來的，不過，或許我不該這麼說他，據我所知，他是你的一個朋友。」

《每日新聞》的人，我認得的沒幾個。「誰？」

「馬提・麥葛羅。」

「不太算是朋友，」我說。「我見過他一兩次，不過沒什麼機會讓彼此留下印象。我懷疑他是否還記得我，而我會記得他的唯一原因是，我每個星期會看兩次他登在報上的專欄，已經不曉得看多少年了。」

「不是一星期三次嗎？」

「嗯，星期天我很少看《每日新聞》。」

「我猜是因為你的手指被《紐約時報》占滿了。」（譯註：《紐約時報》平常厚度約一百頁，週日版則厚達三四百頁）

「通常占滿我手指的是油墨。」

「可不是嗎？讓人覺得他們是他媽的故意把報紙印成那樣，好讓字句留在你手上。」

「如果人類都可以登上月球……」

「沒錯，你相信大中央車站有個報攤，販售用後即丟的白色手套，讓你用來翻閱那些他媽的報紙嗎？」他吸了口氣。「馬修，我一直在逃避重點，我猜你已經曉得重點是什麼了。」

我已經想到了。「我想麥葛羅收到了另外一封信，威爾寄的。」

「是威爾寄的，沒錯。猜猜信裡的主題是什麼？」

「一定是有關你某個當事人的，」我說，「不過我不想花力氣去猜是哪一個。」

「因為他們都是值得尊敬的人物嗎？」

「我只是完全沒線索，」我說。「我沒太注意你接的案子，除了我參與過的那幾個。而且我反正不知道威爾幹嘛會關心那些案子。」

「噢，那是一種很有趣的關心方式，我必須說，相當有用，對於我正在進行的案子絕對有用的。」他暫停了一下，再開口前的那一剎那，我明白他接下來要講什麼了。「他寫的跟我的當事人無關，而是跟我有關。」

「他說了什麼？」

「唔，很多事情，」他說。「我可以唸給你聽。」

「你拿到那封信了？」

「是副本，麥葛羅傳真給我的。他找警方之前，先打電話給我，然後把信傳真過來。他實在很周到，我不應該叫他混蛋的。」

「你沒有。」

「第一次提到他名字時，我說——」

「你叫他白癡。」

「你說對了。噢，我想他不是白癡也不是混蛋，就算是，他也是白癡或混蛋類裡做事周到的一個模範。你剛剛問威爾說什麼。〈給艾卓恩・懷菲德的一封公開信〉。我們來看看。『你畢生致力於讓有罪的人逃過牢獄之災。』這一點他錯了。在被證明有罪之前，他們都是無辜的。而只要他們有罪的證據能讓陪審團相信，我那些當事人就得進監牢。除非我能上訴並獲得改判，否則他們就得待在牢裡。從另外一個角度來想，當然，威爾的說法相當正確。我大部分的當事人都犯過他們被控告的罪名，我想這就足以讓威爾認為他們有罪了。」

「他對你到底有什麼不滿？他不認為那些被告也有找律師辯護的權利嗎？」

「這個嘛，我不想把整封信唸給你聽，」他說，「他的意見也很難精確描述，不過可以說，他對於我善於做好自己工作的這個事實，非常不以為然。」

「就這樣？」

「真好笑，」他說。「他甚至沒提到理查・佛莫，可是他會對我不以為然，就是從這個案子開始的。」

「沒錯，因為你是佛莫的辯護律師。」

「的確，而且他逃過法律制裁時，我也收到了不少充滿恨意的信件，可是威爾的信裡沒提到我讓他脫罪所扮演的角色。我們來看看他怎麼說。他說我讓警察在法庭上被審判，這又不是我一個人而已。我們共同的朋友古魯留一向把警方拿來審判。對於弱勢的被告來說，這通常是最佳策略。他還說我把被害人也拿來審判。我想他指的是娜歐蜜・塔洛芙。」

「或許吧。」

「你可能會很驚訝，我常回頭去想這個案子。不過不是當時也不是現在。我盡全力替那個姓厄思渥斯的年輕人辯護，但即使如此，也還是沒能幫他脫罪。陪審團認定那個狗娘養的有罪。他現在正在州立監獄服十五到二十五年的徒刑，不過這樣的判決，並不能影響我們的朋友威爾。他說他要殺了我。」

我說：「想必麥葛羅直接去找警方了。」

「報警之前，他先匆匆的打了個電話給我，然後把信傳真過來。事實上，他是先影印了才傳真。他不想把正本放進傳真機，以免毀損任何有形的證據。然後他打電話給警方，接著警方就來找我了。有兩個警探來我這裡待了一個小時，我可以叫他們白癡而不必擔心他們可能是你的朋友。我有任何敵人嗎？有任何當事人對我的工作成果懷恨嗎？老天在上，我所碰過會恨我的當事人，現在全關在大牢裡，根本不用擔心他們，至少我自己完全不必擔心。」

「這些問題警方還是得問的。」

「我想是吧，」他說。「不過這個人跟我沒有私人恩怨，不是很明顯了嗎？他已經殺了四個人，他殺第一個人是因為馬提．麥葛羅叫他這麼做。我不懂我為什麼會列在他的名單上，但肯定不會是因為我幫他逃過牢獄之災又收費太高的緣故。」

「警方有保護你嗎？」

「他們提過要在我辦公室外頭安排一個警衛。我看不出這樣有什麼好處。」

「也不會有壞處。」

「對，可是也幫不上太大的忙。馬修，我得知道該怎麼做。我對這種事沒經驗，從來沒有人想殺我。最接近的一次是五六年前，一個叫保羅．梅斯倫的傢伙對著我的鼻子揮了一拳。」

「是不滿的當事人嗎？」

「不，是一個喝醉的股票經紀人。他說我搞他老婆。耶穌啊，我是西康乃狄克州少數幾個沒搞過他老婆的男人之一。」

「結果呢？」

「他拳頭揮過來，沒打中，然後幾個人抓住他的手臂，我罵了幾句見鬼就回家了。後來再碰到他，我們兩人都假裝沒事發生過似的。也許他不是裝的，因為那天晚上他醉得很厲害。有可能他什麼都記不得。你看我應該把這事情告訴那兩個警探嗎？」

「如果你覺得那封信是他寫的話，那就說吧。」

「那就太神了，」他說，「因為那個可憐的混蛋已經死了一年半了。中風還是心臟病，我忘了，反正是那種暴死的病。那狗娘養的還搞不清自己是怎麼死的。不像我們的朋友威爾。他真是條操他媽的響尾蛇，不是嗎？事先警告你，讓你知道大難臨頭了。馬修，告訴我該怎麼做。」

「你該怎麼做？你應該離開這個國家。」

「你不是認真的，對吧？就算你是認真的，我也不可能出國。」

我並不驚訝。我說：「你現在人在哪裡？辦公室嗎？」

「不，我一擺脫警方就離開了。我現在回到我的公寓，你沒來過，對吧？我們一向在市中心碰面。我住在……老天，我剛剛還猶豫該不該在電話裡告訴你呢。可是如果他想竊聽我的電話，就得先知道我住在哪兒，你說是不是？」

稍早他問過我。他的聲音聽起來是不是在發抖。當時沒有，現在也沒有，可是隨著他的談話愈來愈顛三倒四，他的焦慮是很明顯的。

他告訴我地址，我抄了下來。

「哪裡都別去，」我說。「打電話給門口的警衛，告訴他你在等一個名叫馬修·史卡德的訪客，除非看到我附相片的身分證件才能讓我上去。另外告訴他，我是你唯一在等的訪客，別讓其他人上去，包括警方都不行。」

「好。」

「把電話答錄機打開，替你過濾電話。除非你認得打電話來的人是誰，否則別接電話。我馬上趕過去。」

∞

我掛了電話之後，繩圈裡面已經換了兩個不同的人，是一對遲緩的重量級拳手。我問前一場比賽結果如何。

「結束了，」阿傑說。「打滿十回合——有一兩分鐘，我還以為自己會講西班牙文呢。」

「怎麼了？」

「那個拳賽播報員啊。他播報著，每個字我都能聽懂，我還想著奇蹟出現了，下回你們就會看我出現在《不解之謎》電視節目裡面了。」

「這場拳賽是在密西西比州舉行的，」我說。「拳賽播報員講的是英語。」

「是啊，現在我知道了。剛剛我昏了頭，都是聽多了前頭那些播報員講西班牙文。然後等我真聽到英文，還以為那是西班牙文，而我居然都聽懂。」他聳聳肩。「年輕的那個拳手贏了。」

「意料之中。」

「這兩個看起來一點也不急，還在慢慢拖時間。」

「他們自己慢慢打了，」我說。「我得出門一會兒。」

「談生意？」

「沒錯。」

「要不要我跟著？或許可以替你把風？」

「今天不用了。」

他聳聳肩。「不過你得想想電腦的事情。」

「我會考慮的。」

「如果我們打算邁向二十一世紀，你就別考慮太久。」

「我不會錯過二十一世紀的。」

「你知道，警方就會這樣逮到威爾。利用電腦。」

「是這樣嗎？」

「把那個傻瓜寫的信輸入電腦，按幾個鍵，電腦就會分析他的用詞，告訴你那個混蛋是個四十二歲的北歐裔白人男性。他的右腳少了兩根腳趾，是噴射機隊和遊騎兵隊的球迷，而且他媽媽小時候曾為了他尿床鞭打他。」

「他們會從電腦裡面得出這所有的結果。」

「不只這些，還有更多，」他說，咧開嘴巴直笑。「你想他們會怎麼逮到他？」

「科學鑑定，」我說。「在犯罪現場和他所寫的信中採樣分析。我相信他們會利用電腦處理資料，這個年頭，他們什麼事情都會用到電腦。」

「人人都這樣，只有我們除外。」

「他們會找出一堆線索，」我說，「敲一大堆門，問一大堆問題，大部分都沒有用。最後他會犯一個錯，或警方夠幸運，或兩者都有。然後他們就會逮到他。」

「我猜是吧。」

「唯一重要的是，」我說，「但願警方不要花太多時間。我希望他們加快腳步逮到這個傢伙。」

2

整件事情是從一個報紙專欄開始的。

當然，是馬提．麥葛羅的專欄，而這件事出現在六月初某個星期四的《每日新聞》上。麥葛羅的專欄「答客問」，每週二、週四，還有週日會見報。這已經是過去至少十幾年來紐約小報的一個固定專欄，專欄名稱都一樣，不過見報日不見得一樣，也不見得是在同一份報紙上。麥葛羅過去幾年跳槽過幾次，從《每日新聞》跳到《郵報》，然後又跳回來，中間還待過《新聞報》。

「給理查．佛莫的一封公開信」，是這篇專欄文章的標題，內容也是如此。佛莫是紐約州首府阿爾巴尼人，四十出頭，有一大串攻擊輕罪的被捕前科。幾年前他因為侵犯兒童而入獄，心理治療過程中表現良好，諮詢顧問寫了一封對他很有利的報告給假釋庭，佛莫就重獲自由，發誓他從此會循規蹈矩，而且將奉獻他的餘生幫助他人。

他在獄中曾和一個外頭的女人通信。她是看了徵友廣告和他成為筆友。我不明白什麼樣的女人會想跟一個囚犯通信，但上帝似乎製造了很多這種女人。伊蓮說她們融合了低度自尊和救世主情結；此外，她說，這對她們來說，有一種不必煞車的吸引力，因為男的關在牢裡，根本沒什麼好擔心的。

總之，法蘭妮．倪格麗的筆友出獄了，他不想回阿爾巴尼，於是就到紐約市找她。法蘭妮是個三十來歲的護士，自從母親過世後，就獨自住在華盛頓高地的港口大道。她每天走路到哥倫比亞長老會醫院上班，替教會服務和社區組織基金籌募行動當義工，養了三隻貓，同時寫情書給理查．佛莫這類良善公民。

佛莫搬去跟她一起住之後，她就沒再寫信了，他堅持要當她生命中唯一的罪犯。她很快就沒什麼時間替教堂或社區組織當義工，不過還是有好好照顧三隻小貓。理查喜歡那些貓，三隻貓也非常喜歡他。法蘭妮一個同事常警告她別跟前科犯交朋友，法蘭妮也不只一次的回答。「你知道貓咪是什麼樣的，」她嬌滴滴的說，「而且貓很會判斷人的性格。牠們絕對愛死他了。」

法蘭妮在判斷人的性格上，本領也跟她的貓咪一樣。奇怪的是，監獄裡的心理治療並沒有改變她愛人的性行為傾向，他又回到誘姦孩童的老路上。一開始他勾引十來歲的男孩到港口大道公寓裡，把法蘭妮的裸體拍立得照片給那些男孩看，保證法蘭妮會跟他們上床。（除了肩膀很垮以及五官看起來有點像牛之外，她的大胸脯和飽滿的臀部，都讓她成為一個不無吸引力的女人。）

無論再怎麼心不甘情不願，她依照理查的承諾給了那些男孩該給的東西。她的某些訪客很樂於讓理查加入這個狂歡派對並雞姦他們。其他人則否，只是，他們又能怎樣？理查是個孔武有力的大塊頭男人，體力上可以予取予求，於是那些男孩只能就範，成為這個過程中第一階段的熱心參與者。

情況愈演愈烈。法蘭妮花光存款買了一輛旅行車。鄰居愈來愈習慣理查在公寓前面的街上洗車擦車的情景，他顯然對他的新玩具很自豪。鄰居們沒看到他如何裝飾車子內部，裡頭放了張床墊，車子邊的欄杆上還有些綁縛的工具。他們會開著車在市區轉，到了適當地區時，就由法蘭妮開車，理查躲在後車廂。然後法蘭妮會找個小男孩（或小女孩，無所謂），說服他們進入旅行車。

完事後，他們會放那些小孩走。直到有一天，有個小女孩一直哭個不停。理查找到讓她停止哭泣的方法，然後把屍體丟在內林丘公園裡一個樹木茂密的地方。

「那是最棒的一次，」他告訴她。「使一切更加圓滿，就像餐後來份甜點一樣。我們應該把他們都解決掉的。」

「好吧，從現在開始。」她說。

「想想最後她眼中的神情，」他說。「耶穌啊。」

「可憐的孩子。」

「是啊，可憐的孩子。你知道我希望怎樣？我希望她還活著，好讓我們從頭再來一遍。」

夠了。他們是禽獸——這是我們給他們貼上的標籤，奇怪的是，這個說法是用在一些我們的同類身上，而他們的行為在其他較低等動物身上其實很難以想像。他們找到了第二個被害者，這回是個男孩，然後把他的屍體丟在離第一具屍體半哩處，接下來就被逮了。

毫無疑問，他們有罪，這個案子本來應該十拿九穩的，可是後來卻一片接一片的崩潰掉了。由於法官提出種種理由拒絕，有一大堆陪審團無法看到的證據和無法聽到的證詞。這應該也無所謂，因為法蘭妮已經認罪，並且做了對理查不利的證詞——他們沒有結婚，所以也沒任何特殊保密的藉口可以阻止她這麼做。

結果她一自殺，一切就都完了。

理查的案子依然在陪審團面前被起訴，但沒什麼大用，而且理查的律師艾卓恩．懷菲德是個好律師，有辦法找出種種破綻讓理查過關。結果法官的求刑輕得幾近於無罪釋放，而陪審團花了不到一個小時的時間就回到法庭，做成無罪的決議。

「真可怕，」一名陪審團員告訴某記者，「因為我們都十分確定是他犯了那些罪，但檢方無法證明。我們必須判他無罪，但無論如何，應該找個方法把他關起來。這種人怎麼可以放掉他，讓他重返社會呢？」

這也是馬提．麥葛羅所不解的。「在法律的眼中，你或許是無罪的，」他威脅道，「但在我、我所認識的每一個人的眼中，你就像原罪一樣有罪。只有那十二個受限於司法系統而必須像司法女神一般盲目的陪審團員除外……

「有太多人像你一樣，」他繼續寫道，「鑽司法的漏洞而讓這個世界更不宜居住。我必須告訴你，我希望上帝有個方法能擺脫你，動用私刑是個壞方法，只有傻瓜才會想回到無政府的民兵時代。但你是一個強而有力的論據。我們無法動你一根汗毛，我們只能讓你生活在我們周遭，就像個趕不走的病毒。你不會改變，也不會去尋求心理治療，而且反正你這種人已經沒藥醫了。你會玩弄心理治療師、心理顧問和假釋委員會於股掌之間，然後溜回我們城市的街道，回頭去獵食我們的孩子。

「我想親手殺了你，但那不是我的作風，我也沒有那個勇氣。也許你會走下人行道被巴士撞死。若是如此，我會很高興捐錢給那位巴士司機當辯護基金，如果司法系統發瘋非讓這個司機得到一些報應不可，那麼應該頒發一枚獎章給他——我也很願意捐錢贊助，而且心甘情願。

「又或者，在你可怕一生中，曾有那麼一瞬間，你願意當個頂天立地的人，為所應為。那麼你可以學習法蘭妮的做法，消除眾人的痛苦。我不認為你有那個膽子，但或許你會鼓起勇氣，或有人會幫助你。因為無論聖伊格內修斯教會的修女們如何教導過我，我就是沒辦法：我非常非常希望見到你頸上繞著繩子，掛在一根樹枝上，在風中，緩緩的，緩緩的旋轉。」

∞

這是麥葛羅的典型作品，這類文章正足以說明為什麼那些小報會出破天荒的價碼挖角他。正如某人所說的，他的專欄正是構成真正紐約的一部分。

多年來，他一直插手別人的工作，而且不無成效。這些年他出了幾本非小說類的書，雖然都不是什麼暢銷書，但都頗受重視。幾年前他在一個本地的有線電視頻道主持脫口秀節目，播了六個月，後來因為跟電視台管理階層不合而喊停。之前不久，他寫過一個劇本，而且曾在百老匯上演過。

但讓他成為紐約不可或缺一部分的，是他的專欄。他用一種通曉清晰的方式宣洩讀者的憤怒和不耐，用字遣詞又比率直的表達藍領憤怒要來得高明。我記得自己讀過他談理查．佛莫的那篇專欄，也記得自己多少同意他的說法。我不怎麼在乎司法制度，不過有幾度，我覺得沒有這個制度好像還比較好。我痛恨看到動用私刑的民眾湧上街頭，不過若他們停在理查．佛莫家門前，我也不會跑去試圖勸他們離開。

我並沒有花太多時間思考那篇專欄文章。就像其他每個人一樣，我一再同意的點頭，偶爾對一些過度簡化或不適當的措詞皺眉，私心想著若理查被發現在一棵樹或街燈柱子上頭上吊自殺，也完全不是壞事。然後，就像其他人一樣，我把報紙翻過去看下一頁。

但不是每一個人都這麼做。

那篇專欄是在星期四刊出，外加星期三深夜的最早版早報。（譯註：一般美國大城市的報紙慣例每天會發行好幾次版本，內容亦隨新聞的發展有所更新。若遇特殊狀況時，亦會隨時發行特別版的快報）除了有八封或十封給編輯的信——其中兩封後來在「人民的聲音」專欄中被引述——星期五和星期六有五封讀者來信，寄給了麥葛羅個人。一封是住在理佛道的天主教徒寄來的，他提醒麥葛羅，自殺是不可饒恕的罪，而催促他人做這樣的行動也同樣有罪。其他的信，則是表達對那個專欄的贊同之意，贊同的程度不等。

麥葛羅有一疊印好的明信片：「親愛的×××，謝謝你撥冗來函。無論你對我非說不可的話是否關心，我都很感激你的來信，能夠擁有你這樣的讀者，讓我覺得既高興又光榮。盼望你往後每星期二、四和週日，都能閱讀我在《每日新聞》上的專欄。」並不是每個寫信來的人都會留下回信地址——有些人甚至沒在信末署名——但那些收到明信片回信的人，會看到他們的名字寫在「親愛的」後頭，信末還有手寫的評論——「謝謝！」或「你說得對！」或「好觀點！」麥葛羅會在那些明信片後頭簽名寄出，然後忘得一乾二淨。

其中一封信倒是讓他印象深刻。「你那篇給理查．佛莫的公開信相當犀利且具有煽動力，」信中一開始這麼寫道。「當司法系統失靈的時候，我們該怎麼辦？光是失望的置身度外、歸咎於我們把權力交給這樣的系統——即使我們對這個事件的不幸結果束手無策——是不夠的。我們的刑事司法系統需要一個後援措施，一個故障時仍能保全整個機器運轉的裝置，以便更正這個有瑕疵的系統所必然出現的那些錯誤。

「我們發射火箭到太空時，也同時設計出許多失敗時應變的後援措施。我們容許某些無法預測的因素會使得整個計畫受挫，因而建立了一套裝置來修正任何可能發生的偏差。若是我們對外太空都會有這類固定的預防措施，那麼為什麼對我們城市中的街道不能如此呢？

「我提出一個針對我們刑事司法系統的後援措施，其實這已經存在於我們市民的心與靈魂中，但看我們有沒有催化的意志。而我相信我們有。你寫的專欄，就是集體意志的一個顯示。而我，也同樣是這種人民的意志的一個顯示。

「理查．佛莫很快就會被吊死在樹上，這是人民的意志！」

這封信的文字修養比大部分的讀者來函都高明，而且是用打字的。麥葛羅的讀者，不完全是只曉得用蠟筆在牛皮紙袋上塗些標語的小丑或低能兒，他也曾經收到過打字且用詞講究的信，但這類信一定都會簽名，而且幾乎都會有寄件人地址。這封卻沒有簽名，也沒有寄件人地址，不單是信紙上沒有，信封上也沒有。麥葛羅看了一下信封，上頭只有他自己的名字和報社地址，其他什麼都沒有。

他把信歸檔，然後忘掉這件事。

∞

接下來的那個星期，兩個多明尼加小鬼在山區騎自行車，他們從內林丘公園一個很陡的小徑騎下來。其中一名對他的同伴大叫，兩個人到了比較平的地帶便同時煞車。「你看到了嗎？」「看到什麼？」「那棵樹上。」「什麼樹？」「後頭那裡有個傢伙吊在樹上。」「老兄，你瘋了。你看到什麼鬼，你瘋了。」「我們得回去。」「上坡？就為了看那個上吊的人？」「拜託！」

他們回頭，那位頭先沒看到的人也回去了。在距離單車小徑約十五碼之處，的確有個男人從一棵針橡樹堅固的樹枝上吊下來。他們停下車來，好好看個仔細，其中一個男孩當場嘔吐起來。那個男人吊死的畫面不會太優美，他的頭腫得像籃球，脖子被他身體的重量拖得老長。他並沒有在風中緩緩的扭轉，因為根本沒有風。

∞

不用多說，那是理查・佛莫，他被吊死的地方，離慘死在他手下兩名受害人的陳屍處不遠，麥葛羅的第一個想法是，這個狗娘養的果真聽了他的話自行了斷。他有一種擁有莫名權力的奇異感覺，一時之間，既不安又興奮。

但理查不是自殺的。他是窒息致死，因此繩子套在他脖子上的時候他還活著，不過很可能已經失去意識了。驗屍發現他的腦袋曾受重擊，而且造成頭蓋骨的致命傷。要不是某人費事的把他吊起來，光是這個傷，也足夠取他性命了。

麥葛羅不知道自己有什麼感想。看起來似乎是他的專欄文章引起了某些迴響而導致某人去謀殺理查。至少至少，凶手在行凶時遵照了麥葛羅的方法。這令他厭惡，但仍無法讓他哀悼理查・佛莫的死。所以，他依照多年來的習慣，在專欄上談論他的想法和感受。

「我無法說我很遺憾理查・佛莫已經不在人世，」他寫道。「這畢竟符合我們八百萬市民的願望，而我也必須說，理查長眠於冰冷的土地下，並不會使我們的生活品質更糟。但我很不願意去想到，我或任何一位閱讀本專欄的讀者對於他的死有責任。

「在某種意義上，殺了理查・佛莫的凶手幫了我們所有人一個忙。佛莫是個惡魔。有人真以為他以後不會再殺人嗎？難道我們現在不都抱著鬆了一口氣的心情，慶幸他以後再也沒有辦法殺人了嗎？

「然而殺他的凶手也同時在傷害我們。當我們把執法的權力掌握在手裡，當我們的雙手竊取生死的權力，我們就跟理查沒有兩樣。喔，我們只不過是一群比較仁慈，比較溫和的理查・佛莫罷了。我們的受害人罪有應得，我們可以告訴自己，上帝站在我們這邊。

「可是我們跟理查又有什麼兩樣呢？

「由於曾公開希望他死，我應該向全世界道歉。我不會向理查道歉，我對他死掉一點也不覺得遺憾。我的道歉，是向其他所有人。

「當然，有可能殺掉理查的人從沒看過這個專欄，他們殺理查另有個人的原因，也可能凶手是他獄中結下的仇家。我願意如此相信，這樣我會睡得比較安穩。」

猜得到，有警察去找麥葛羅，他告訴警方他有一堆贊成和反對他專欄的讀者來信，但沒有一封明確表示要實現他的願望。警方沒有要求看那些信。麥葛羅的專欄也繼續刊登，第二天，他收到了第二封信。

「不要自責，」麥葛羅閱讀那封信。「來討論一下你的專欄未來將促使我有什麼行動，可能會很有趣，不過搜尋任何名人做為目標都沒有意義。我們別再多談理查．佛莫的惡魔行徑引發你寫那篇文章、甚至引起我的行動好嗎？我們每個人都無法忍受這個狀況，因而迅速、直接、適當的做出了反應——所謂這個狀況，就是一個可以繼續謀殺小孩的人，自由的回到了社會。

「或者換個方式，我們每個人都短暫的體現了紐約人民的集體意志。那是大眾運行其意志的能力，不但要說，而且要做，這才是民主政治的真正本質。民主不單只是投票權，或者人權法案所提供的幾項自由，而是我們藉以被統治或統治的——也就是遵照我們的集體意志。所以不要把理查．佛莫被適時處死當成自己的責任。如果你願意的話，就怪佛莫自己吧。或者歸罪或歸功於我——但當你把責任歸給我時，你只是在歸罪或歸功於——

人民的意志

有個警察給過麥葛羅名片，他找出來，伸手去拿電話。但號碼撥了一半，他掛斷了，然後重撥。

他先撥給市政版編輯台，然後再撥給警察。〔譯註：此匿名信作者並未有真正的署名，但他信中慣常使用的口號為「人民的意志」（The Will of People），且都巧妙的用來當做代以署名的結尾。而Will恰巧亦為男子名，故一般人都稱此無名人士為Will，本書一律將之音譯為「威爾」〕

∞

「殺理查的凶手現身」，次日的報紙標題如此嘶吼著。接下來的報導由麥葛羅署名撰寫，先是全文轉載威爾的信，又摘要了他的第一封信以及警方調查的進度。邊欄的報導則包括訪問心理學家和犯罪學家的說法。麥葛羅的專欄登在第四版，標題是「給威爾的一封公開信」。大意是：威爾儘管可以為自己的行為辯護，但他也必須自首。

但威爾並沒有自首。反之，當警方進行調查且毫無所獲時，他一直保持沉默。接著，大約一個星期後，麥葛羅又收到威爾的另一封信。

他正期望能再有威爾的消息，也一直留意有沒有打字地址且無回信地址的長信封。可是這回是個小信封，地址是用原子筆寫的，而且也有回信地址。所以他沒特別注意，就直接打開了。他展開那張單頁信紙，看到上面打字的內容和手寫簽名，然後像拿到燙手山芋似的丟下那封信。

「給帕奇．薩勒諾的一封公開信」，信上一開始這麼寫著，麥葛羅繼續閱讀那篇仿照他自己給理查．佛莫公開信的改編版。帕奇．薩勒諾是紐約的黑手黨人物，五大幫派家族之一的頭子，也是「組織犯罪取締法」調查行動無法命中的目標，警方千方百計想把他關進牢裡，卻都無法如願。「你自己的手下曾屢次想讓我們擺脫你，」他寫道，指的是多年來帕奇躲過的暗殺。然後他建議帕奇去做他一生中最具公德心的行動——自殺；否則，此信的作者就不得不動手了。

「在某種意義上，」他結論道，「這件事我沒有選擇的餘地。畢竟，我只是——

人民的意志

這個報導對報紙銷路大有幫助，沒有人能採訪到薩勒諾，但他的律師是個不錯的代言人，他形容他的當事人是個無辜的生意人，已遭受政府迫害多年。他把最近的這個侮辱視為更進一步的迫害，要嘛就是威爾已經受政府散播的謠言影響，而展開狂想者的聖戰；不然就是威爾根本不存在，而這整樁事情是調查局單位編造出來的複雜騙局，想找出或捏造新證據以起訴帕奇。後者的可能性，是他在他的當事人拒絕紐約警方提供保護時提出的。

「想像一下警方保護帕奇，」《郵報》引述一個匿名的聰明人說法，「叫帕奇來保護警方還差不多。」

這個報導，在紐約當地的報紙和電視上引起軒然大波，但沒幾天就沉寂了，因為實在沒什麼新鮮題材可以繼續炒作。然後，某個星期天，帕奇在布朗克斯區亞瑟大道的一家餐廳吃飯。我不記得他吃了些什麼，雖然有好幾份小報還報導了每一道菜。最後他去洗手間，然後有人在他之後進去，發現了他待在裡面這麼久的原因。

帕奇四肢攤開仰臥在地上，一根兩呎長的鋼琴絃繞住他的脖子。他的舌頭吐了出來，比平常要長兩倍，雙眼暴突。

∞

媒體當然瘋掉了。全國性談話秀找來專家上節目，討論私刑的倫理問題以及威爾的特殊心理狀態。有人想起〈天皇〉那首歌裡面的一句名言：「我有一個小名單，」結果就像吉柏特與沙立文所唱的，每個人都有他自己的「應該入土的社會罪犯」名單。大衛．賴特曼提出了一個供威爾參考的十大名單，名單上大部分是知名談話秀節目主持人。（謠言指出，製作小組曾為是否該將賴特曼午夜時段的死對頭傑．雷諾列入名單展開一場激辯，因為賴特曼的節目中向來不提此人。）

〔譯註：賴特曼（David Latterman）的知名談話秀節目《午夜漫談》中，「十大名單」（Top Ten）向來是極受歡迎的單元，內容主要以諷刺時事之幽默為主，亦曾輯錄出版成為暢銷書。傑・雷諾（Jay Leno）的同時段談話秀《今夜》，則是美國最老牌的談話節目之一，與《午夜漫談》風格稍異。賴特曼的節目為標準紐約風格，其幽默感較為辛辣刻薄，演出的即興色彩亦較濃；而雷諾的節目則是擁有數十年老牌傳統，培養過數名極具代表性的主持人，風格一般而言較為保守溫厚。且雷諾入主《今夜》之前，賴特曼曾極力爭取成為此節目的接班主持人，後敗於雷諾手上。兩節目向來競爭激烈〕

還有很多人自稱是威爾，說那些人是自己殺的。警方設置了針對此案的專線電話，結果可以想見，接到了一堆假凶手和假自白的電話。一大堆自稱威爾所寫的給各種人物的公開信湧進《每日新聞》的編輯室。麥葛羅還收到幾封威脅要殺他的信：「一封給馬提・麥葛羅的公開信……都是你挑起的，你這狗娘養的，現在輪到你了……」，許多人公開或私下揣測威爾的下一個目標會是誰，而且紛紛推薦人選。

有一點是人人都確定的，那就是一定會有第三個目標。沒有人會停留在兩個就算了。一個有可能，三個有可能。但沒有人會停留在兩個。

威爾沒讓大家失望，不過他的下一個選擇大概出乎許多人的意料。「給羅斯偉・貝利的一封公開信」是他的標題，接著，他說明紐約市反墮胎行動領導人物是個未被起訴的殺人犯。「你的能言善道，一次又一次的挑起了支持者的暴力行動，」威爾宣稱，「而且其直接結果至少造成了兩樁死亡。一三七街診所的炸彈事件和羅夫大道的護士與內科醫生暗殺事件，都是謀殺的囂張行動。兩次你都舌粲蓮花的撇清自己和這些行動的關係，只不過你也讚許這樣終結他人生命的方式，認為這類罪惡遠不如墮胎……你支持那些未出生的小孩，但你卻為了胎兒而終結他人的生命。你反對生育控制，反對性教育，反對任何可能減少墮胎需要的社會方案。你是個卑鄙的人，而且看樣子也無法懲罰你。但沒有人能夠長期違抗——

人民的意志

馬提·麥葛羅收到這封信時，貝利並不在紐約。他當時在內布拉斯加的奧馬哈，領導一場對一家墮胎診所的大規模抗議。「我是在替上帝工作，」他對著電視新聞鏡頭說。「我是在繼承祂的意志，而且我會堅守下去，對抗所謂人民的意志。」他告訴另外一個訪問的記者說，不論威爾想做什麼，都得等到他回紐約再說，他還打算待在奧馬哈一陣子才能回去。

上帝的意志。戒酒無名會勸告我們，只需根據上帝的意志而祈禱，而唯有祂的權力才能讓我們的祈禱實現。我的戒酒輔導員吉姆·法柏曾說，要了解上帝的意志，是全世界最簡單的事情，你只消等著看有什麼事情發生，就知道了。

羅斯偉·貝利所做的，也許的確是上帝的工作，但由貝利來繼續下去，顯然不是上帝的意志。他正如自己所說的待在奧馬哈，但回到紐約時，他是裝在棺材裡。

奧馬哈希爾頓飯店的女服務生在他的房間裡發現他的屍體。凶手頗具幽默感的在他的頸子上纏了一個衣架（譯註：衣架的英文hanger，同時也有絞刑的意思）。

8

當然，這個案子是屬於奧馬哈警局管轄的，但他們也歡迎飛去那兒的紐約市警局警探請教他們並交換資訊。沒有證據顯示貝利的遇害與佛莫和薩勒諾有關，除了威爾都曾給他們公開信之外，因此有可能是某些奧馬哈人受到威爾的鼓勵，決定在當地幹掉他。

威爾的下一封信——像其他的信一樣，寄給馬提．麥葛羅——提出了這項看法。「我跑去奧馬哈解決了貝利先生嗎？或者是某些奧馬哈的市民，對於羅斯偉．貝利打破了他們美好城市的平衡狀態感到憤怒，於是自己動了手呢？

「吾友啊，這有什麼重要呢？誰殺的又有什麼不同呢？我自己只是個無名小卒，說什麼根本無足輕重。我不過是為人民的意志而行動。如果真有另外一雙手代我將刀子刺入了羅斯偉．貝利冷酷的心臟，然後用衣架扭他的脖子，那麼我個人所該負的責任，就好像你寫的文章也在某種程度上激起了我們的行動一樣。我們每個人，不論單獨或合作，都有助於表達——

人民的意志

這招很高明。威爾沒說他去了奧馬哈，只說是不是他殺的都無關緊要。但同時，他藉著暗示貝利是被刺死的，很清楚的指出人是誰殺的。奧馬哈的警方封鎖了貝利是被刺死的消息。（他們原來也想封鎖衣架的事情，但消息走漏了，而且這個勒死的象徵手法實在太強，無法期望媒體不報導。要封鎖刀子的消息比較容易，因為現場看不出來，直到羅斯偉．貝利的屍體送到法醫處驗屍時才發現。他是被一刀刺死的，傷口在心臟處，凶器應該是窄刃刀或者匕首。死者幾乎是當場斃命，也沒流什麼血，這也是為什麼這個刺傷一開始沒被注意到，而且為什麼能夠封鎖消息沒被報導出來。）

羅斯偉．貝利看起來是個難以下手的目標，他遠在這個國家的半個國土之外，待在安全措施良好的旅館裡面，而且二十四小時都有忠誠的保鏢隨侍。那群保鏢很壯，身穿絲光卡其長褲和短袖白襯衫，理著小平頭，臉上從無笑容。（「上帝的刺客」，一個評論家曾給他們這樣的封號。）很多人猜測威爾如何躲過這些保鏢，自由進出他們首腦的飯店房間。

「威爾來去一陣煙？」《郵報》的頭版標題如此問道。

但若是殺貝利很難，那麼要殺威爾所挑中的下一個目標，則根本不可能。

「給朱里安．若許德的一封公開信」，是他給麥葛羅下一封信的標題。這信是在他對貝利之死的不明確回應後約十天寄出。在信中，他為這位黑人種族優越論者所判的罪，是他為了擴張自己的權力而煽動種族仇恨。「你創造了一個民眾不滿的領域，」他寫道。「你的權力滋長了你所創造出來的仇恨與憤懣。你呼籲暴力，而至少你所污衊的社會也準備用暴力回報你。」

若許德首次成為知名人物時，只是一名皇后學院的經濟學終身教授。當時他名叫威柏．朱里安，但當他確立自己的種種理論後，就把威柏這個名字去掉了。改名並非改信回教，只是為了表現他對傳奇的回教領袖哈隆納·若許德的欣賞而已。

他在課堂上講述的理論，與經濟學殊少關聯，基本上他主張黑人是人類的原始人種，黑人已被發現是亞特蘭提斯與樂穆利亞的失落文明，黑人正是這個世界史前人類最受尊崇的人種。他們創建了史前巨石群，是復活節島的首領。（譯註：史前巨石群在不列顛各地都有發現，英屬復活節島亦有遺跡，其形成原因至今成謎，一般認為是史前原住民的宗教建築）

然後白人興起，有如某種遺傳學的運動，他們是純種黑人的變種。就如同白人的皮膚缺少黑色素，他們的心靈也缺乏真正的人性。他們的身體也同樣有障礙，他們無法跑得那麼快、那麼遠，也沒法跳得那麼高，同時還缺乏最原始與土地相連的脈動，也所以他們會缺乏韻律感。然而反常的是，他們缺乏人性，卻因此能夠高人一籌，這使得他們遇到黑人時，能夠壓倒、背叛並顛覆對方。尤其是，從白人再分歧出來的次要人種，其特定的角色就是要成為白人壓制黑人的創造者。這些雜種狗的中心，夠令人驚訝的，就是猶太人。

「如果最後土星上有生物，」伊蓮說，「而且我們能登陸土星，我們會發現他們有三對眼睛，五種性別，還有一些反猶太特徵。」

根據若許德的說法，只要有機會，黑人就會展現他們的天賦優越性——在田徑場上，在棒球、美式足球和籃球界，甚至是某些被認定是「猶太人」的運動——高爾夫和保齡球。（偉大的黑人騎師不多，他解釋，那是因為騎師對馬的征服性質和支配性質太強。）另外，他顯然非常熱愛的西洋棋也提供了黑人優越性的進一步證據，這是一種智力的比賽，原來是猶太人及其追隨者專精研究的學問，但黑人小孩很自然就學會，不需要研究就可以下得很好。

如今，黑人的責任——這是他用的字眼——就是完全與白人社會分開，在每個人類盡力的領域裡面建立他們天生的至尊霸權，同時要力圖支配白人，而且沒錯，必要的時候，甚至得奴役白人，來導引新的千禧年以及黑人潮的人類文明，如果這個星球要存活，這是基本的要件。

可以想像，皇后學院要求摘掉他職務的聲浪很大。（雷蒙・古魯留代表他辯護，成功的在這場戰役中保住了他的終身職，還堅持說他喜歡若許德這個人。「我不知道他有多相信那套狗屎，」他曾告訴我。「至少他不會因此不雇用猶太律師。」）他在法庭贏了，然後戲劇性的辭職，並宣布他要開辦自己的學術機構。他的支持者已經在皇后區聖奧本斯區弄到一整個街區的地，築起圍牆，建了校舍，打算成立一所新的黑人大學，學生和教職人員也大致齊備。

朱里安・若許德跟他的兩個妻子和幾個孩子住在圍牆裡。（雖然難免會有流言提到他對白種女人特別熱愛，但他的兩個妻子都是暗色皮膚，且有非洲裔的特徵。兩個太太長得很像，事實上，另有謠言說她們是姐妹，甚至還說是雙胞胎。）若許德的住所外面整天都有警衛，他若走出圍牆，一定有一群穿著卡其制服的武裝警衛陪伴，二十四小時輪班保護他。

威爾最近一封公開信才剛在報上登出，沒多久若許德便召開記者會，宣布他歡迎這個挑戰。「讓他來，他的確具體表現了他那個種族人民的意志。他們一向恨我們，現在他們再也不能任意的宰制我們、消滅我們。所以讓他來找我吧，讓白人的意志撞上黑人意志的巨石而破碎。我們且看誰的意志比較強。」

如此無事過了一個星期，然後警方被找去聖奧本斯的那塊園地，之前他們從來不敢嘗試進入那兒。若許德的一群隨從帶著警方去他的住所，進入他的臥房，那些隨從一部分是制服警衛，其他則是哭泣的年輕人和小孩。若許德躺在床上，或者該說只有軀體而已。他的頭放在房間一角的小祭壇上，眼睛大睜，旁邊堆了一組木刻，還掛著好幾串念珠。根據驗屍結果，他的頭是被一把祭祀斧所砍下，那把祭祀斧是來自象牙海岸塞努福族非常珍貴的手工藝品。

8

威爾怎麼有辦法安排？他如何能突破那塊園地的重重警衛，像鬼魂一般來去自如？各方人馬都提出種種理論，有人說威爾自己其實就是個黑人，而哥倫比亞大學一名研究比較文學的研究生很快就以一份分析威爾信件的報告支持這個說法，他表示這些信可以證明其作者為非洲裔。另有人認為威爾是故意偽裝成黑人，就像遊唱詩人表演中把臉塗黑的禱者一樣。各界講究政治正確的人士都認為要仔細研究：假設他是白人的是不是有種族偏見？假設他是黑人的是否多半為種族主義者？塞努福族的祭祀斧並不是唯一的斧頭；每個人心中似乎都慢慢生出一把斧頭。

當這些辯論才剛剛有點熱度之時，警方宣布逮捕馬龍．西皮歐。西皮歐是若許德信賴的一名手下，也是他的心腹之一。西皮歐原名馬龍．西蒙斯，在若許德贊同之下改為較具非洲裔色彩的名字。他在警方的審問下露出馬腳，承認他抓住威爾公開信的機會，報了長期的一箭之仇。顯然若許德的兩個太太，無論是姐妹或雙胞胎或什麼，都不能滿足他的性慾，他還與西皮歐的太太有染。西皮歐只有一個太太，他無法接受這樣的情況。這次他有了機會，便從牆上拿起塞努福族的斧頭，砍掉若許德的腦袋。

威爾很高興大家原以為是他幹的。西皮歐被捕且自白的消息公開之後幾小時，他就寄出下一封信，再度提出羅斯偉．貝利之死那封信中的主題。人民的意志會找到表達的方法，誰揮舞斧頭又有什麼差別呢？

∞

此後他沉寂了大約十天。當然又有許多雜音——一堆人寫信或打電話聲稱他們是威爾，不過很明顯不是，還有兩樁匿名炸彈恐嚇事件，其中一個炸毀了一棟中城的辦公大廈。麥葛羅接到一封手寫的信。「一封給所謂馬提．麥葛羅的公開信」，這個文筆不佳的寫信者抱怨麥葛羅應該為威爾的恐怖統治負責。「混蛋，你要用自己的血為此付出代價。」信的最後如此寫道。信末的署名則是占了半頁信紙的紅色大X。（警方化驗很快就確定，那個X其實不是血，而是紅色麥克筆。）

警方只花了兩天就逮到了X先生，他是個失業的建築工人，一時衝動寫了這封信，然後在酒館裡吹噓。「他還以為他很紅呢，」他這麼說麥葛羅，不過除此之外，他跟麥葛羅無冤無仇，當然也不打算設計傷害他。這個可憐的混蛋被以一級恐嚇和威脅罪起訴，後者是D級重罪。檢察官大概會讓他改以輕罪抗辯，我猜他會被判緩刑，不過他得繳一筆保釋金，而且沒什麼可吹噓的了。

然後全紐約市繼續猜測威爾的動向。每天都有關於他的新笑話。（新聞評論家告訴觀眾：「我有好消息和壞消息要告訴你。好消息是，你是《每日新聞》明天一個專欄的主題；壞消息是，專欄作者是馬提．麥葛羅。」）每個人聊天都會提到威爾，而且每天晚上至少會提到一次，就像阿傑向我保證電腦最後將可以顯示威爾的真正身分。去猜測他是哪種人、過著什麼樣的生活，當然永遠猜不完。同樣的，下一個目標是誰，也一樣猜不完。一個瘋狂的電台音樂節目主持人會號召聽眾來信建議威爾的死亡名單。「我們來看看誰會得到最多票，」他如此告訴他的塞車族聽眾們，「我會在空中宣布哪些人是威爾的首選。誰曉得呢？說不定他也收聽我們的節目，搞不好還是忠實聽眾呢！」

「如果他正在收聽，」這名主持人的女搭檔說，「你最好期望他是你的忠實聽眾。」

當天是星期五。週一早上這個節目再度播出時，主持人改變心意。「我們收到很多信，」他說，「可是你猜怎麼著？我不打算公布結果了。事實上我根本沒計算結果，我覺得整件事情好病態，不光是票選，還有支配全紐約的那種威爾狂潮，挖掘每個人心中最深的本性。很多笑話簡直讓人不敢相信，病態又噁心。」為了證明這個觀點，他引述了四個笑話，一個比一個病態，一個比一個噁心。

當然，警方的壓力很大，他們想找出威爾來結案。但那種急迫的感覺和「山姆之子」的氣氛、或者任何隱藏多年的連續殺人凶手很不一樣。你不會害怕上街，不會害怕威爾跟蹤你，突然一槍打死你。一般人沒什麼好怕的，因為威爾的目標不是一般人。相反的，他只瞄準名人，而且都是名聲不太好的。看看他手下受害者的名單——理查．佛莫、帕奇．薩勒諾、羅斯偉．貝利，還有間接的朱里安．若許德。不論你在社會或政治光譜的位置是哪裡，只要你不是極端的惡徒，威爾的格殺令不太可能降臨到你頭上。總之，現在他把目標對準艾卓恩．懷菲德。

3

「告訴你，」他說，「我實在不明白這是怎麼回事。前一分鐘我還在為新出爐的威爾笑話而大笑，接下來我就得知我成為最新的威爾笑話，你想知道我的感想嗎？忽然之間，我發現沒那麼好笑了。」

我們在他位於公園大道和八十四街上交口一棟戰前的公寓大廈中。他很高，六呎二左右，瘦而清爽，有種貴族的英俊。他的暗色頭髮大半轉灰了，使得他站在法庭上更增威風，反而有利。他還穿著西裝，不過已經拔掉領帶，敞開領口。

他現在站在飲料吧台後頭，用鉗子把冰塊夾進一個高玻璃杯中。他在杯子裡加進汽水，然後又放了兩個冰塊在一個矮杯中，注入純麥威士忌。他倒威士忌的時候，我聞到了酒香，濃烈而帶著煙燻味，像是濕掉的蘇格蘭呢布在火堆旁烤乾的味道。

他把高玻璃杯給我，矮玻璃杯留著給自己。「你不喝酒，」他說。「我也不喝的。」我的表情一定有什麼異樣。「哈！」他說，然後看著他手中的酒杯。「我的意思是，」他說。「我現在沒喝那麼多，住康乃狄克時，我喝得凶多了，但我覺得那是因為每個人都喝得凶。最近我只不過是晚餐前來一杯。今天晚上例外。」

「我可以了解。」

「我離開辦公室的時候，」他說，「一擺脫那些警察，就順路在街角一個酒吧快快喝杯酒，然後招了部計程車。我不記得上次這麼做是什麼時候了。那杯酒我根本沒嚐到滋味。只是灌下去就離開了。我進門後又喝了一杯，拿了酒就倒，想都沒想。」他望著手上握的杯子。「然後我就打電話給你。」他說。

「然後我就來了。」

「然後你就來了，這將是我今晚最後一杯，我甚至不確定自己會不會喝光。『給艾卓恩．懷菲德的公開信』，你想知道我最苦惱的是什麼嗎？」

「你被歸到和那批壞蛋同類了。」

「完全正確。你知道我有什麼感想？他們那票人顯然是茶餘飯後八卦的主題。」

「一定的。」

「佛莫和薩勒諾和貝利和若許德。一個是兒童殺手，一個是黑幫老大，一個是炸墮胎診所的凶手，還有一個是黑人種族主義者。我畢業於威廉斯學院和哈佛法學院，現在是律師，法庭上的代表。請你告訴我，我怎麼會跟那四個賤民同列在一張名單上呢？」

「問題是，」我說，「誰列在名單上由威爾決定，他不必管合不合理。」

「你說得沒錯，」他說，走向一張椅子坐下，舉起杯子迎向燈光，然後一口沒喝又放下。「你稍早提到出國的事情。你只是故意講得誇張點，對不對？或者你是認真的？」

「我是認真的。」

「我就怕是這樣。」

「如果我是你，」我說，「我會出國，絕不逗留。你有護照，是吧？放在哪裡呢？」

「在放襪子的抽屜裡。」

「拿來放進口袋，」我說，「帶兩件換洗衣服還有可以放進登機提袋裡的小東西。把家裡能找到的現金都帶著，就算不多也別擔心。你不是逃犯，所以無論去哪裡，都可以使用支票和信用卡。甚至你要領現金也沒問題，現在全世界都有提款機。」

「我該去哪裡？」

「你自己決定，但是別告訴我。我會建議一些歐洲國家的首都，去找一家高級飯店，告訴經理你要用假名登記住宿。」

「然後呢？把自己關在房裡？」

「我想不必。他曾跟蹤羅斯偉．貝利到奧馬哈，不過他不必調查就可以跟去。每天晚間新聞都報導貝利在哪裡，朝著醫生和護士丟牛血。而且去內布拉斯加也不用護照。我猜想如果你出國，而且不要透露去哪兒，他會發現與其想盡辦法追蹤你，還不如再寫一封給其他人的公開信來得簡單多多。而且他可以自我安慰說，他贏了這場遊戲，因為他把你嚇出國了。」

「他的確贏了，不是嗎？」

「可是你會保住一條命。」

「但形象有了個小污點，你不覺得嗎？這位誰都不怕的大律師偷溜出國，被一封匿名信給嚇跑了。你知道，我以前也碰過死亡恐嚇。」

「我相信。」

「厄思渥斯那個案子惹來的。『你這狗娘養的，如果他無罪你就死定了。』結果傑洛米被判定有罪，所以我們永遠不會曉得那些恐嚇是不是真的。」

「那些信件你怎麼處理？」

「跟以前一樣，交給警方。但我不指望能引起太大的注意。因為期望我能幫忙傑洛米．厄思渥斯脫罪的警察並不多。不過，他們也不會因此就不把分內的工作做好。他們做了調查，不過我懷疑他們會有多認真。」

「如果這回你死了，」我說，「他們就會認真多了。」

他看了我一眼。「我不打算離開紐約，」他說。「我不會考慮。」

「由你決定。」

「馬修，死亡恐嚇不值錢，一毛錢一打。這個城市裡每個刑事律師都有一整個抽屜塞得滿滿的恐嚇信。老天，看看雷蒙．古魯留。你想這麼多年來，他接到過多少死亡恐嚇？」

「不少吧。」

「如果我沒記錯的話，有回他商業街家裡的前頭窗子還被散彈槍掃射過。他說是警察幹的。」

「他也不確定，」我說，「不過這個推測很合理。你想說的是什麼？」

「我有自己的人生要過，不能被這種事情嚇得像個兔子似的逃走。你自己也碰過死亡恐嚇，對吧？我敢說你碰過。」

「沒那麼多，」我說。「而且我的名字也沒那麼常上報。」

「不過你碰過幾次。」

「對。」

「你會收拾行李跳上飛機嗎？」

我喝了口蘇打水，回想著。「幾年前，」我說，「有個曾被我送進牢裡的傢伙出獄了，打定主意要殺我。他打算先一個個殺掉我生命中的所有女人。以前我生命中沒有任何女人，至少那時沒有，不過他的定義比我寬得多。」

「你怎麼辦？」

「我打電話給一個前任女友，」我說，「叫她收拾行李出國。她就提著包包離開這個國家了。」

「然後化名住宿。可是你做了些什麼？」

「我？」

「對。我猜你還留在紐約。」

「對，而且後來逮到了他，」我說。「不過情況不同。我知道他是誰，我有很大的機會在他找上我之前先逮到他。」我皺著眉回憶。「即使如此，我還是差點被殺掉。伊蓮更危險，她被刺成重傷，脾臟切除了，差點丟了命。」

「你剛剛不是說她出國了？」
「那是另外一個女人，一個前任女友。伊蓮是我太太。」
「我還以為你生命中從來沒有過任何女人。」
「我們當時還沒結婚。之前彼此認識好幾年了，摩利的事情又讓我們重逢。」
「摩利就是那個想殺你的傢伙？」
「對。」
「那她復原之後——她叫什麼？」
「伊蓮。」
「伊蓮復原後，你們又繼續約會，現在你們結婚了，幸福嗎？」
「非常幸福。」
「老天，」他說。「說不定我待在紐約歷經這件事，最後會回康乃狄克和芭芭拉破鏡重圓，不過很難想像她沒有脾臟，因為發脾氣是她個性中的主要特徵。」他喝了口酒。「而且我手上有案子要進行。也許飛去奧斯陸或布魯塞爾過兩個星期很誘人，不過我想我還是要待在紐約面對命運。但這不表示我想找死，而把保護自己的任務交給紐約市警局我覺得沒什麼道理。我在這裡很安全——」
「這裡？」
「公寓裡面啊。這棟大樓的保全措施很好。」

「我想威爾要進來不會太困難。」

「門口的警衛有沒有叫你拿證件給他看？我交代過他的。」

「我拿了張卡片在他眼前晃了一下，」我說，「我沒讓他有時間看，他也沒堅持。」

「我得再去跟他說說。」

「別費事了。你對這棟大樓的職員不能期望太高。你們的電梯沒有服務員，任何人要進來，只消把門房解決掉就行了。」

「解決掉？你是說把他給殺了？」

「或者只要趁他沒看到偷溜進來，這可不像溜進諾克斯堡那麼難。如果你希望能有多一些機會活著度過這件事，又不肯出國，你就需要二十四小時的警衛。這表示每天三班，而且我建議你每班雇兩個警衛。」

「你是其中之一嗎？」

我搖搖頭。「我不喜歡這類工作，也沒有這方面的訓練。」

「你可以替我找保鏢嗎？」

「間接的可以。我是自己獨立辦案。我可以打電話找幾個支援的人，不過找不到那麼多。我能做的就是建議一兩個經紀公司，可以算是偵探保全公司。」

我掏出筆記本，抄下兩家公司的名稱和電話，還有聯絡人。然後把那頁紙撕下來，遞給懷菲德。他看了看，折起來，塞進上衣口袋。

「現在打電話過去也沒用，」他說，「我明天一早就打——如果威爾肯讓我活到那時候的話。」

「你應該還有幾天。他會等到消息見報，讓你這幾天擔心個夠。」

「他實在很煩，不是嗎？」

「這個嘛，我想他不會出現在珍・赫肖爾特人道主義獎的名單上。」

「今年不會，可是到了明年，他會有很多競爭對手。喔，老天啊，你還以為你的生活井然有序，然後就有這種莫名其妙的事情冒出來打擾。你常常擔心嗎？」

「我常常擔心嗎？我不知道。應該不會吧。」

「我好像很會擔心。我會擔心中風或心臟病，擔心攝護腺癌。有時我還會擔心有什麼不好的基因會讓我得到某種罕見的疾病。我想不起那個病的名字了，可是這會兒我又擔心自己會提早得到老年癡呆症。你知道嗎？這真是操他媽的浪費時間。」

「你是指花時間去擔心？」

「沒錯。這些擔心都搞錯方向了。要是你之前問我，我會說我從來就沒擔心過這個狗娘養的，沒想到現在我登上他的名單了。告訴我，除了雇警衛之外，我還能做些什麼？你一定還知道一些我日常該遵守的事情，說出來好讓我預防。」

8

我把那些能增加活命機率的建議事項說完之後，他已經煮了一壺咖啡，我們各自都喝了第二杯。他談了一會兒他正在進行的案子，我簡單聊了一下一個月前進行的一個工作。

「我希望你明白，我很感激你所做的這一切，」他說。「我本來想叫你寄帳單給我的，不過登上威爾名單的人應該要把帳目盡量結清才對。我該給你多少錢？我馬上開張支票給你。」

「不收費。」

「別傻了，」他說。「我半夜把你拖出來，整整花了兩小時聽你的專業意見。你就直說，把價錢告訴我。」

「我本來就希望保住你的性命，」我告訴他。「如果你活著，我就有機會接更多工作。」

「你這麼想沒問題，但今天晚上你還是應該收費。」他拍拍剛剛放進紙條的那個口袋。「這些偵探社會給你介紹費嗎？」

「看你找哪一家。」

「只有一家會給你介紹費？」

「我不時會從可靠偵探社那邊接一些例行的偵查工作，」我說，「若是碰巧有機會替他介紹生意，威利．東恩會付我佣金。」

「那你何必又多寫另外一家公司呢？」

「因為他們不錯。」

「好，那我打算找可靠偵探社，」他說。「就這麼辦。另外我還是想把今天晚上的費用付給你。」

「沒有必要。」

「既然如此，我有個更好的主意。我想雇用你。」

「做什麼？」

「去查威爾。」

我把所有不合理的原因告訴他。有半數的警力都被派去偵查這個案子，而且警方有管道把所有資料和證據配合科學儀器查出一些東西。何況，他們有足夠的人力去敲每一扇門，追查每個線索和報案電話。而我所能做的，也不會超過他們的範圍。

「這些我都知道。」他說。

「所以呢？」

「所以我還是想雇你。」

「為什麼？只是找個方式把今晚的費用付給我嗎？」

他搖搖頭。「我希望你參與這個案子。」

「為什麼？」

「因為我覺得你有機會做一些改變。你知道，我第一次雇用你，是因為雷蒙・古魯留的推薦。」

「嗯，我知道。」

「他說你腦袋靈光，反應很快。『告訴他第一句，他就了解整頁了。』他是這麼說的。」

「他是與人為善，」我說。「有時候我只是動動嘴巴而已。」

「我不覺得。他也讚美你的個性和正直。還說了其他的。他說你頑固得像狗追著不放。」

「總比說我豬腦袋好。」

他白了我一眼。「你就是不肯妥協，對不對？馬修，攻擊是最好的防守。這句話在法庭上是真理，在現實生活裡也是。我不知道你能比警察多做些什麼，但這陣子我最不需要擔心的就是錢，如果我能花一些錢在你身上，我就可以告訴自己，我正盡力在威爾逮到我之前就先逮到他。你現在就行行好，開口告訴我你會接這個案子，好讓我開張支票給你吧！」

「我會接這個案子。」

「看吧，你很頑固，這或許是你工作所需的特質；不過我很會說服人，這鐵定是我工作必備的特質。」他走向書桌，拿出支票簿，寫了一張給我的支票，撕下來，交給我。

「這是聘雇費，」他說。「夠多嗎？」

上面的金額是兩千元。「非常好。」我說。

「你現在手頭有其他工作嗎？」

「暫時沒有，」我說。「我不知道接下來該做什麼，不過明天早上我會開始進行。」

「我也會打電話給可靠偵探社的東恩，去找保鏢。這是我該做的。我跟你說一件事，你別說出去。一直到今天下午，我還有點喜歡威爾呢！」

「真的？」

「算是我對他有那麼一點欣賞吧。他是某種城市民間英雄，不是嗎？幾乎就像蝙蝠俠一樣。」

「蝙蝠俠從不殺人。」

「漫畫裡是這樣。電影裡他會殺人，不過好萊塢什麼故事都會瞎搞，對不對？不，真正的蝙蝠俠從不殺人。我們說『真正的蝙蝠俠』，因為如果你是看漫畫長大的，事情就是這樣。」

「我懂。」

「看在上帝份上，」他說，「我是艾卓恩·懷菲德，我是個操他的律師。如此而已。我不是小丑，不是企鵝先生，也不是謎天大聖。為什麼蝙蝠俠要對付我？」（譯註：小丑、企鵝先生、謎天大聖都是與蝙蝠俠作對的反派人物）

4

我到家時，伊蓮還沒睡，正在看Discovery頻道的野生動植物記錄片。我陪她一起看了十分鐘。打出片尾字幕時，她對我扮了個鬼臉，然後關掉電視。

「你進來的時候我就該關掉的。」她說。

「為什麼，我不介意跟你一起看啊。」

「我應該學會的是，」她說，「跳掉這類節目的最後五分鐘不看，因為都一樣。你花了五十五分鐘觀賞一些很美好的動物，然後他們毀掉這一切，告訴你這些動物已經瀕臨絕種，活不到下一個世紀。他們堅決要讓你沮喪，讓人懷疑他們的贊助人包括抗抑鬱劑藥商。艾卓恩·懷菲德怎麼樣？」

我簡單告訴她今天晚上的事情。「聽起來他不沮喪，而好像是困惑，『為什麼是我？』」

「很自然的問題。」

「是啊，我也覺得。你剛剛說聘用費是多少？兩千元？沒想到你會收下。」

「我想是警察的訓練使然。」

「只要有人遞錢給你，就拿。」

「差不多吧。他想為我花掉的時間付費，我拒絕了他，於是他決定要雇用我。我們有錢可以花了。」

「你也有工作可以做了。」

「對，而且或許我可以找出一些事情來做。只希望不需要買一部電腦。」

「啊？」

「阿傑。剛剛他還提起這件事。他什麼時候走的？」

「你離開半小時後他就走了。我說他可以睡沙發，可是他不想留下來過夜。」

「他從來沒留下來過夜。」

「『你幹嘛，以為我沒地方睡覺啊。』我很好奇他會去睡哪裡。」

「那是一個謎。」

「他一定有個住處。」

「不是人人都有地方住。」

「我不認為他是流浪漢，你不覺得嗎？他都會換衣服，而且打扮得很乾淨。我確定他不是睡在公園裡。」

「流浪漢有很多種，」我說，「不是所有流浪漢都睡在地下道、從垃圾桶裡掏東西吃。我認識一個女的，喝酒喝到連房租管制下租金便宜的公寓都丟了，然後她就把東西搬到喬爾西一個付費儲藏室裡，一個月大概八十元，租了一個八平方英呎的小隔間，東西放在那兒，人也睡那兒。」

「他們讓她睡那兒？」

「不，可是又能怎麼管呢？她都是白天去，然後每次睡個四五個小時。」

「一定很可怕。」

「這樣比收容所安全，而且有隱私多了。說不定也更乾淨、更安靜。她在那裡換衣服，如果積多了髒衣服，附近還有個投幣洗衣店。」

「那洗澡呢？別告訴我那兒有淋浴間。」

「她會去公廁清理，另外她有些朋友，偶爾會讓她去他們家裡洗澡。當然要碰運氣，淋浴間不是她日常生活的必備事物。」

「好可憐。」

「只要她不再碰酒，」我說，「早晚會有個好地方住。」

「還有自己的淋浴間。」

「或許吧。不過這個城市有許多不同的生活方式。我認識一個傢伙，已經離婚六七年了，到現在還沒有自己的住處。」

「那他睡在哪裡？」

「睡在私人辦公室的沙發上。如果他自己是老闆，就沒問題，可是他不是。他不過是佛拉提大樓裡一家公司的中級主管。我猜想他還算重要，私人辦公室裡面還有一張沙發。」

「如果有人撞見他睡在——」

「他會打個呵欠，然後告訴對方說他只是躺下來放鬆一下，一定不小心睡著了。或者說他加班到太晚，錯過了回康乃狄克的末班火車。誰曉得？他是辦公室兩個街區外一家新潮的健身房會員，他每天早上都去那兒使用鸚鵡螺健身設備，然後就在那兒洗澡。」

「他幹嘛不乾脆租個公寓？」

「他說他負擔不起，」我說，「不過我覺得是他自己太神經過敏了。而且我猜想他很得意自己能瞞過每一個人。他或許把自己當做一個城市改革家，睡在野獸的肚皮上。」

「睡在亨瑞登買來的皮沙發上。」

「我不知道那張沙發是皮的還是什麼做的，不過就是一個想法而已。全國其他地方的人如果沒地方住，就會睡在自己車裡。可是紐約人沒車，這裡一個停車位的租金跟愛荷華州蘇城的一戶公寓一樣。不過我們很能隨機應變，總會找到解決方法的。」

∞

到了早上，我把艾卓恩・懷菲德的那張支票存進銀行，然後努力思考我該做什麼事來賺這筆錢。我花了幾個小時回頭查這個案子的新聞報導，然後跟威利・東恩談了一下，確認他所安排的警衛。懷菲德一早就打電話給他了，不過當時威利已經看過報紙，所以他立刻就知道懷菲德打電話來的目的。

「我讓你了解一下大致的狀況，」他說，「因為你認識這個傢伙，而且介紹他來找我們，順帶一提，我很感激。基本上我們在三個地方盯著他，法院、他家，還有他的辦公室。法院是個擁擠的公共場所，而且要進去還得通過金屬偵測器。」

「這並不表示沒辦法把武器弄進去。」

「我知道。而且我們要防的這個傢伙有穿牆術，對吧？他用過槍殺人嗎？他大部分是攻擊脖子。佛莫是吊死的，然後他又勒死了帕奇．薩勒諾，還有那個反墮胎的傢伙怎麼了，被衣架勒住脖子嗎？」

「他是先被刀子刺死。」

「還有那個頭被砍掉的傢伙叫什麼來著，那個黑人。只不過那是他的手下把他幹掉的，不算數。管他叫什麼。」

「叫西皮歐。」

「總之，他沒用過槍。重點是他不怕近身肉搏，而且一對一他總會贏。這表示懷菲德隨時都得有人陪著，特別是他不能自己一個人去任何地方。比方刑事法庭大樓的男廁，帕奇就是死在男廁裡的，對不對？」

「沒錯。」

「他在任何地方都能殺人，」他說，「被勒死很痛苦的。那個反墮胎的傢伙你沒說錯，他是先被刺死，如果我沒記錯，佛莫也是先被敲中腦袋死得差不多了。所以重點就是，他殺人的方法很不固定，也就是說，不能排除他從對街用一把來福槍幹掉你。」

「這樣很難防衛。」

「幾乎是不可能，」他同意，「不過還是有一些可以做的預防措施。我叫他穿了件防彈背心，這還是比光穿著那些西裝毛衣要來得有保障多了。他的交通工具是一輛有裝甲鋼板的加長型轎車，車窗全都是防彈玻璃。他二十四小時都有兩個貼身保鏢，外加一個專用司機，就守在車上。」

他繼續把其他的措施告訴我。我覺得都很好，我也不可能想出更好的方法。

「他絕不會單獨一個人走進任何房間，」他說。「就算那個房間十分鐘前有人檢查過也一樣。他要進去之前，我們一定會有人再檢查一遍。」

「很好。」

「馬修，這真是他媽的詭異透了。『人民的意志』，想想，他就像操他媽的貝比．魯斯（譯註：Babe Ruth，美國棒球史上著名的天才型全壘打王），打球前還先指定要打到哪個方向，然後把球轟出全壘打牆外，而且每次還百發百中，這狗娘養的。這回我們要把他給三振。」

「但願如此。」

「對啊，但願如此。貼身保鏢的工作無聊得很，如果你做對了，就什麼事都不會發生。不過報上的標題也不會誇獎我們。『威爾瞄準明星律師』。你跟著這傢伙走到哪裡，都會有一堆記者和攝影人員，有些把麥克風湊到他臉上，有的把攝影機對準他的臉。」

「現在你了解聯邦調查局特勤單位的辛苦了。」

「的確，」他說，「歡迎他們來接手。反正我從沒喜歡華府。那裡的街道通往四面八方，而且那兒的夏天他媽的真能把你給熱死。」

∞

接下來幾天我找到了一些事情做。我去中城北區分局看喬．德肯，他替我打了幾個電話，確定了給艾卓恩．懷菲德的那封公開信，與威爾的前幾封信出自同一個人的手筆（或至少字句的排列是同一個方式，而且是同一款打字機打的）。我之前只是憑寫作的風格判斷，也覺得是同一個人，但這種事情我必須確定才行。

即使如此，我還是花了一些時間，查一查是否有人出於個人恩怨而想取懷菲德的性命。他離過兩次婚，現在與他的第三任妻子已經申請分居，他的現任妻子住在康乃狄克州。每次婚姻都有一個小孩，而我記得他唯一的兒子（排行老大），兩年前曾因為賣一批值幾百塊的迷幻藥給一名便衣警官而遭到逮捕。後來案子被撤銷了，顯然他是把毒品的大盤商給供出來以獲得減刑。看起來似乎有點苗頭，不過最後卻沒有查出些什麼。

我喜歡出於私人恩怨而殺人這個想法。這也不是第一次有人將個人動機隱藏在連續謀殺的煙幕後頭。有時某個投機取巧的人會把他個人獨立的謀殺行動，假裝成某樁連續殺人案的其中之一——我就碰到過一次，凶手用冰錐，模仿的人也用冰錐。另外我還知道幾個案子，凶手先隨意亂殺幾個人，最後用同樣的模式幹掉某個他真正想殺的人。這是最明顯的主嫌犯轉移嫌疑的一種方式。不過不見得奏效，因為早晚警方的例行辦案程序會過濾每一個有個人動機的人，而只要他們開始注意，都會有所發現。

如果這是個煙幕，那麼威爾就得製造出很多煙。為了要勒住你太太的脖子而且擺脫嫌疑，因此寫好幾封信給報紙且幹掉一堆知名人物，這條路也未免走得太遠、太迂迴了。

但或許他現在也只是在練習。這也不稀奇。也許這個殺妻凶手在用他太太自己的褲襪勒緊她的脖子之前，先殺掉四個人。然後在被捕之前，他還會再殺三個人。我不相信這個凶手花那麼多力氣只是為了擺脫嫌疑而已。我的感覺是，他殺人只是為了自己高興而已。

8

好天氣一直持續到週末。星期天應該會下雨的，可是沒下，而且到了傍晚又熱又起霧。星期一更糟，氣溫高達攝氏三十三度，而且空氣就像濕羊毛似的。星期二也差不多，下午我接到一通電話，讓我暫時把注意力從威爾身上移開。

打電話來的那個女人我認識，她名叫吉妮。她說，「老天，我好難過。你聽說了拜倫的事嗎？」

「我知道他生病了。」

「他死了。」

我是在戒酒無名會認識吉妮的。她住在五十三街和第九大道交口附近，平常去聖保羅教堂的那個團體參加聚會。拜倫是她的一個朋友，不過他住在格林威治村，通常都參加當地的聚會。他加入戒酒無名會是因為沒法停止喝酒，但幾年前他還吸食海洛因上癮，而且重複使用別人的針筒，他戒酒沒多久去做了抗體檢驗，結果證明他是愛滋病帶原者。你大概會以為，人們聽到這個消息會大罵見鬼，然後跑出去大醉一場，我想有些人會如此，但也有很多人不會。

拜倫就不是這樣。他繼續戒酒，參加聚會，他乖乖吃醫生給的藥，另外還配合特別設計的食物療法增強免疫系統。這些方式或許給了他一些好處，但卻不能讓他逃過愛滋病發。

「真遺憾聽到這個消息，」我說。「上回我看到他應該是三月或四月了，我在格林威治村的一個聚會上碰到他。我想是派瑞街的那個聚會處。」

「他大半都去那裡參加聚會。」

「我還記得他當時看起來不太好。」

「馬修，愛滋早晚會奪走他的性命，不過卻沒這個機會。有人槍殺他了。」

「有人——」

「拿槍對著他扣扳機。老天，什麼人會做出這種事？」

我輕輕的說，「吉妮，他自己有最好的理由這麼做。」

「什麼？」

「或許他是自殺。」

「喔，天啊，」她不耐的說。「馬修，他是死在公共場所。你知道他那棟大樓對面有個小公園嗎？」

「我不知道他住在哪裡。」

「荷瑞修街。不是梵谷大樓，是隔壁那棟戰前的建築。街對面有個小公園。愛平登廣場？不，是另外一個。」

「傑克森廣場。」

「應該是吧。他今天早上帶著一杯咖啡坐在那裡看早報。有個人走到他身邊，朝他的頭部開槍。」

「凶手抓到了嗎？」

「逃走了。」

「可是有目擊者吧。」

「公園裡有一些人。當時時間很早，所以還很舒服，到了現在這個時間，那邊就像個火爐似的。」

「我知道。」

「感謝老天讓冷氣發明。拜倫該待在他自己的公寓裡吹冷氣的，可是他喜歡陽光。他說他原本大半輩子都在躲避太陽的摧殘，可是現在他好像從陽光得到能量了，太陽能。他說過，成為愛滋帶原者的一個好處就是不必擔心得到皮膚癌。馬修，你跟他不太熟，對不對？」

「一點也不熟。」

「你知道他怎麼傳染到這個病的。」

「據我所知是共用針頭。」

「沒錯，他不是同性戀。」

「我想也是。」

「住在格林威治村又是愛滋帶原者，人們很自然會以為他是同性戀。可是他是異性戀者，正宗的異性戀者。」

「哦？」

「我算是跟他在談戀愛。」

「我懂了。」

「愛上一個愛滋帶原者該怎麼辦？」她沒等我回答，也因為我沒有答案。「同性戀男人會特別留意這個問題，對不對？我猜他們會用保險套，或者他們就不會跟愛滋病患者約會。如果他們沒帶原，就絕不會跟任何帶原者交往。」她沉默了片刻。「或者他們照樣勇往直前賭運氣。」

「你是這樣嗎？」

「喔不。我？你怎麼會這麼問？」

「從你聲音裡聽出來的。」

「也許是嫉妒吧。有時我真希望自己是那種做事衝動不管一切的人。可是我從來不是，即使年輕瘋狂時也不是。我很喜歡拜倫，有些憐憫他，可是這種狀態讓我們彼此都有所保留。我們針對這件事談過一次，如果我們談戀愛會有多麼不同。可是事情沒有不同，還是跟以前一樣。我們依舊保持朋友的關係，就像那句老話，只當朋友，可是『只當』這個字眼又算什麼？真正的友誼非常稀少，你不覺得嗎？」

「對。」

「我從他身上學到好多。他珍惜每一天，你想警方會抓到殺他的凶手嗎？」

「聽起來應該會，」我說。「他是在公共場所遇害，還有很多目擊者。而且是屬於第六分局管的，那個區的犯罪率不高，所以不會像那些與毒品牽扯的案子那樣被忽略。要看他們一個星期內能不能抓到嫌犯。」

「他們可能會以為這個案子與毒品有牽扯。」

「為什麼？」

「他以前吸毒，有記錄的，不是嗎？」

「被逮捕就會有記錄。」

「被抓過兩三次。沒坐過牢，不過他跟我說過他被捕過幾次。」

「那他就有記錄了，沒錯。」

「而且那個公園常有人在買賣毒品。不像華盛頓廣場那麼一大群，可是拜倫告訴過我，他會坐在窗前，看到外頭街上很多人被逮捕。」

我沉默了片刻說：「吉妮，他沒回頭去吸毒吧？」

「沒有。」

「那警方就不會認為他的死跟毒品有關。除非他們認為是誤殺，說不定真是如此。這樣的話，他們就會照程序辦案，追查所有的線索。我猜想他們會抓到開槍的人來結案。」

「希望如此。馬修，為什麼我覺得這件事那麼重要呢？抓到凶手又不能讓他死而復生。」

「的確。」

「而且我也並不渴望復仇。我不恨殺掉拜倫的那個人。以我的想法，他幫了拜倫一個忙。他過得很平靜，馬修。他珍惜每一天，不過我剛剛已經講過了對不對？」

「對。」

「他照樣可以出門，照樣可以去參加聚會。雖然出門得拄著拐杖，可是他可以走過幾個街口去派瑞街，總有人會讓座給他。他說，這是愛滋的好處之一。不必擔心得皮膚癌，也不必提早一個小時去派瑞街聚會占位子。他什麼事情都能拿來開玩笑，我想如果沒法開玩笑，那就慘了。」

「我想也是。」

「我以前有個朋友本來有工作，他沒工作後，我常去看他。後來我就再也受不了了。那毀掉了他的心靈，可是不是一夕之間。他常常會有癡呆的現象，我受不了待在他身邊。我沒有拋棄他，他有個照顧他的情人，還有很多朋友。我只是在辦公室偶然認識他的。仔細聽我說好嗎？我老是得替自己解釋。」她停下來抽了一口氣。「我發現自己會在拜倫身上尋找癡呆的症狀，可是他沒有。」

∞

我在報上看到了拜倫死訊的報導，也在紐約地方電台《紐約第一》的新聞節目中，看到瑪麗莎．美川站在傑克森廣場，就在拜倫．李歐波被射殺的同一張板凳前報導。鏡頭拍了他對街的公寓，然後美川隨著攝影鏡頭的移動，指出凶手的逃亡路線。

她繼續說了別的，我按下靜音鈕去接電話。是艾卓恩，講了幾個新笑話還有那些饑渴的記者，反正只要威爾把你列入目標，其他人也都會想用槍瞄準你。「『第四權』現在對我熱情得很，」他說。「如果我有時間的話，我可以一天花十八個小時在攝影機前面，然後其他時間去接受印刷媒體採訪。人人都想娶個處女回家嘛。」

「什麼意思？」

「他們想找個例外。你還記得那個傢伙在被塗了油彩又被貼上羽毛，然後用火車載出城之後所說的話？」

「他說了榮譽之類的話，不是嗎？」

「『但是為了榮譽，我寧願以尋常的樣子離城。』我記得的也許不是字字正確，不過反正是個傳說的故事，誰又能記得字字正確？走紅的滋味很好，但我發現拒絕反而愈來愈容易。除了麥葛羅之外。」

「他想怎麼樣？」

「跟其他所有人一樣，想採訪我。」

他又繼續說了其他的事情，不過我沒認真聽。我忽然靈光一閃，怕自己忘了，開口道：「不要跟任何人一對一碰面。」

「什麼？」

「換了我，」我說，「沒有保鏢在場的話，我不會見任何人。」

「即使是個肥肚皮的老記者也不行嗎？」

「紅衣主教都不行。」

「真的？紅衣主教能讓人產生信心呢。我想是因為紅帽子，讓他看起來像個守護天使。」他自己猛笑，然後叫我放心。「紅衣主教沒打電話來，」他說，「馬提也不想見我，他只想在電話上跟我談，五分鐘就好，然後給他一些獨家的消息讓他可以寫專欄。我不覺得我給了他什麼，不過他總有辦法可以從少之又少的材料裡面榨出他的專欄文章。這種事情他以前幹過很多了。」

我們互道再見後掛了電話，然後我也沒管電視上的安靜畫面到底在說些什麼就關掉了電視。我有個想法，然後靜坐在那兒慢慢玩味。那個念頭似乎很牽強，而且我想到這種事情警方似乎早就該查清而排除可能了，可是很難講。如果他們沒查過，那麼我就有事情可以做了。

結果花了幾個小時打電話之後，只讓我回到原來比較保守的想法。也不能說沒用，至少現在我可以放棄一個胡思亂想的念頭，可是我也不覺得自己因此就能有其他的什麼收穫。

同時馬提．麥葛羅的確從和艾卓恩的談話中榨出了一篇專欄文章，裡頭思索了身為名人的種種好處和壞處。同一份報紙還有另外一個專欄則思索拜倫．李歐波的命運，不過一兩段之後，他就繼續談別的話題了，我也是。我跟拜倫算不上親近，以前連他姓什麼都不知道，而逮捕殺害他的凶手是第六分局那些傢伙的責任。他們可以處理，不需要我幫忙。

只不過，他們沒法馬上處理，而我發現自己毫無理由的被扯進去了。到了星期四，謀殺之後的兩天，我到處亂晃時，發現自己距離那個凶殺現場走路只要五分鐘。於是我走到那兒，在一張公園板凳上坐了半小時，跟幾個人聊了天，然後過街去跟拜倫那棟大廈的門房說了幾句話。

星期六下午，哈德遜街的聖路克坊那裡為他舉辦了一個追悼會。他戒酒這幾年認識的人分享對他的回憶。我仔細的聽著，想在其中尋找線索。

會後我和吉妮喝了兩杯咖啡。「真滑稽，」她說。「我一直有種感覺，覺得應該雇用你才對。」

「雇我去找出射殺拜倫的人？警方可以做得比我更好。」

「我知道。可是那個感覺一直甩不掉。你知道我怎麼想嗎？馬修，我最好替他做點事。可是卻沒有其他我能替他做的事。」

∞

那天稍晚我接到艾卓恩．懷菲德的電話。

「你猜怎麼著？」他說。「我猜到那個狗娘養的打算怎麼殺我了。他想讓我被煩死。」

「你聽說過有人煩死，」我說，「可是你不會在任何驗屍報告裡看到這會是所謂的『死因』。」

「那是被掩飾了，就好像天主教徒也會違背戒律自殺。煩死的人不能葬在聖土上的。你聽說過一個叫貝尼德托．納皮的人嗎？」

「我想我曾在佛力克收藏館看過他幾幅畫。」

「不是那個，除非他有我所不知道的另外一面。大家喊他『手提箱班尼』，不過我也不知道為什麼。據說他曾有個工作，是替湯尼．福瑞婁發動車子，他把引擎打開預熱一下，如果沒有爆炸，那就表示車子安全，可以讓湯尼上車了。」

「就像試吃食物的人一樣。」

「正是如此。你把鑰匙插進去發動，沒出事的話，你就可以回家看卡通節目了。班尼這麼搞了幾個月，然後就算了。不是因為他受不了那種壓力，我不認為他感覺到任何壓力。『從來沒出過事，』他這麼抱怨。當然如果真出過事，你就得用海綿替他收屍了，不過他只覺得這一切對他來說太煩了。」

「你倒是知道他的感覺？」

「沒錯，而且事實上我不像班尼有抱怨的權利。我可以訴苦說大熱天還得穿防彈衣，但其實我是從冷氣公寓出來，進入有冷氣的加長型轎車，然後再到有冷氣的辦公室。街上比地獄還熱，可是我在街上停留的時間還不足以讓我感覺到熱度。」

「的確防衛得很周密。」

「你說得沒錯。我不知道防彈背心那麼重，更別說有多不舒服，不過那也不是苦行僧穿的粗毛襯衣。所以我現在活著，等著炸彈爆炸，如果沒事，我就覺得自己好像逃過一劫。你呢？你查出什麼了嗎？」

「事實上，」我說，「我還在考慮要把錢退還給你呢。」

「為什麼？」

「因為我想不出什麼好方法去賺。我花了一些時間，可是我不認為查到了什麼新線索，而且我也不可能對官方調查有任何幫助。」

「還有呢？」

「我不懂你的意思。」

「應該還有其他原因吧，不是嗎？」

「噢，的確是有，」我說，然後告訴他拜倫．李歐波的事情。

他說，「他是什麼人，朋友的朋友嗎？」

「基本上是。我認識他，不過只是打過招呼而已。」

「可是沒有親近到殺他的凶手逍遙法外你就睡不著的地步。」

「想不到警方到現在還沒有逮到凶手，」我說。「我想我會花幾天查一查。只不過我現在已經有你這個客戶了。」

「你從沒同時進行兩個案子？」

「偶爾會，但是——」

「不過你覺得好像是在欺騙？我現在活在宣判死刑的陰影下，你應該為我所付的錢而努力。畢竟有太陽的時候，就不該有月亮。你那個朋友想雇你嗎？」

「她提過，但是我不會收她的錢。」

「你是慈善性的服務。」

「你們律師總是會想出這些字眼來形容。」

「一個男子帶著一杯咖啡和《紐約時報》坐在小公園的板凳上。另外一個男子走過來，射殺他，然後逃走。就這樣，對吧？」

「到目前為止是這樣。」

「死者得了愛滋病。這會是什麼，反同性戀分子嗎？」

「拜倫是異性戀者。他吸過毒，因為重複使用針頭而感染愛滋。」

「所以搞不好凶手是個消息不靈通的反同性戀分子。或者反過來，是因為好心而殺他。你是這麼想的嗎？」

「你說的都有可能。」

「還有另外一個可能。你看這個意外和我們的朋友威爾會有任何關聯嗎？」

「老天啊，」我說。「我想都沒想過。」

「現在你想到了？」

「想到了，不過又拋開了，」我說。「如果兩者有關，我會覺得很意外。威爾並沒有事先宣布，也沒有事後誇耀，而且死者完全不是公眾人物。會有什麼關聯呢？」

「非常隨機，」他說。「而且非常沒有意義。」

「所以呢？」

「威爾的目標都很特定，他會事先宣布他的目標，然後告訴對方他為什麼要殺他。」

「沒錯。」

「這是他的正式目標。」

「你認為他還會私下殺人？」

「誰曉得？」

「那又是為什麼呢？」

「這一切哪有為什麼呢？」他說。「看在老天份上，殺我要幹嘛？也許他喜歡殺人，永遠殺不夠。也許他計畫要射殺我，想先找個容易的目標、一個不會防備他而且身邊不會環繞著保鏢的人來練習。也許那次傑克森廣場上的小小『第二順位』是一場彩排。」

這個想法很有趣。乍聽之下很天馬行空，不過相當有刺激性，於是我開始提出別的可能性。我們扯了幾分鐘，然後懷菲德說：「我不覺得兩件事有任何關聯，你也不這麼覺得。可是我不明白你為什麼不肯花兩天時間去查查看。別退還我給你的錢。你總能找出方法來賺的。」

「如果你堅持的話。」

「我堅持。比起我給可靠偵探社的保鏢費，給你的那些錢只是零頭而已。一天要花四十八個小時的保鏢時數，還有加長型轎車和司機，外加其他額外的支出。算一算就知道了。」

「只要能保住你的性命——」

「那就值得了。如果不能保住我的命，付帳單就變成別人的問題了。這個交易很不錯吧？我有什麼好損失的呢？」

「我想你不會有事的。」

「跟你說，」他說，「我也這麼覺得。」

5

次日是星期天，我毫無困難的說服自己休假一天。我在電視上看了一個小時左右的美式足球季前熱身賽，不過心思沒放在上頭，只是熟悉一下球員而已。

我每星期天都固定和我戒酒無名會的輔導員吉姆．法柏吃晚餐，不過他八月出城一個月。所以伊蓮和我去卡內基廳對面看了場電影，然後去一家新開的泰國餐廳吃晚飯。吃完後我們判定，平常去的那家泰國餐廳比較好。

當天我很早就上了床，次日早餐後我去格林威治村。第一站是西十街的第六分局辦公室，我向一個名叫哈里斯．康利的警探自我介紹，後來我們就在布里克街轉角的一家店裡喝咖啡吃丹麥麵包，他把他所知道有關拜倫．李歐波謀殺案的事情告訴我。

之後我到荷瑞修街拜倫所住的那棟大廈，我曾跟那兒的門房聊過幾句。拜倫被射殺時，他正在當班，所以他才能告訴我先前那位警探不知道的一些事情。他不能讓我進去，不過他替我把管理員找來。那個管理員身材矮胖，操東歐口音，手指上的菸漬和身上濃濃的菸味都顯示他菸抽得很凶。管理員聽完我的話，查看了我的證件，然後帶我到十五樓，用他的鑰匙打開拜倫的房門。

那戶公寓是個很大的工作室，外加一個小浴室和簡單的廚房。家具很少，而且像是從郵購目錄上買來的便宜貨。房裡有電視機，還有書架，上頭堆了書，牆上有一張裱框的海報，是一年前霍普在惠特尼美術館的特展。圓形咖啡桌上有一本精裝書，是後冷戰時期的間諜驚悚小說，裡頭夾了張紙片標示著他讀到哪裡，差不多已經看完三分之一。

我從電視機上的一個銅雕木座上拿起了上頭的小銅象，在手上掂掂重量。管理員在房間的另一頭看著我。「你想要的話，」他說，「就藏在口袋裡帶走吧。」

我把那隻小銅象放回木座。「我想它的家在這裡。」我說。

「住不了太久了。所有東西都要搬走，你倒是告訴我，它現在的主人是誰呢？」

我無法回答。我告訴他，我確定它總會找到主人的。

「住屋委員會想把這裡賣掉。李歐波先生只是租房子，他當初有機會的時候沒把這裡買下，所以現在房子也不是他的。如果找得到他的家人，我們會把家具和衣服轉交過去。有人出面，就可以接收這些東西。要是沒有，我們就都送到救世軍那兒去。」

「我相信他們會好好利用的。」

「要是有什麼好東西，載貨的司機會通知舊貨商，讓他們花幾塊錢帶走。我剛剛看到你盯著那些書瞧，你要的話就拿走，帶回去吧。」

「不，不用了。」

我走到窗邊，眺望街對面的公園。又檢查了衣櫃。

「警方來檢查過幾次了，」他說。「有個警察拿走了一些東西，雖然我沒注意是什麼，不過我發現拿走很多就是了。」

「我相信你會發現的。」

「浴室藥物櫃裡頭的一些藥，床頭櫃上頭的一隻手錶。如果不當警察的話，他會是個好小偷。還有個警察什麼都不肯碰，就像這樣走來走去。」他兩手屈起緊抱在胸前。「他還以為他碰了什麼東西就會被傳染，或是光吸這裡的空氣就會感染。真是個白癡，愛滋才不是這樣傳染的。」

8

拜倫·李歐波生命中的最後一頓早晨吃了半個哈蜜瓜和一片烤麵包。（警方在垃圾桶裡找到了哈蜜瓜皮，另外一半用保鮮膜封好放在冰箱，他用過的盤子堆在洗水槽裡。）他燒了一壺咖啡，裝進一個有蓋的塑膠杯，然後拾起門墊上的《紐約時報》。他把報紙挾在腋下，一手拿著咖啡杯，一手拿著橡皮頭拐杖，搭電梯下樓，走過樓下大廳。

這是他通常的行程。天氣太冷或下雨時，他就待在公寓裡面，坐在窗前喝咖啡看報；但天氣好的時候，他會出門，坐在陽光下。

他坐著看報，身邊的板凳上放著一杯咖啡。然後一名男子走向他。是個白人，而且證人似乎一致指出，此人不老也不年輕，不高也不矮，不胖也不瘦。他顯然是身穿淺色休閒褲，不過有個證人記得他是穿牛仔褲。上衣不是T恤就是短袖運動衫，證人的說詞不一。我的感覺是，其實在聽到槍聲之前，沒有人真的注意到他。槍聲響起後，幾個原先沒留意的證人想看看發生了什麼事，但槍手已經一溜煙跑掉，什麼也看不到了。

凶手跟拜倫說了些話，有幾個人聽到，其中一個說他喊了拜倫的名字。如果真有那麼回事，那就表示凶手不是隨便亂挑人，但我談過的第六分局警探對那個證人不是很信任。他告訴我，那傢伙是在附近街上混的，他的意識通常受到毒品控制，眼力和聽力不會比你我強。

兩槍，幾乎同時發射。沒有人看到槍，一個證人記得他帶了一個紙袋，或許吧，果真如此的話，他就可以把槍藏在紙袋裡。兩槍都射進被害人的胸膛，是從五呎到十呎外開槍的。凶槍是點三八口徑的左輪，相當有威力，不過不是那種高科技穿甲子彈。如果拜倫當時穿著艾卓恩·懷菲德所穿的那種防彈背心，他就可以活著告訴我們事情的經過。

可是他沒有，兩顆子彈緊鄰，一顆在他的心臟找到，另外一顆在右邊約一吋處。那種疼痛和震驚一定無法形容，但不會持續太久。被害人幾乎當場死亡。

兩槍，而且在拜倫眼中的生命光芒熄滅之前，凶手就已經拔腿跑掉了。他很幸運，他可能絆倒，或者跑到轉角剛好碰到警察。或者即使沒碰到警察，也可能會不小心碰到某個好好看清他臉的路人。

結果都沒有，他乾乾淨淨的跑掉了。

8

那天下午我呼叫阿傑，他在兩個街區外的一家咖啡店跟我碰面。「我們以前來過這裡，」他說。「後來整修過，看起來很不錯。」

「起司漢堡好吃嗎？」

他想了想。「有飽足感。」他說。

「飽足感？」

「已經被我吃掉，而且吃得很飽，」他說著把盤子推到一邊。「你要找我做什麼工作？」

「完全用不上電腦的工作，」我說，然後告訴他我所知道的拜倫·李歐波，還有我對他的死有什麼想法。

「跑腿工作開始了，」他說。「到處找人，到處打聽。」

「就這麼回事。」

「已經開始算時間了嗎？」

「你開始了。」我說。

「意思是你會付錢給我，可是誰付錢給你呢？」

「阿貓會付錢給我，」我說，「不過我得找出阿狗出了什麼事。」

「你把我弄糊塗了，大哥。」

「我有個客戶，」我說。「艾卓恩·懷菲德。」

「大律師吔。他上了威爾的名單了。」

「沒錯。」

「他跟拜倫有什麼關係？」

「沒有關係，」我說，然後解釋懷菲德的理論給他聽。

「他覺得威爾這是在做暖身運動，」他說。「你覺得合理嗎？」

「不怎麼合理。」

「我也覺得不合理，」他說。「他幹嘛練習？他一直做得很好啊。」

∞

假設拜倫．李歐波的謀殺案是一樁街頭犯罪。或許他是因為說了什麼或做了什麼激怒凶手而惹來殺身之禍。或許他是一樁犯罪事件的目擊者，或許他曾從他公寓的窗口看見什麼，或是在公園板凳上聽到了些什麼。也或許他是被錯認成某個曾在毒品交易中激怒那個槍手、或者搶走他女友的人，而遭到誤殺。

如果是這類的，那麼有可能街上會傳出這方面的消息，所以我派阿傑到處去打聽。這類事情他比我有辦法。

同時，我可以尋找拜倫生活中的動機。

我拿起電話打給吉妮。「談談他吧。」我說。

「你想知道哪方面的？」

「有一些事情不太合理。他住在一棟很不錯的建築裡面，那兒十二年前轉為合作公寓，而且他按時繳房租。他合乎購屋資格，可以用內部的便宜價格把房子買下來，或者繼續租房子。可是他沒買，寧可繼續付房租。」

「當時他海洛因吸得很凶，」她說。「一般的毒鬼在投資判斷上眼光不會太精明的。他曾說他真希望有機會的時候買下那戶公寓，可是當時他根本沒那心思。」

「令人意外的是，」我說，「他居然還有辦法租得起。如果他是個毒鬼——」

「他曾有吸毒的習慣，但那不是他的生活方式，馬修。他是個華爾街毒鬼。」

「你該不是要說他對股票市場上了癮吧？」

「不是，他對海洛因和酒上了癮。不過他在華爾街工作。是個低階層的工作，在證券商那裡當負責下單的職員之類的，不過他朝九晚五乖乖上班，沒請太多假。他保住了工作，按時繳房租，沒有丟掉他的公寓。」

「我知道有些人就把自己的住處給丟掉了。」

「醉鬼通常會如此。聽到海洛因這個字眼，總會令人聯想到犯罪。」

「噢，光是買海洛因就已經是違法交易了。」

「而且是個負擔沉重的習慣，大多數的毒鬼憑合法的收入無法負擔得起。不過若你有份不錯的工作，毒癮又沒那麼重的話，你就可以撐得下去。」

「我知道有些中產階級也吸海洛因，」我說。「上個月那個女的，嫁給稅務律師的那個雜誌編輯。不過當然她不用針頭。」

「不會在這種愛滋年代使用。拜倫如果晚幾年才開始吸海洛因，他也不會用針頭的。不過即使是用鼻子吸，那也還是海洛因。吸了會很亢奮，不吸就會犯癮。而如果吸太多，你就會死掉。那個雜誌編輯會死掉就是因為吸過量了。」

我們談著這件事，然後我說，「所以他這些年都一直在做同一份工作。」

「一直工作到他戒酒後。後來他的公司被收購，他就失業了，但我記得不到兩個月，他就在另一家公司找到性質非常類似的工作。然後一直做到他因為健康原因而辭職為止。」

「那是多久之前的事情？」

「我想六個月吧，但可能更久。對，沒錯，因為我記得他是聖誕節假期之前就辭職了，但他又回去參加公司的聖誕派對。」

「對戒酒的酒鬼來說可真不好受。」

「他後來很沮喪，但我想不是因為周圍的人都在喝酒，雖然那也可能是原因之一。我想是因為他了解到自己生命中的某個部分已經結束了，他再也不能回去工作了。」

「有些人認為這是罹患愛滋的好處之一。」

「就像不必擔心得皮膚癌？你說得沒錯。但拜倫不這麼想，他喜歡有份工作。」

「他銀行裡有錢，」我說。「接近四萬元。」

「有這麼多嗎？我知道他不必為錢發愁，他的健康保險還有效，而且他說他的錢夠撐到他離開，他是這麼說的。」她沉默了片刻。「去年冬天他說過，他認為自己還有大約一年的時間可以活動自如，可以去戶外的時間是兩年。除非有什麼奇蹟的藥發明，或者其他的奇蹟。」

「我知道他立了遺囑，」我說。「簡單而直接，他是用現成的格式，找了兩個鄰居當證人，把所有的東西捐給幾個防治愛滋的慈善機構。」

「他以前告訴過我他打算這麼做。」

「他結過婚嗎？」

「他畢業後不久就結了婚，維持了大概一年。然後兩個人就離婚了，或者是取消婚約。我想應該是取消婚約吧。」

「我想沒小孩吧。」

「對。」

「有任何家人嗎？」

「一個破碎的家庭，父母親都是酒鬼。」

「所以他是遺傳的。」

「嗯。他父母親都死了，父親是很多年前，母親是他戒酒後沒多久。他有一個哥哥，但已經下落不明好多年，拜倫認為他可能已經死了。還有另外一個哥哥，也已經過世好幾年。拜倫說他是死於食道破裂，所以我猜想他一定也是個酒鬼。」

「所有的快樂家庭都一樣。」我說。

「老天。」

「你想他那四萬元是哪裡來的？而且如果他去年聖誕節前就沒再工作過，一開始一定更多。就算他戒酒後開始每星期存點錢，在這麼短的時間內能存這麼大一筆錢也還是很不得了。」

「人壽保險。」

「他是誰的受益人嗎？」

「不，他有個特殊的壽險方案，幾年前開始有個朋友說服他投保，說是個好投資。」

「這些年還一直保下去？」

「他說這是發生在他身上最幸運的事情。如果他沒錢或忘了繳保費，有一個延期的期限，可是保險公司會自動貸款去繳。所以他戒酒之後，保險還是有效，他就繼續繳保費。」

「他的受益人是誰？」

「我想一開始應該是他太太，然後有幾年他把他母親列為受益人，後來她死了之後——」

「怎麼樣？」

「抱歉，很難講出口。當時我並不知道，但後來他讓我當他的受益人。我猜反正非填個受益人不可。」

「你說你們以前很親近。」

「親近，」她說。「你知道我是怎麼發現的嗎？他壽險結束領錢時，我收到了通知。保險公司規定的，我得簽一份文件。我不必同意，但他必須通知我。」

「很多保險公司都有這項規定，」我說。「以防萬一保險需要補繳保費，算是離婚條款的一部分吧。」

「他說他覺得很抱歉，馬修。『你恐怕不會成為富婆，吉妮。我自己需要這筆錢。』」

「保額有多少？」

「不算很大筆。七萬五千元？八萬元？反正不到十萬。我不知道他領回了多少。」

「要看投保方案的退保金是多少。」

「嗯，」她說。「我也不知道。無論是多少，反正一定夠他度過餘生。」

「我自己也不太懂這些，」我承認，「只知道基本上要看你繳的保費額度。然後看你所投保的壽險方案，慢慢累積一個現金值。若是終身繳保費的方案，你繳的保費會愈來愈高，累積的現金值就愈多。但若是定期型方案，你繳的保費愈來愈少，但累積的現金值是固定的。當然還有介於其間的別種方案。」

「我不知道他保的是哪一種。」

「不會是定期型，」我說，「因為定期型保險不能貸款。你剛剛說，他停繳保費時，他的保約還是有效。」

「對，他可以根據他所累積的現金值貸款繳保費。」

「你說得沒錯。當然如果有任何大筆貸款的話，現金值也會減少。」

「不過他事後還得付清，不是嗎？」

「不必。這個貸款的利息很低，因為基本上你是在跟自己借錢。比方說你用這個方式跟自己借了幾千元，幹嘛要還給自己呢？有什麼動機呢？要是你拖著不還，等到你死了，保險公司就會從保險金裡頭扣除，讓你的受益人少領一點，可是反正你也聽不到他抱怨就是了。」

「噢，我不知道拜倫的貸款總額是多少，」她說，「或者他有沒有還錢。我對人壽保險不是很了解。」

「我也不了解。」

「他也許有其他的投資，或者可能是我記錯了保險數字，我對這種事情記性一向很壞。唔，這倒提醒了我，你剛剛說你進去他的公寓裡面了是吧？有沒有碰巧看到一個小銅象呢？」

那是他們兩個都戒酒後，她送給他的禮物。當時他剛戒酒，記憶不太靠得住。他永遠記不住別人的電話，或者鑰匙放在哪裡。但她告訴他，有了這個象，就不會忘掉一切，這變成他們之間的一個信物。

「我想留著那隻小銅象，」她說。「不值什麼錢，除了我之外，對其他人也不會有任何意義。」

「這對他也一定有某些意義，」我說。「他沒有什麼擺設之類的，但他把這個小銅象放在電視機上頭這麼重要的位置。我想這就是為什麼我剛好會注意到。管理員還勸我把它拿走。」

「你拿了嗎？」

「沒有，該死，我放回原位了。不過真可笑，因為我原來有個衝動想拿走的。我會回去拿。」

「真不好意思讓你再特地跑一趟。」

「我離他那棟大樓只有兩個街區，」我說。「一點也不麻煩。」

8

最麻煩的就是要找到那個管理員。他正在七樓修一個漏水的水龍頭，門房花了好些時間才找到他叫他下來。這回我沒在拜倫的公寓裡逗留太久。第二次造訪，裡頭愛滋病的氣味似乎更濃了。似乎有一種特殊的麝香味兒可以和那種疾病聯想在一起。稍早我檢查他的衣櫃時就發現了——衣服都有這個味道——但這回整個公寓都聞得到。我拿了那個小象就走了。

6

四十八個小時後，我又去那棟荷瑞修街的公寓多拜訪了兩次。我敲了很多門，跟各式各樣的人談話。如果警方沒跟所有人談過，至少也是大部分，不過那些人並不因此不願再跟我談談，但是他們的確沒什麼好說的。拜倫是個好鄰居，大半都獨來獨往，據他們所知，他在這世上沒有任何敵人。我聽了一大堆關於謀殺的不同理論，大部分我都已經想過了。

星期三下午我和阿傑碰面交換情報，不出所料，他的收穫並不比我多。「伊蓮要我明天過去幫忙，」他說，「可是我告訴她，我得先問問你。」

「你儘管去替她看店吧。」

「我也這麼想。街上打聽不出什麼了。」

我在第八大道上搭了公車往北走，到了四十街陷在車陣中，我就下了車，走完剩下的路回家，然後去對面的辦公室，剛好雷蒙・古魯留打電話來。

「嘿，你這渾小子，」他說。「我看那個獨創一格的『人民的意志』要是知道你插手這個案子，恐怕會嚇得跪地求饒囉。」

多年前，我繳回警徽辭職不幹，而且搬離太太和兩個兒子後，就在第九大道東邊五十七街的西北旅館租了個房間。這麼些年下來，我獲得了某種程度的尊敬，但我住的地方不是原因之一。伊蓮現在和我住在凡登大廈，就在五十七街靠市中心那一頭，西北旅館的正對面。我搬去跟伊蓮一起住後，還留著原來旅館的房間，自我安慰說是用來當成辦公室的。不過實在沒怎麼用到。這兒沒有地方見客戶，我所收集的檔案也輕易可以裝進對街的某個櫃子或附架子的櫥子裡。

「艾卓恩．懷菲德。」雷蒙．古魯留說。「今天稍早我在市中心碰到他。事實上我發現當時我剛好沒事做，於是我就坐下來看他工作。他正在辦一個案子，相信你已經知道了。」

「我這兩天沒跟他通過電話，」我說。「他狀況怎麼樣？」

「看起來沒那麼紅，」他說，「不過就是一副累垮的樣子。現在我每次打開電視都會看到他。不是在刑事法庭大樓前面把麥克風湊到他臉上，就是把他弄進電視攝影棚。昨天晚上他上了賴瑞．金的現場秀，是在CNN的紐約攝影棚連線轉播的。」

「他說了些什麼？」

「談刑事司法裡那種敵對辯論系統的道德觀點。我們能期待一個律師有多寬的眼界，又能要求他負多少責任？他才剛剛談得有點意思，接著就接聽觀眾電話，所以就像往常，一到這個時候，一切就降回最低標準，通常還挺低的。」

「低得可怕。」

「都這樣的，他今天早上在法庭上表現得很正常。你知道山繆．詹森說過，『若一個人知道他兩星期後就會被吊死，他的心智會專注得驚人。』」

「說得好。」

「可不是嗎？我很意外那些贊成死刑的人沒有提出這句話，來證明他們所提出解救全世界疾病的藥方是多麼有效。」

「你該不會是打算跟我發表演講吧？」

「不，不過下回我可能會反對詹森博士的說詞。我們的艾卓恩小子好像弄了一群很不錯的貼身保鏢。我猜是你安排的。」

「不太算是。我給了他一些建議，又給了他一個電話號碼告訴他該去找誰。」

「他說他現在都穿防彈衣。」

「應該是，」我說，「不過我希望他對這件事口風緊一點。如果槍手知道你穿了防彈衣，他就會改瞄準你的腦袋。」

「哎，我不會告訴威爾的。當然，我們根本不知道威爾是誰，不是嗎？」

「如果我們知道，」我說，「他就不會成為我們的問題了。」

「你知道，」他說，「我自己也可能是威爾。」

「唔。不，我可不認為。」

「你怎麼這麼確定？」

「從他的信，」我說。「用詞太高雅了。」

「你這渾小子。不過他的文筆的確有一套，不是嗎？」

「是啊。」

「幾乎會想讓人盼望收到他的信。有件事情我並不引以為榮，你知道我看到那封給艾卓恩的公開信時，當下的反應是什麼嗎？」

「你覺得這封公開信的對象應該是你才對。」

「該死，你怎麼會知道？或者是我太容易被看穿了嗎？」

「唔，還有其他什麼事會讓你覺得可恥呢？」

「我沒說我覺得可恥，只說我並不引以為榮。」

「好吧，我收回可恥二字。」

「不過你沒猜錯。你還記得換一個燈泡需要幾個演員嗎？」

「我聽過這個笑話，可是忘了。」

「五個。一個爬上梯子，其他四個在下面說，『在上面的應該是我！』律師也差不多是這樣。老兄，就這件事，你可以說我有點像是在為自己的整個職業生涯而參加試鏡。全紐約最恨的人是誰？」

「華特·歐馬力。」

「華特·歐馬力？老天他是哪個……喔，那個把道奇隊搬離布魯克林的混蛋。他死掉了，不是嗎？」

「我倒真希望他死了。」

「你這渾小子就是不肯寬恕，是吧？別管華特．歐馬力。誰是全紐約最痛恨的律師？」

「如果這是個笑話，那答案就是所有的律師。」

「答案你已經猜到了，是雷蒙．古魯留。」

「硬漢雷蒙。」

「你說得沒錯。我有一堆最惹人厭的客戶，是那種你很樂於去痛恨的人。是誰說他從沒碰過一個他不喜歡的人，維爾．羅傑斯嗎？」

「管他是誰，反正我看他碰到的人還不夠多。」

「而且他一定從沒見過我客戶名單上的人。阿拉伯恐怖主義分子、黑人激進分子、精神病殺人狂。華倫．麥迪森，他只殺了六個紐約警官。懷菲德所接過的客戶中，有誰比得上華倫．麥迪森？」

「理查．佛莫，」我說，「這個是最大的。」

「華倫．麥迪森跟理查．佛莫一樣壞。你可以怪罪司法系統造成佛莫被無罪開釋。至於華倫，你就只能怪罪律師。」

「真謙虛。」

「別管謙不謙虛了。謙虛在這一行吃不開的。老兄，你聽過那句中國詛咒嗎？『祝你找到一個謙虛的律師。』你看我們的朋友艾卓恩怎麼樣？會不會有事？」

「我不知道。」

「威爾一點也不急。這是他等得最久的一次，不是嗎？我指的是從寫公開信到動手之間這段時間。也許是艾卓恩的防護措施做得比較好，要殺他比較難。」

「也許吧。」

「或者他可能厭倦了這個遊戲。或者我們都曉得，他可能跳到巴士前被撞死了。」

「或者他可能坐在公園板凳上，」我說，「然後很可能遭到某個人誤殺。」

「殺他的人連他是誰都不曉得。」

「怎麼會？」

「怎麼不會？你不是正在想你提過的那個朋友的朋友嗎，在荷瑞修街被槍殺的那個。」

「喔，或許是因此我才會聯想到那個公園板凳的說法，」我承認，「不過我想我們可以把拜倫·李歐波排除在外。他一整天的唯一活動，就是走到對街，挑一張板凳坐。」

「所以你已經有點進展了，好友。你已經剔掉一個人了。」

「我也把你剔掉了。」

「好極了。」

「還有我自己，」我說，「因為如果我是威爾的話，我不會忘記的。還有伊蓮，因為如果她做了這類事的話，我確定她一定會跟我講的。」

「因為你們兩個有一種公開而誠實的關係。」

「完全正確，」我說。「還有馬提·麥葛羅。」

「你跟他有什麼關係？」

「沒有，」我說，「不過我也把他排除嫌疑。帕奇．薩勒諾在布朗克斯被幹掉的時候，他正在警察運動員聯盟的一個晚餐宴上致詞，而且羅斯偉．貝利死在奧馬哈的時候，他人在紐約。」

「功敗垂成，」雷蒙說。「他在專欄裡講的嗎？我一定沒看到。」

「我自己查的。」

「真的？」

「艾卓恩曾說過，馬提想給他做個獨家專訪，」我說，「但他接著又說他只想在電話裡採訪，而非當面採訪。我因此有了個想法。警方應該已經用各式各樣方法檢查過，排除了他的嫌疑。但我想自己去查查看也沒有什麼損失。」

「整件事對麥葛羅有好處，不是嗎？我可以了解他有多麼希望一直維持熱度，然而不是他幹的。」

「恐怕不是。」

「也不是你或我或伊蓮，或那些剛開完動脈繞道手術的人，或者你那個被射殺的朋友，但可能是其他某個已經被射殺或刺死或跳樓的人。全世界最厲害的匿名殺手威爾，現在很可能被某個連他是誰都不曉得的人給冰凍起來。」

「對你來說很諷刺。」

「他可能沒沒無聞的死掉，我們永遠都不會知道他是誰。艾卓恩可就慘了，不是嗎？」

「為什麼？這麼一來他不就解套了嗎？」

「你再想一想。」

「喔。」

「得要你知道自己解套了，那才算數啊，」他說。「你要撐多久才會取消那些保鏢措施？還要花多久時間才能真正放鬆？」

∞

我想著懷菲德，晚餐後打了個電話給他，在他的答錄機裡面留了話。沒什麼急事，我說，而顯然他也聽進去了，因為我沒再接到他的回電。

不過我在夜間新聞上看到了他。整件事沒有什麼進展，不過媒體照樣逼他發表看法。同時威爾的名字也還是照樣登在《郵報》的頭版上。

次日晚上他又上了電視新聞，但這回有個報導。他的案子原本在一個星期到十天之內就要開庭由陪審團審理，但忽然就因為他的當事人同意以較輕的罪名認罪而解決了。

我去聖保羅教堂參加戒酒無名會。我依然隨身帶著那個小象，結果碰到吉妮，便交給了她。我本來打算中場休息時離開，可是決定時已經來不及了，只好留下來拖到結束。到家時想必是十點半左右，電話響起時，我正在倒咖啡。

「馬修．史卡德，」他說。「我是艾卓恩．懷菲德。」

「真高興你打來，」我說。「兩三個鐘頭前，我才在電視新聞裡看到你。」

「哪一台？」

「不知道，我是兩三個頻道切來切去。」

「逛頻道，嗯？很普遍的室內運動。喔，我想如果進入陪審團程序的話，我們會贏這個官司的，可是我不能勸我的當事人賭賭看。基本上他應該是不會坐牢，要是陪審團最後不這麼想，那不就糟糕了嗎？」

「這種事不是不可能。」

「是啊。你永遠不曉得陪審團會怎麼判。你可能以為你知道，可是永遠無法確定。我以前原以為他們會判理查．佛莫有罪的。」

「怎麼會？判決說明書中規定不能這樣的。」

「沒錯，但他不再缺乏無罪開釋的條件了。他們想讓他坐牢，而總會有陪審團會做他們想做的事情。」

「判有罪不會成立的。」

「喔，是啊。楊賽法官可以輕易駁回判決。如果他不駁回，我會在上訴的時候推翻的。」

「所以不管他們怎麼做，理查都會重獲自由。」

「喔，不見得馬上。不過我當初所料想到的事情發生了——你想聽詳情嗎？」

「有何不可？」

「我以為楊賽法官明知上訴法庭會改判，所以讓有罪判決成立。這樣他就不必成為把理查放回大街上的那個人。而且我以為理查去坐牢時，會碰到某個有公德心的神經病在他上訴改判之前就殺掉他。就像在威斯康辛那個傢伙一樣。唔，其實後來事情的發展差不了多少，不是嗎？只不過真的殺掉理查的傢伙不是囚犯，而且凶手自己也是個連續殺人凶手。」

「你還撐得下去嗎，艾卓恩？」

「嗯，我沒事，」他說。「知道明天不必出庭，我壓力小多了。同時你會有那種但凡一件事情結束時所產生的哀樂交織的感覺——無論是一個官司、一場戀愛，或甚至是一樁不好的婚姻。你或許會高興終於結束了，但同時你又會有一絲遺憾。」他的聲音愈講愈低。然後他說。「唉，沒有什麼是永遠的，對吧？只要一走下坡，往往就是結束的開始，通常都是這樣的。」

「你好像有點憂傷。」

「是嗎？我想我只是累垮了。這個官司讓我撐了下去，現在一結束，我覺得自己好像是個被剪斷線的傀儡似的。」

「你只是需要休息一下。」

「希望你是對的。我一直迷信這個官司讓威爾沒有進一步動作，只要我照常的工作，他就不能取我性命。現在忽然之間，我對整個情勢有一種前所未有的不祥預感。」

「其實只不過是因為你之前不准自己朝這個方向想。」

「或許吧。或許我睡個好覺起來會好過一些。該死，我很清楚喝一杯的話，我會好過一些。」

「大部分人都會，」我說。「這就是為什麼人類會發明釀酒賣酒。」

「嗯，我打算打開瓶蓋，讓精靈出來。這是我今天的第一杯，如果你在場，我可以給你倒杯汽水。」

「我等會兒自己在家喝一杯，」我說，「而且我會邊喝邊想著你。」

「喝可口可樂吧。讓這杯成為真正的歡慶時刻。」

「我會的。」

我們沉寂了片刻，然後他說，「真希望多了解你一些。」

「哦？」

「我希望有更多時間。這些話你聽過就忘掉，好嗎？我已經累得沒法思考了。也許我會放棄喝這杯酒直接上床睡覺。」

∞

但他沒有放棄喝那杯酒。

反之，他走到前頭的房間，那兒有一個保鏢。「我要喝一杯，」他宣布，「我想我大概沒法說服你陪我一起喝。」

這已經不是他們第一次進行這樣的對話。「懷菲德先生，我有職責在身。」

「我不會說出去的，」懷菲德說。「另一方面，如果我們的威爾先生闖進那道門，我希望你腦袋清楚，所以我不應該倒酒給你。喝杯汽水如何？或者來杯咖啡？」

「我已經在廚房裡煮了一壺。你去睡覺後，我會喝些咖啡。別替我張羅了，懷菲德先生，我很好。」

懷菲德從吧台上拿了一個玻璃杯，走進廚房加冰塊，然後又回到客廳，打開一瓶蘇格蘭威士忌。他注滿杯子，然後把酒瓶蓋上。

「你名叫凱文，」他對那個保鏢說，「我一定聽過你的姓，可是好像記不得了。」

「凱文．達格倫。」

「現在我想起來了。凱文，你喜歡你的工作嗎？」

「這個工作不錯。」

「你不會覺得無聊？」

「我不怕無聊，先生。有事情的話，我早有準備；沒事情發生的話，我也樂得輕鬆。」

「很健康的態度，」懷菲德告訴他。「你大概不會介意替湯尼．福瑞婁發動車子。」

「什麼？」

「沒什麼。我應該喝掉這杯，不是嗎？我倒了酒，就該喝掉。應該這樣的，不是嗎？」

「看你的意思，懷菲德先生。」

「看我的意思，」懷菲德。「你說得完全沒錯。」

他舉起杯子，無言的做了個乾杯的姿勢，然後喝了一大口。達格倫眼光看向書櫥，他喜歡看書，這個公寓裡有很多書可以看。這工作沒那麼辛苦，拿著一本好書坐在舒服的椅子上八小時，想喝咖啡就自己倒。做這種休閒活動還有錢拿，實在不錯。

他正這麼想的時候，忽然聽到他正在保護的人發出一個尖銳的聲音，類似被勒住脖子。他回過頭去，看到艾卓恩．懷菲德抓著自己的胸，往前倒在地板上。

7

「那就好像他眼睜睜看著自己死掉，」凱文．達格倫說。他個子高高的，肩膀寬闊，大約三十出頭，大腦袋，淡褐色的頭髮剪得很短，淡褐色的眼珠在眼鏡後頭警戒著。乍看之下很聰明又有心機的樣子，好似也會是個思慮周密的刺客。

「我是最後一個跟他談過話的人，」我說。「當然除了你之外。」

「沒錯。」

「他很累，我想因此使他變得悲觀。但或許他是有預感，或者只是有種感覺，覺得自己會到達生命的終點。」

「他請我喝一杯。我根本不考慮。上班時喝，而且是當保鏢的班喝？我要是幹了這種事情，他們會像塊燙手山芋似的把我甩掉，而且馬上就甩。我根本一點也沒有受到誘惑，但現在我可以想像如果我答應喝一杯，接下來會發生什麼事。我們會碰杯，然後喝下去，然後砰！我們一起倒在地板上。或者也許我會先喝那杯酒，因為他拖了很久才喝。那麼我就會死掉，而現在坐在這裡跟你說話的就會是他了。」

「可是結果不是這樣。」

「是啊。」

「你碰到他進入公寓時……」

「你要我把整個過程告訴你？沒問題。我的班是從晚上十點開始，我去公園大道那兒報到，碰到山繆．麥尼克，他和我一起值十點的班。我們在樓下大廳等著，前面一班的兩個傢伙帶著懷菲德先生坐加長型轎車回家，然後在十點十分把懷菲德先生交給我們。山繆．麥尼克和我跟著懷菲德先生上樓，執行一般的保全程序，比方進出電梯這些的。」

「誰打開公寓的門？」

「我，而且我先進去。有個笛音響起，表示防盜警鈴設定了，所以我走到設定鍵盤那兒輸入密碼。然後我檢查所有房間，確定公寓裡面是空的，之後走到前面房間，讓山繆下樓，接著鎖了門確定鎖緊了。然後懷菲德去他房間裡的浴室，之後又回臥室，我猜是在打電話，然後就回到前面房間，其他的你已經曉得了。」

「你之前去過那棟公寓嗎？」

「是的，先生，值過幾次夜班。從十點開始。」

「你進去時，沒注意到什麼東西弄亂了嗎？」

「沒有被侵入的跡象。如果有的話，我會二話不說抓著懷菲德先生離開那個鬼地方。至於有什麼東西被弄亂，我只能說我覺得每樣東西看起來都很正常，跟前幾夜一樣。不過我次日早上六點就交班了，所以值六點到下午兩點那一班的同事，才是最後一個離開那地方的人。我實在看不出他和懷菲德先生離開去法庭之後，是不是有任何東西移動過。」

「不過房裡沒有什麼狀況讓懷菲德講話的？」

「你是指像『怎麼會有這個瓶子？』之類的吧，沒有，沒有這類的事情。不過老實跟你說，我不確定他會注意到這些。你知道他的心情不太好。」

「嗯。」

「他好像心不在焉，不知道這個詞兒用得對不對。好像有點恍惚，就在他喝酒前——」他彈了一下手指。「我知道我想到什麼了。」

「想到什麼，凱文？」

「是一部我看過的電影裡面的一場戲，不過別問我電影的名字，我不記得了。那場戲是講一個酒鬼，已經戒酒——不知道，好幾個月或好幾年吧，總之很久了。戲裡面他倒了一杯酒，看著酒，然後喝下去。」

「懷菲德就是那樣看著自己的酒。」

「差不多。」

「可是他每天晚上都會喝杯蘇格蘭威士忌，不是嗎？」

「我想是吧。我不是每天都在那兒看著他喝。有時候我去值班時，他已經到家了，所以我只是去交班而已，也沒跟懷菲德先生碰面。還有幾次我去之前他已經喝過了。說到酒鬼，我要說他完全不是。我從沒看過他一晚上喝超過一杯。」

「我跟他講電話的時候，」我說，「他說他打算喝那天的第一杯酒。」

「我想他也跟我說過類似的話。早些時候我沒跟他在一起，可是我可以證明他的呼吸裡面沒有酒味。」

「如果他喝了，你會注意到嗎？」

「我想會的。搭電梯時我就站在他旁邊，而且我的嗅覺很不錯。我可以告訴你他晚餐吃的是義大利菜。而且我一整天都沒有喝過酒，如果你自己沒喝，就會對別人身上的酒味特別警覺。」

「沒錯。」

「香菸也是一樣的道理。我以前抽菸，那幾年我從沒聞到過別人身上的菸味，不管是我自己或其他人。四年前我戒了菸，現在我可以聞到飛機另一頭一個老菸槍身上的菸味。當然這麼講是有點誇張，不過你曉得我的意思。」

「當然。」

「所以我猜那是他那夜的第一杯酒。老天爺啊。」

「怎麼了，凱文？」

「喔，這件事不好笑，但我剛剛才想到。至少可以確定，那是他最後一杯酒。」

8

我不必苛求凱文．達格倫有關他嗅覺的說詞。艾卓恩．懷菲德倒在地板上沒多久之後，他很快就證明了自己的嗅覺無誤。一開始，他以為懷菲德是心臟病發，他的立即反應就如同所受過的訓練一樣，開始實施心肺復甦術。

在急救的過程中，他當然嗅到了懷菲德身上的酒味。可是還有另外一種味道，是杏仁味，雖然達格倫之前從沒聞過這種帶杏仁的味道，不過這種氣味的描述讓他很熟悉，他可以猜出那是什麼。他從懷菲德倒下的地方拿起空杯子，注意到上頭也有同樣的氣味。於是他停止急救。打電話給毒物管制署，雖然直覺告訴他，打了也沒有用。接電話的那位女士告訴他的也差不多，說她最好的建議就是讓被害人回復呼吸和心跳。他又打電話給一一九，然後無計可施之下，又去做心肺復甦術。警方趕到時，他還在繼續做。

此時剛過十一點，紐約第一頻道已經以新聞快報播出這條新聞，比第七頻道的完整五分鐘新聞還快。不過反正當時我沒開電視。伊蓮和我是大約一點十五分睡覺的，當時我們還不知道我的一個住在幾哩外的客戶已經因為吃了致命的氰化物而死亡。

有時候伊蓮一起床會看《早安美國》或《今天》節目，不過她也可能聽收音機裡面的古典音樂，第二天早上我去廚房看見她時，我們都猜收音機裡面播的是莫札特。結果是海頓，不過答案揭曉時，她已經離家去健身房了。我關掉收音機——如果我沒關，就會聽到整點新聞，懷菲德的消息會是第一或第二則。我喝了兩杯咖啡，把伊蓮吃剩的半個貝果吃掉，然後出去買報紙。

我離開公寓時，電話正好響起。可是我正開了門踏出去，便一路往外走，讓電話答錄機去接。

如果我自己接電話，我就會從威利．東恩那兒聽到懷菲德的死訊，可是我沒這麼做，而是走向報亭，那兒有一排《每日新聞》和一疊《郵報》並排放在倒置的塑膠牛奶箱上頭。《每日新聞》上大喊：「懷菲德律師死亡！」而右邊的《郵報》則向我們解釋這樁凶案。「威爾殺了第五個人！」

我買了兩份報紙回家，聽了威利的留言然後回電。「他媽的這怎麼回事，」他說。「保鏢工作是這一行裡頭最容易的，只要讓客戶活著就行了。只要他還有脈搏，你的工作就不會出錯。馬修，你知道我們替懷菲德所做的安排，相當不錯的，而且安排的人也是好手。結果那個操他媽的蘇格蘭威士忌瓶子裡居然有氰化物，搞得我們現在看起來像一坨爛屎。」

「那是氰化物？我看到報上只說是毒藥。」

「是氰化物，我的人是從氣味認出的，還馬上打電話給毒物管制署。真可惜他沒在懷菲德喝下肚前先聞一聞。」

「真可惜懷菲德自己沒聞一聞那個杯子。」

「是啊，他只是把杯子喝光，然後那杯東西就潑得他一屁股，其實是潑在他臉上。他往前倒。達格倫還把他翻正，好做人工呼吸。」

「達格倫是你那邊值班的人？」

「我安排了兩個人。他是待在樓上陪懷菲德的那個。另外一個在樓下大廳。如果我讓他們兩個都待在樓上……可是不行，他們會怎樣？坐在那兒玩一整夜的撲克牌？我原先的安排是對的。」

「只不過客戶死了。」

「是啊，沒錯。手術很成功，病人卻死了。你看威士忌裡面的毒藥是怎麼回事？那個公寓很安全，早上出門時檢查過，是空的，而且防盜鈴也設定了。我的人發誓他設定了，就是昨天早上接懷菲德出門的那個，而且我知道他的確設定了，因為達格倫發誓說他昨天晚上開門時，防盜鈴還設定著。所以無論任何在昨天早上八九點和晚上十點之間進去的人，都得通過兩道鎖，一道是摩德科鎖，一道是席格鎖。而且還得通過一個全新的波賽頓警鈴。老天，怎麼辦到的？」

「警鈴是新的？」

「我自己訂的。門上裝的摩德科鎖也是新的，我們接到這個工作時，我就裝了警鈴。」

「誰有鑰匙？」

「懷菲德自己當然有，但不是因為他需要鑰匙。因為不管進出，他都絕不會是第一個通過那道門的人。另外還有兩組鑰匙，兩個值班的人各有一組。下班時就交給來接班的人。」

「那大樓的職員呢？」

「他們有席格鎖的鑰匙，那是當然的。不過我們沒有給他們新鎖的鑰匙。」

「他應該有個清潔婦吧。」

「對。他一搬進來，每星期二下午都是同一個清潔婦進來打掃。她沒有摩德科鎖的鑰匙，也不知道防盜警鈴的四位數密碼，但不是因為我認為威爾很可能是個來自綠角區的波蘭裔老太太。她沒有鑰匙是因為不需要的人就不會有鑰匙。每星期二下午我們會有個人在那兒等她，讓她進去，守在那兒直到她做完工作為止。她在那邊吸地板、燙衣服、跪下來用手擦洗浴缸的時候，我們的人就坐在那兒看雜誌，而且你知道，他的時薪是她的三四倍。有人告訴過你人生是公平的嗎？」

「我會記住的。」

「你提問之前，先讓我回答一兩個問題，因為這些問題警察已經問過，我也已經回答過。那個防盜警鈴不單是裝在門上而已，窗戶也裝了。這樣也許太過度了，因為那兒並沒有火災逃生口，難道我們還以為威爾會進行人類飛行動作，用幾條綁在一起的床單從屋頂上吊下來？」

「那算飛嗎？」

「你懂我的意思啦。我整夜都在跟一堆警察講話，而且沒跟記者談過，所以不要指望我講話像莎士比亞。我是這麼想，在窗戶上加裝防盜系統也花不了多少，所以何必省這點小錢呢？除此之外，如果這傢伙可以幹掉帕奇．薩勒諾，又在奧馬哈幹掉那個叫什麼名字來著的傢伙，誰敢說他不能爬上磚牆？」

「那送貨門呢？」

「你是指整棟大樓還是那戶公寓？當然那棟大樓有送貨門，而且有專用的送貨電梯。懷菲德住的那戶公寓也有送貨門。可是我們一接這個案子後，就再也沒有人用那個門進出了。我接這個案子後首先做的事情之一，就是丟掉那個門栓，把門永遠封死，因為一個地方若是有兩個進出口，那從保全的觀點來看，你就等於製造了自己頭痛的危機。早晚會有人忘了鎖送貨門，這就表示澤諾維茨太太每次都得繞遠路把垃圾送到滑槽口，不過她好像並不介意。」

我們又聊了些那戶公寓的安全設施，鎖和警鈴系統什麼的，然後我們回頭談氰化物。我說，

「是放在他的威士忌裡，這點確定嗎？」

「他喝了那杯酒，然後倒在地板上，所以除了放在酒裡還有什麼可能？除非那時剛好有人用彈丸槍射中他。」

「不，可是——」

「如果他喝的是龍舌蘭酒，」他說，「而且是照慣例配鹽巴和檸檬，就是喝一口酒後，舔一口鹽巴、吸一口檸檬，那我們就會檢查，看看檸檬或鹽是不是被下了毒。可是現在沒人這樣喝龍舌蘭酒了，至少我認得的人都不這麼喝。而且反正他喝的是蘇格蘭威士忌，所以除了在威士忌裡頭下毒，還有其他辦法嗎？」

「我去過他那裡。」我說。「就是他收到威爾公開信的那天晚上。」

「然後呢？」

「他那天晚上也喝了一杯酒，」我說，「用的是玻璃杯，而且我沒記錯的話，他還加了冰塊。」

「哎呀，我的耶穌啊，」他說。「抱歉，馬修。我熬了一整夜，而且這一天看起來會很慘。毒藥可能在杯子上或冰塊裡嗎？我不知道，或許吧。我相信警方會對瓶子裡的酒進行化驗，說不定已經化驗過了。達格倫從那傢伙的呼吸間聞到氰化物的味道，而且我想他說過他是從玻璃杯裡聞到的，說不定在冰塊裡。他有沒有聞到瓶子裡剩酒的味道？我想沒有。酒放在吧台上頭，而他和懷菲德在地板上，試著讓他恢復呼吸。操他的妙計，妙極了。」

「可憐的混蛋。」

「誰？懷菲德還是達格倫？我得說兩者皆是。你知道，我本來還擔心餐廳裡的食物，你還記得在鹽巴裡下毒的那個案子嗎？」

「我一定是看漏了。」

「不是本地的新聞，我想是發生在邁阿密。一個黑幫的生意人在他最喜歡的餐廳吃晚飯，忽然之間他就臉朝下倒在他的義大利式小牛排裡。看起來像是心臟病發，而如果他是一般老百姓，也就這麼處理了，但這個人是一樁案子的偵查對象，所以警方當然就做了檢查，然後確認他是死於氰化物中毒，也在他盤子裡剩下的食物中發現了氰化物，而且有監視錄影帶，因為那個死掉的混蛋常去那家餐廳，而且總坐在老位子，於是聯邦調查局還是當地的警察，管他是誰，就設了監視錄影機。錄影帶裡顯示有個傢伙來到這張桌子換掉鹽罐子，可是警方無法完全確定，反正鹽罐子裡也沒發現任何氰化物，因為顯然後來有人又換掉了。所以警方也無法把這傢伙定罪，但至少知道是誰幹的、怎麼幹的。」他嘆了口氣。「懷菲德從沒單獨坐下來吃飯，他身邊一定會跟著一兩個我的人，主要就是要確定沒人換掉他的鹽罐子。好像將軍，不是嗎？總是準備好要打最後一仗。但在此同時，有人跑進他家，在他的威士忌裡面下毒。」

我們在電話裡談了很久，他預先猜到我大部分的問題，不過我也想了些其他的，他都回答了。我看不出他為艾卓恩·懷菲德設計的保全措施有任何弱點。雖然沒安排一個人二十四小時看著他的公寓，但我看不出還能有什麼更完備的方案了。

然而某人就是有辦法拿到足夠的氰化物，放進懷菲德的酒裡毒死他。

8

我跟凱文・達格倫談的時候，已經是傍晚了，此時我自己也已經被兩個專案小組的警探訊問過。他們花了將近兩個小時得知我所能告訴他們的一切，有關我如何認識艾卓恩・懷菲德，從我替他做過的工作，一直到他成為威爾公開信的目標之後我和他之間的接觸。

他們挖出我所知道的一切，其實不多，我從他們那兒所得知的倒還多一些。我沒問很多問題，而少數我提出的問題也大都沒得到回答。不過我倒是得知瓶子裡殘餘的蘇格蘭威士忌裡面發現了氰化物，不過反正稍後我只消打開電視也照樣可以知道。

我被那兩個警探問得筋疲力盡，不過和達格倫的遭遇還是不能比。當然，他整夜沒睡，大部分時間不是在回答問題，就是等著警方為進一步訊問而準備。我見到他之前，他設法睡了兩個小時，而且他似乎非常警戒，但看得出他的壓力非常大。

可以想見，他是嫌犯之一，其他幾個因為保鏢職務而得以進入懷菲德公寓的人也是。每個人都遭受到一番深入的背景調查和徹底的訊問，而且每個人都自願接受測謊。（警方認為那是自願。但如果他們想保住可靠偵探社的差事，那就非接受測謊不可。）

懷菲德的清潔婦蘇菲亞・澤諾維茨太太也接受了訊問，不過沒有給她做測謊。警方跟她談，主要倒不是因為有人認為她可能是威爾，而是為了排除任何人在她打掃時曾去過那個公寓的可能性。她星期二下午在公寓裡，而懷菲德是在星期四夜裡吞下有毒的蘇格蘭威士忌。沒有人能夠完全確定的作證說，懷菲德星期二或星期三夜裡也曾從那個瓶子裡倒酒出來喝，所以氰化物有可能是她在的時候被放進去的。

她告訴警方，她打掃公寓的時候沒看見任何人，讓她進去和出來的那個保鏢除外。而她打掃的時候，那個保鏢就一直坐在電視前看談話秀節目。她不記得看過他接近放那瓶酒的地方，不過她也不能確定自己在其他房間打掃時，保鏢是不是在做些其他什麼事。至於她自己，她曾接近吧台，甚至可能因為要撢那個酒瓶上的灰塵而碰過那個瓶子。她撢灰塵的時候，有可能倒一點這瓶或任何一瓶的酒來嚐嗎？這個問題激怒了她，警方花了好一會兒才安撫她，讓她繼續接受訊問。

那個酒瓶上唯一的指紋是懷菲德的。表示凶手把氰化物放進去後曾擦過瓶子，不過這點也預料得到。同時也表示酒被下毒之後，除了懷菲德之外沒人碰過，但大家也都知道，那瓶酒放在屋子裡，除了懷菲德之外，從來就沒有人碰過。

那瓶酒是在威爾寄出那封恐嚇要對付懷菲德的信給麥葛羅之前兩個星期送來的。萊辛頓大道的一家酒商把這批懷菲德的訂貨送來，連同兩瓶五分之一加侖裝的葛連·法郭爾牌純麥蘇格蘭威士忌，一夸脫的芬蘭地亞牌伏特加，還有一品脫的朗里柯牌蘭姆酒。蘭姆酒和伏特加都一直沒開，當懷菲德喝下致命的那一杯時，已經喝掉了一又三分之一瓶蘇格蘭威士忌。

「你不喝酒，」他曾告訴我。「我也不喝。」一口氣叫兩瓶放在家裡，很夠格當一個喝酒的人了，但他最多也只是淺酌一口而已。五分之一加侖有二十六盎司，或者如果你每回倒大約一盎司半的蘇格蘭威士忌，再加兩個冰塊，就是十八杯了。喝光的那瓶有十八杯，第二瓶則喝了六杯左右——我想這麼算應該沒錯才對。有時候他回家前已經喝過了，有時候他則根本一點都不喝。

∞

那天晚上伊蓮和我走到阿姆斯壯酒吧吃晚餐。她點了大號的沙拉，我點了一大碗辣醬，拌著一大堆切碎當配菜的甜椒吃。菜一定辣得可以讓人起疹子，不過對我沒什麼影響，我一向不太注意食物的味道。

她聊了些白天店裡的事情，還有阿傑剛好過去跟她鬼扯。我也談了自己的一天。然後我們兩個沉默了下來。店裡放著古典音樂，在周圍的交談聲中幾乎聽不見。侍者過來問我們要不要再來些沛綠雅礦泉水，我說不要，不過請他有空給我端一杯黑咖啡過來。伊蓮說她要花草茶。「哪一種都行，」她說。「給我點驚喜吧。」

他端了一杯「紅色活力」給她。「好個驚奇。」她說。

我喝著咖啡，臉上一定有什麼異樣，因為伊蓮雙眉一揚。

「有一剎那，」我說，「我嚐到咖啡裡的酒味。」

「可是其實沒有。」

「對，咖啡很好，不過就是純咖啡而已。」

「我猜這就是所謂的感官記憶吧。」

「我想也是。」

這次來阿姆斯壯酒吧，可以說是純粹路過。幾年前，酒館主人吉米原來的房租還沒到期，且尚未往西遷移好幾個街區之前，阿姆斯壯酒吧位於第九大道，就在我所住旅館的街角，而那兒也幾乎成了我個人生活空間的延伸。我在那兒社交，在那兒品嚐孤獨，也在那兒見客戶。我在那兒總是保持喝酒的狀態，有時候不只是保持狀態而已，而是在吧台或後頭自己那張桌子喝得爛醉。我通常喝波本威士忌，不是喝純酒就是摻在咖啡裡。當時對我來說，咖啡和酒兩種味道似乎相輔相成，甚至咖啡因和酒精都可以互相平衡，一個讓你保持清醒，而另一個則撫平你敏銳的意識。

我知道抽菸的人戒菸後，就必須暫時戒咖啡，因為兩者幾乎是連在一起的。我戒酒有自己的種種問題，但喝咖啡不包括在內，我照樣可以高高興興的喝咖啡，而且到了大部分同輩的人都覺得應該改喝低咖啡因咖啡的時候，我顯然也不必有罪惡感。我喜歡咖啡這玩意兒，尤其是好咖啡，比方伊蓮自己在家裡弄的（雖然她自己很少喝），或這陣子在全紐約各角落冒出來的那種西雅圖式咖啡店裡面的。阿姆斯壯酒吧裡的咖啡一向不錯，又濃又香，這會兒我喝了一口，品嘗著，想不透自己剛剛為什麼覺得有波本味。

「你也無能為力，」伊蓮說，「不是嗎？」

「的確。」

「你勸過他出國的。」

「我應該更強硬一點，」我說，「不過我想他不會有任何改變，而且我也不能怪他。他有自己的人生要過。而且他也做了所有可能的防範措施了。」

「可靠偵探社做得好嗎？」

「即使是後見之明，」我說，「我也找不出他們有任何錯。我想他們原先可以派個人二十四小時守著他的公寓，不論懷菲德在不在家。但即使出事之後，我也不敢說他們該這麼做。至於我這部分，沒有，我也找不出自己可以多做些什麼，讓結局有所不同。如果我有某種洞察力，知道威爾是誰，那就太美好了，可是事情不是如此。這件事情我就跟紐約其他八百萬人，包括被分派去查這個案子的不曉得多少個警察一樣，摸不著頭緒。」

「可是有些什麼困擾著你。」

「威爾就在那裡，」我說。「一個個的殺了人又全身而退。我猜困擾我的是這個，尤其是他現在幹掉了一個我認識的人。我本來是打算說『一個朋友』的，只是這樣不太精確。不過上回我跟艾卓恩．懷菲德談的時候，覺得他總有一天會成為我的朋友，只要他活得夠久。」

「你現在打算怎麼辦？」

我喝光剩下的咖啡，截住侍者的視線，朝著我的空杯子指了指。侍者替我補滿咖啡時，我思索著伊蓮的問題，然後說：「他的葬禮只有家人參加，不對外舉行。不然他的死這麼轟動，會有很多人跑來。據我了解，下個月會有個公開追悼儀式，我大概會去。」

「然後呢？」

「然後我大概會點根蠟燭為他祈禱，」我說。

「反正也不會有壞處，」她說，故意學著布魯克林的腔調。這是一個老笑話裡的腔調，我想我笑了，她隔著桌子也回了我一個笑。

「那些錢讓你困擾嗎？」

「什麼錢？」

「他不是給了你一張支票嗎？」

「兩千元。」我說。

「而且可靠偵探社那邊沒給你介紹費嗎？」

「死掉的客戶不必付錢。」

「什麼？」

「那是保鏢這一行的一個基本原則，」我說。「有人拿來當一本談這個主題的書的書名。威利只拿了一筆小額的聘約金，不過還不夠他付給那些保鏢人員的時薪。法律上他當然有資格開帳單，但他已經告訴過我，他打算自己吞下這筆開銷。既然他已經賠錢了，我也不會去拿他的介紹費。」

「而且你很樂意不拿，對不對？」

「喔，我不知道。如果他賺了錢，我拿介紹費會拿得安心一點。另外如果懷菲德付給我的那兩千元讓我感到困擾，我反正退回去就是了。」

「或者想辦法去賺它。」

「用追逐威爾去賺，」我說，「或者追逐槍殺了拜倫．李歐波的那個人。」

「在荷瑞修街。」

我點點頭。「懷菲德提過兩件事可能有關，說也許威爾是無意間挑中拜倫，多多少少是為了練習殺人。」

「有可能嗎？」

「應該有可能吧。不過也有可能拜倫是被外星人或其他類似的人給射殺的。這是懷菲德說服我拿錢的方式，同時讓我隨心所欲去調查這個案子。對我來說，這樣一來，同時進行兩個案子要合理些。只不過兩個案子我都沒查出什麼來，不是嗎？」

「沒錯。這就是讓你嚐到酒味的原因，因為你沒有查出什麼來。」

我想了想。啜了幾口咖啡，把杯子放在碟子上。「對，」我說。「的確如此。」

8

出了餐廳，我們等綠燈時，我挽住她的手。我看著隔著街斜對面的那棟大樓，目光不自覺的搜尋著二十八樓的一扇窗戶。伊蓮也許是注意到我的視線，或者只不過是猜到我心裡在想什麼，就說：「你知道格林威治村那個槍擊事件讓我想起什麼嗎？格藍．郝士蒙。」

他曾住在那棟公寓的二十八樓。他死後，他的遺孀麗莎繼續住那兒。她曾雇用我，我替她把案子查完之後，偶爾會回到她的公寓裡，跟她上床。

伊蓮和我結婚時，我們去歐洲度蜜月。在巴黎時，我們一起躺在飯店的床上，她說婚後什麼都不必改變，我們可以繼續當原來的自己、過著原來的生活，我們手上的戒指不會改變任何事情。她說這些話時，有著明顯的絃外之音。她似乎在說，我知道有第三者，可是我不在乎。

「格藍．郝士蒙，」我說。「意外被殺死的那個。」

「除非佛洛依德的理論沒錯，一切都是潛意識作祟，根本沒有所謂的意外。」

「我調查拜倫的生活時，也曾想到郝士蒙。拜倫也可能是被誤殺的。」

「被故意殺死就已經夠糟糕的了。」

「嗯，有人曾聽到凶手喊拜倫的名字。」

「所以凶手認識他。」

「如果那個證人沒搞錯的話。」

我們走路回家，沒再多說什麼。回到公寓裡，我一手放在她肩上，將她的身子轉過來，我們彼此擁抱，親吻著，然後我一手放在她的臀部，將她擁緊。

不必改變什麼，她曾在巴黎告訴我，但慢慢的，事情當然會有變化。多年來伊蓮和我之間分享了許多事情。我們初識時，我是個已婚的警察，而她是個甜蜜的年輕應召女郎。我們曾經在一起，然後又多年沒聯絡，直到往事又將我們兩個拉到一起。沒多久她停止接客，又沒多久我們找了一戶公寓住在一起，再沒多久我們就結婚了。

這麼多年以後，我們之間的熱情自然不像初識時去她海龜灣的公寓造訪那般。那時我們對彼此的慾望又瘋狂又急切，而且無法抵擋。現在一切都隨著時間和習慣而有了調整。我們之間的愛，從一開始到現在，隨著時間變得愈來愈大、愈來愈深，我們相伴的那種喜悅也更勝以往。而我們的熱情，就算不再那麼狂暴，卻也比以往更濃烈。

我們又吻了對方，這次吻得很深。我們移到床上，褪下衣服。

「我愛你。」我說，也或許是她說的。沒多久，我們就陷入迷亂狀態。

∞

「你知道，」她說，「如果我們保持這樣下去，我想我們會達到某種熟悉的程度。」

「不可能。」

「你是我的老熊，我愛你。你打算要睡了，對不對？除非我在黑暗中發光讓你保持清醒。我覺得自己好像可以發光似的。為什麼性愛會讓女人清醒，卻讓男人發睏？這是上帝無意間犯的錯，還是物種存活的某種機制？」

我腦中翻來覆去想著這個問題，試圖找出一個答案，此時我的臉頰感覺到她的呼吸，她的嘴唇輕輕摩擦著我的。

「好好睡吧。」

8

整個週末的大新聞就是艾卓恩・懷菲德的驗屍結果。死因並不令人意外。根據《郵報》的報導，懷菲德服下的氰化鉀含量，足以殺掉一打律師。（星期一夜晚，傑・雷諾在《今夜》中唸出這條新聞，眼珠子往上翻了翻，無言的笑了。）

驗屍也同時發現，威爾只是稍稍干預了自然。艾卓恩・懷菲德死亡時，已經罹患惡性腫瘤，而且癌細胞已經從一個副腎腺附近轉移，入侵淋巴系統。威爾頂多只奪走了他一年的生命而已。

「我很好奇他自己原先知不知道，」我告訴伊蓮。「根據《郵報》的報導，很可能事先沒有徵兆。」

「他去看過醫生嗎？」

「他的醫生出城了。沒人找得到。」

「醫生就是這樣，」她抱怨的說。「他完全沒提過嗎？」

「他講了一些話，是關於什麼來著？」我閉上眼睛一會兒。「我最後一次跟他談，就是他喝下那杯毒酒前那次，他說過希望他能有多一些時間，意思是希望我們能有機會彼此熟悉。也說不定他其實沒別的意思，只是單純的希望能活久一點。」

「如果他知道——」

「如果他知道自己的病，」我說，「那麼在蘇格蘭威士忌裡面放氰化鉀的可能就是他自己。這也就解釋了威爾怎麼有辦法穿牆入門自由進出他那戶有防盜系統的公寓，因為他根本沒去過。懷菲德是自殺的。」

「你覺得是這樣嗎？」

「我不知道自己怎麼想。」我說，然後起身去接電話。

是威利．東恩打來的，他也問了同樣的問題。「那個狗娘養的本來就快死了，」他說。「你看呢，馬修？你很了解他。」

「我一點也不了解。」

「哎，老天在上，你總比我了解吧。他是那種會自殺的人嗎？」

「我不知道他是哪一型的人。」

「我能從達格倫那邊挖到的，就是他心情不好。要命，要是換成我接到威爾的公開信，我心情也不會好的。如果我得了懷菲德那種病，我的心情會比他壞兩倍。」

「也要看他知不知道自己的病。」

「那就得查他的病歷了，他的醫生正好出城度週末，明天警方會聯絡到他，我們就會有進一步的了解。我剛剛只是在想像，這個狗娘養的在一個拿錢要保護他生命的年輕人面前故意喝下毒藥。」

「你知道，」我說，「你一直說他是狗娘養的，但如果他不是自殺……」

「那麼我就是在毀謗一個因為我失職沒保護好而送命的人，而這麼一來，我才應該是狗娘養的。」他嘆了口氣。「這個世界真是操他媽的一團混亂，要是有人告訴你不是這樣，你千萬別信。」

「我連夢都不敢夢。」

「總之，他是怎麼了？搞什麼波蘭式自殺，故意布置成謀殺的樣子嗎？」

「通常都是反過來的。」

「有些人是殺了人，故意布置成那些人好像是自殺的樣子。幹嘛要反過來呢？為了保險金嗎？」

「除非他最近投保，才會合理。保險條款都規定投保要超過一定年限，否則自殺不理賠的。」

「通常是一年以上，不是嗎？」

「應該是吧。免得想自殺的人先去投保，故意詐騙保險金。不過你要是投保二十年，那保險公司就不能因為他沮喪而趁地鐵進站跳下月台，就逃避他們該負的責任。」

「我不知道，」他說。「這幾年我們接了很多保險公司的調查工作，所以我相信保險公司會盡可能逃避任何責任。最糟糕的就是他們會對我們開的帳單細目一一提出質疑。大概是出於習慣吧。」

「談到帳單，如果到頭來其實他是自殺的——」

「幹嘛，我可以要求從他的遺產支付？我們簽了約要保護他，可是我們居然防不了他把自己給幹掉？我寧可自己吞掉這筆損失，也不要費盡心思去收錢。」

媒體的關注多到一個地步，你就無處可躲。到目前為止，威爾好像還對付得了，但菲力普．布辛大夫就沒有這類躲避的本領了。他去美加邊境間休倫湖東北部的喬治亞灣釣魚，一些積極的記者找到了他。

8

布辛是艾卓恩．懷菲德的醫生，主要是內科——伊蓮指出，「內科」這個名詞會讓你覺得好像涵蓋了皮膚科之外的所有一切了。關於醫生和病人之間對病歷的保密原則，他的界限顯然只限於活著的病人，因此他就放心的說出他已經在春天診斷出艾卓恩．懷菲德的腫瘤，而且已經做過和病人溝通病情這個悲傷的任務。

懷菲德很平靜的接受了這個事實，布辛醫生回憶，總之懷菲德好像把他當成一個有敵意的證人對待。他逼著布辛醫生承認，開刀或化學療法都不能根治他的病，而且也逼醫生估計了他還剩多少時間可活。六個月到一年，布辛醫生告訴他，而且介紹他去史隆凱特林醫院找一個癌症專門醫生。

懷菲德打電話找過那位拉諾．培托醫生預約，也去看了醫生。培托確定了布辛醫生的診斷，而且提議替他做放射線和化學治療，他認為這樣可以替病人多爭取一年壽命。懷菲德謝過他離開醫院，從此再沒跟培托醫生聯絡。

「我猜他想聽聽其他醫生的意見。」培托說。

如果他想聽意見，在這個城市最適當不過了。每個人都有意見，到了星期二早晨，我覺得自己好像聽遍了所有意見。一般輿論似乎都認為懷菲德是自殺身亡，一名這方面的權威人士形容說，這是一個機會主義者的自毀行為。我懂他的意思，不過這個陌生的名詞讓我特別印象深刻。

很多人對他所選擇的自殺方式感到不解，因為以其他的先例來說，這種死法太慘了——或者可以說，對懷菲德來說就夠慘了。氰化物所帶來的痛苦難以忍受。你不可能朦朧的陷入夢鄉再也醒不過來。唯一的好處就是，的確，死得非常快。

「不過，」我告訴伊蓮，「要離開這個世界的一般方法不太多，而且會選擇崎嶇道路的人多得出奇。很多警察會飲彈自盡，這種事尋常得簡直會讓你以為槍管沾了巧克力。」

「我想可以擬個聲明，不是嗎？『我用值勤的警槍自殺，所以殺了我的是這份工作。』」

「很適合，」我同意，「不過現在我只覺得這是某種傳統。而且這樣自殺又快又確定，除非子彈亂飛，結果只是擊傷了自己的手。」

一個當地電視台的名人引用了桃樂希・帕克的詩：

剃刀太痛，
河流太溼，
氰化物讓人變色
而藥物則引起抽筋；

槍枝不合法，
上吊怕繩子斷掉，
瓦斯味道不佳——
所以你還是活著好了。

可以想見，這些話引來了常青社團一位女發言人的一些答辯，她認為必須指出帕克寫這些詩句的年代已距今遙遠。她很樂意向大家報告，還有許多快樂的方式可供大家選擇，其中有兩種似乎是她最偏愛的，就是關在車庫裡吸一氧化碳中毒而死，或者套在塑膠袋裡面窒息身亡。

「不幸的是，」她說，「不是人人都有汽車。」

「很可悲，但是卻是事實，」伊蓮對著電視說。「幸運的是，無論如何，每個人也都有塑膠袋。『爸，我今天晚上可以借你的車嗎？不行？噢，那我可以借個塑膠袋嗎？』」

還有些人堅信，真正的受害者是凱文．達格倫，懷菲德在他面前倒地死亡，太不顧慮別人的感受了，這件事害達格倫必須承受道德上無止境的壓力。至少有一個談話節目找了個心理學家和一名心理創傷專家，討論這個事件給達格倫帶來的短期和長期影響。

達格倫接受了大部分的訪問，被逼問時他的態度也很想得開。他說，他對懷菲德是自殺或被謀殺沒有意見。他只遺憾自己無能為力挽救這個人的生命。

如果達格倫不願意扮演受害者的角色，那麼有個名叫爾文．阿特金的人倒是搶著想當。阿特金是艾卓恩．懷菲德最後一個當事人，就是在艾卓恩．懷菲德抱怨他的案子沒法上到高等法院之前幾個小時，決定以一個輕罪的攻擊罪名認罪的傢伙。阿特金的理由是，他推測懷菲德是故意想趕快結束這個案子，好無牽無掛的結束自己的生命，因此阿特金向法院申請說，自己受到了律師的不當建議，要撤回自己認罪的決定。

「他有兩個論點，」雷蒙．古魯留告訴我。「第一，懷菲德故意說服他認罪，因為他急著要回家喝老鼠藥，或隨便什麼去他的鬼毒藥。第二，懷菲德想自殺的心理狀態影響了他的判斷，使他沒有能力提供當事人法律上有效的建議。這第二點倒是可以成立，懷菲德會接他這種笨蛋的案子就是一個證明。」

「你想他這招行得通嗎？」

「我想法院會讓他撤銷認罪的協議，」他說，「而且我認為他一定會後悔，這個狗娘養的蠢蛋，重新審判後，他就會被定罪了。」

「是嗎？」

「嗯，我認為是這樣。你這樣撤銷原來一個關不了你幾小時的輕罪協議，那就是邀請大家來踢你屁股了。總之我覺得這一堆都是扯屁，艾卓恩不是自殺的。」

「是嗎？」

「我絕對不否認這是個不錯的選擇，也不否認他可能會決定這麼做，而且我想他早晚會自殺。他可能非常仔細的考慮過這麼做，甚至就在他倒那杯酒的時候，心裡還在盤算著。但我不相信他會有一丁點懷疑到那個瓶子裡頭除了蘇格蘭威士忌，還會有別的東西。」

「為什麼？」

「因為他媽的他幹嘛要這麼做呢？如果艾卓恩打算自殺，他絕絕對對會留下遺書，而且很可能還會拿去公證。只有這樣才符合他的作風。」

「我也這麼覺得。」

「我不是說他的個性中缺乏戲劇性。畢竟他是個審判律師。如果我們不願意成為眾人焦點，那我們就會一輩子縮在法庭後面當助理或行政人員。我可以想像艾卓恩自殺，我甚至可以想像他會在一堆證人面前自殺。你記得哈門・魯敦斯坦吧？」

「記憶猶新。」

「他邀了一堆朋友來家裡，讓他們坐下，給他們倒飲料，然後他告訴大家說他希望每個人都在，免得事情有任何模糊的疑點。然後他就爬出窗外跳樓自殺。我要自殺嘍，他說，而且我要你們在這裡證明。這跟大家推測艾卓恩的狀況完全不一樣。」

「他搞得整件事看起來像謀殺。」

「完全正確，那為什麼他要這麼搞呢？沒有人問過這個問題，也許只因為無人能回答。難道因為自殺在宗教上不被允許？艾卓恩不是那種虔誠天主教家庭長大的，而且據我所知，他唯一的信仰就是替刑事犯辯護一定要事先收費。那麼，會是因為擔心他的保險得不到理賠嗎？報紙和電視上還在談這個問題，好像自殺就會自動引起這類效應。」

「我前幾天也跟別人談過這個問題，」我說。「這是一種普通的誤解。」

「而且應用錯誤，因為艾卓恩的保險多年來涵蓋所有的理賠。他並沒有因為得了癌症而另外投保，這些消息昨天都報導出來了，可是大家還在囉嗦保險的事情。我剛剛聽到一個新說法，雙倍理賠。」

「針對意外死亡的嗎？」

「對。以保險公司的認定，謀殺是意外死亡，當然還要看他所投保的種類有沒有意外死亡賠償百分之兩百的條款。順帶一提，這種條款真愚蠢。你買保險是因為它的財務保障，從穀倉屋頂上頭掉下來或得了硬癬症死掉有什麼差別？你希望自己如果死掉，能夠有一些補償，意外死亡會給整個家庭造成更大的打擊，所以才會需要額外保障。」

「我想自殺並不被認為是意外死亡。」

「嗯，但也不是自然死亡。可是據我所知，所有的保險都把自殺排除在雙倍理賠的範圍之外。所以很有可能，一個人如果打算自殺的話，他會故意布置得像是意外死亡，好讓他的家人在財務上有利一些。」他吸了口氣。「吁。你聽到沒有？我講話聽起來像個天殺的律師。」

「你的確是律師。」

「可是，」他繼續，「要布置成意外很容易，常常有人這麼做，而且保險公司也會相信。你只要跳上你的車，開到附近那座橋。我不知道成功率有多高，可是一般來說，沒有證人的單一車禍，有一大堆都是自殺，有的是預謀，有的則是臨時起意。如果你想自殺，又希望死後在天主教堂有完整的葬禮，這個方法萬無一失。而且絕對可以得到雙倍理賠。」

我想起常青社團那位認真的女士。「可是很多紐約居民沒有自己的車——」

「我們總有地下鐵啊。你可以失去平衡，摔在進站的地鐵前面。不過艾卓恩的死有個疑點，比方說他決定要讓這件事看起來像是謀殺，但除非你名叫愛德華．霍克或約翰．狄克森．卡爾（譯註：Edward D. Hoch，美國推理小說作家兼編輯，主要作品為短篇傳統猜謎小說，創造許多著名的偵探人物，從一九七五年起，編選年度最佳偵探小說。John Dickson Carr，偵探小說史上號稱「密室大師」，是美國知名密室解謎作家，同時擅長於將偵探小說與其他形式作品結合，如恐怖小說與歷史小說），否則你不會把他的死想成是密室殺人，對吧？因為事情明白簡單極了。他的保全措施這麼嚴密，有貼身保鏢還有防盜鈴，大家都想不透威爾到底是怎麼溜進去下毒的。很明顯不可能，因此半個紐約都相信艾卓恩一定是自己下毒的，而這點卻是我們原先假設他應該要掩飾的。你覺得我這樣說有道理嗎？」

「不管艾卓恩現在身在何處，」我說，「如果他需要律師，我覺得他都該挑一個名叫古魯留的人。」

「不過我是對的，你不覺得嗎？沒道理嘛。」

「我同意。」

「嗯，那讓我再小小錦上添花吧。所有的報導都在談保險，可是沒有任何保險會針對自殺有雙倍理賠條款，就這樣可以結案了。」

他的話很有說服力，但我並沒有完全被說服。我見過太多人做過太多不合邏輯的事，多到讓你無法把任何地球人類的不合理行動排除在外。

同時，還要考慮到威爾。即使艾卓恩·懷菲德是死在自己手上，至少也是威爾幫的忙。有個專欄作家堅持，也許有點滑稽的是，這位匿名殺手每次都愈來愈有力量。前面三個受害者，他都得親自到場動手解決，但第四和第五名受害者，他只要點名就行了。一旦成為威爾的目標，他們就會死掉，不勞他親自動手。幹掉若許德的是他納為心腹的敵人，而懷菲德則是被一個更親密的敵人所殺，這個敵人就住在他的軀體中。

「很快的，他連公開信都不必寫了，」這位專欄作家丹尼斯·赫米爾如此下結論。「他只要用他超強的念力，壞人就會像蒼蠅一樣掉下來死掉。」

我心想，好玩的是，怎麼都沒聽到威爾的消息。

∞

星期二早上我比伊蓮早起床，她沖完澡出來時，我正在餐桌前吃早餐。「這個哈蜜瓜真好吃，」她說。「比昨天的好太多了。」

「這是我們昨天吃剩的另一半。」我說。
「喔，」她說。「我猜這是比較好的那一半。」
「我想是因為這一半是我放在盤子上的，」我說。「而且還端到你面前。」
「對，完全正確，你這隻老熊。沒人能做得比你更好了。」
「舉手之勞罷了。」
「沒錯。」
「還融合了某種禪宗手法，」我說。「我專心想著其他的事，不知不覺就弄好早餐了。」
「想什麼？」
「想一個我忘掉的夢。」
「你難得會記得自己的夢。」
「我知道，」我說，「但是我醒來有個感覺，這個夢裡有什麼想告訴我，而且我覺得以前好像做過同樣的夢。事實上——」
「怎麼？」
「我有個感覺，最近常做這個夢。」
「同樣的夢。」
「我是這麼想。」
「可是你記不得。」

「有那種熟悉的感覺，」我說，「好像是以前經歷過的事情。我不知道每次的夢是不是都一樣，但我覺得我每次都夢到同樣的人。他就在那兒，看起來好誠懇，想告訴我什麼事情，然後我就醒來，把他給忘得一乾二淨。」

「就像一縷輕煙。」

「差不多。」

「就像你一站起來，膝上就沒法放東西，自然消失一樣。」

「這個嘛……」

「他是誰？」

「問題就在這裡，」我說。「我不記得他是誰，而且不論我多麼努力試著回想——」

「別試了。」

「什麼？」

她站起來，走到我身後。用她的指尖順著我的頭髮。「沒什麼好回想的，」她說。「放輕鬆就好。所以不要努力回想，只要回答問題就好。你夢的是什麼事情？」

「我不知道。」

「好。想想艾卓恩．懷菲德。」

「不是艾卓恩．懷菲德。」

「當然不是，反正你就想著他吧。」

「好吧。」
「現在想想佛莫。」
「誰？」
「殺掉一堆小孩的那個惡棍。」
「噢，佛莫。」
「很好，佛莫。想想他。」
「不是——」
「我知道不是。就算是討好我，好嗎？想像他的樣子。」
「好吧。」
「現在再想想雷蒙·古魯留。」
「我知道。」
「我沒夢到雷蒙，」我說，「而且你這招不會有用的。我很感激你的嘗試——」
「可是不會有用的。」
「我知道。我可以問你幾個問題嗎？」
「應該可以吧。」
「請問尊姓大名？」
「馬修·史卡德。」

「你太太的名字呢？」

「伊蓮．馬岱。伊蓮．馬岱．史卡德。」

「你愛她嗎？」

「這還要問嗎？」

「回答就是了。你愛她嗎？」

「是的。」

「你夢見了些什麼？」

「嘗試精神可嘉，可是不會有——」

「怎麼樣？」

「我是個渾球。」

「怎麼？你要告訴我原因嗎？」

「別吵我了，好嗎？」

「別猶豫了，現在別再想了！」

「我只想思考一下而已。」

「說出名字好嗎？免得又從你的腦海裡溜走了。」

「不會的，」我說。「現在我想問的是，究竟為什麼我會夢到他？」

「很好，繼續讓我猜吧。」

「格藍．郝士蒙，」我說。「你是怎麼辦到的？」

「只是幫助你回憶而已。」

「好像有用。格藍．郝士蒙。老天，為什麼是格藍．郝士蒙？」

想了一個小時後，我下樓買報紙，這個問題還是沒有任何進展。然後看到報紙時，我忘掉了格藍．郝士蒙。

報上又出現了威爾的公開信。

9

「給紐約人民的一封公開信。」

這是威爾的標題。就像其他信一樣，這封信是寫給、寄給《每日新聞》的馬提．麥葛羅。而《每日新聞》也獨家刊登了這個消息，放在頭版上，有一篇麥葛羅署名撰寫的報導。他的專欄「答客問」放在邊欄，而威爾的公開信全文則放在第二版。這封信以威爾的作風來說相當長，幾乎剛好是八百字，和麥葛羅專欄的長度一樣。

信的一開始，他宣稱艾卓恩．懷菲德被謀殺是他的功勞（或是責任）。他以誇耀的口氣，一開始先敘述那套用來保護懷菲德的複雜設計，有防盜鈴，有三班保鏢，還有裝上防彈玻璃的裝甲鋼板加長型轎車。「可是沒有人能成功的阻擋人民的意志。」他宣稱。「沒有人能逃得了，也沒有人能躲得開。看看羅斯偉．貝利，他逃往奧馬哈。看看朱里安．若許德，他躲在他聖奧本斯的圍牆內。人民的意志無遠弗屆，可以穿透堅固的防禦設施，無人能擋。」

威爾繼續說，懷菲德絕不是全世界最壞的律師。替無法根除的惡人當法律代表，只是他的工作而已，但為了服務他的當事人，他卻樂意做任何事，不管有多麼可憎、多麼不道德。「當一個律師為站不住腳的事情辯論時，我們點頭認可，甚至容許他們為了當事人的利益這麼做，如此更助長了他們的狂妄。」

然後威爾又批評司法系統，質疑陪審團制度的價值。他沒有舉出什麼令人驚異的獨創觀點，不過他講得頭頭是道，以至於幾乎讓人忘記，你是在讀一個連續殺手的信。

信的末尾，是一段個人感想。「我發現我已經厭倦殺人了。我很高興曾經被揀選來做為這幾個社會治療行動的工具。但為了大善而被召喚出來作惡，我個人也要付出龐大的代價。我現在要休息了，直到我再度被召喚出來行動的那一天為止。」

∞

我有個疑問，於是打了六個電話，希望能得到答案。最後我打電話去《每日新聞》，我把自己的名字告訴接電話的那位女士，說我想和馬提．麥葛羅談話。她留了我的電話，過不到十分鐘，電話鈴響了。

「我是馬提．麥葛羅，」他說。「馬修．史卡德，你是懷菲德雇的那個偵探，對吧？我想我們見過一次面。」

「好幾年前了。」

「我大半輩子都是在好幾年前。你找我有什麼事？」

「要問你一個問題。那封信是全文一字不漏照登嗎？」

「當然。怎麼？」

「完全沒有刪改？沒有應警方要求保留任何句子？」

「我怎麼能告訴你呢？」他的聲音聽起來很苦惱。「我只知道，你也可能是威爾。」

「完全沒錯，」我說。「另一方面，如果我是威爾的話，我或許就會知道你有沒有刪我的信了。」

「老天啊，」他說，「我才不想負責做這種事。編輯台那個混蛋刪我的稿子時，我知道自己有什麼感想，但我可不是個殺人狂。」

「噢，我也不是。言歸正傳，我的想法是這樣，從這封信的內容看來，並沒有駁斥自殺的理論。」

「威爾信裡談到了這個話題，他說是他殺的。」

「他以前沒跟我們撒過謊。」

「據我所知，」他說，「的確沒有。羅斯偉．貝利在奧馬哈遇害的事情，他拒絕證實或否認，但是很巧妙的暗示是他動手的。」

「如果我沒記錯的話，他提到過貝利是被刺死的。」

「沒錯，可是警方封鎖了這個消息，所以這點可以確定是他動手的。」

「那麼最近這封信有類似的內容嗎？因為我沒看到。這也是為什麼我會想知道信的內容有沒有被刪改。」

「沒有，我們全文刊登了。老實告訴你，我可不喜歡去當刪稿子的那個人。我已經因此得到刪稿那傢伙過多的關注了。」

「我可以想像，你要得到那麼多讀者，代價一定不會小。」

他的笑聽起來像小獵犬的吠聲。「就這個角度來講，」他承認。「那是操他的天賜好運。我唯一後悔的是他沒在我前陣子簽約談判之前開始行動。同時，做為威爾面對世界的窗口，實在令人緊張。我難免會想著他一個星期會看我三次文章。要是他不喜歡我的文章怎麼辦？我最不想激怒的，就是他這種原創思想家。」

「原創思想家？」

「只是一個名稱罷了。不過我心裡原來想說的是『神經病』。而且我剛剛想著，說不定他竊聽了我的電話，而且他會怨恨我對他的心理狀態進行誹謗。所以我講到一半就進行編輯的改稿工作，把『神經病』刪掉，修改成『原創思想家』。」

「記者的職業病。」

「可是緊接著我又並不真認為他竊聽我的電話，而且他在乎我怎麼稱呼他嗎？這些名稱絕對不會傷害到他。我想棍子和石頭也傷不到他。你怎麼會覺得他說自己殺了懷菲德是撒謊？」

「他隔了這麼久才又寫信。懷菲德已經死了整整一星期了。」

他沉默了片刻。然後開口，「這正可以證明。」

「證明什麼？證明是他幹的？我不明白。」

「我們正在討論這點，」他說，「說不定明天的報紙就會登出來。所以我不想在電話上告訴你，因為明天這些事情會見報。你在紐約嗎？你知道《每日新聞》在哪裡，對不對？」

「第九和第十大道之間的三十三街。不過如果你沒問，我說不定會跑去東四十二街的老地址。一想到《每日新聞》，我腦袋裡面浮現的第一個地點就是那兒。」

「郵遞區號？你要我寫信給你嗎？」

「不，不是。嘿，你對乳頭不反感吧？第九大道和三十二街交口有個叫兔女郎上空酒吧的地方，白天這個時候，那兒比陰鬱的教會還安靜。半個小時後在那兒碰面如何？」

「好。」

「要認出我很容易，」他說。「我會是穿著上衣的那一個。」

8

我不知道兔女郎上空酒吧到了晚上是什麼景象。一定更為活色生香，有更多年輕女郎展示她們的胸部，也有更多男性盯著那些胸部瞧。而此處在任何時候也可能是哀傷的，那種深沉的哀傷存在於絕大部分為我們不高貴的原始本能提供娛樂的商場。賭場也因而有哀傷的氣氛，布置得愈俗麗，哀傷就愈明顯。那兒的空氣有一種卑微夢想與破碎諾言的腐壞氣味。

白天稍早時，那個地方毫不起眼。那只不過是個洞窟般的房間，門和窗戶塗上黯淡的黑漆，內部沒什麼裝潢，家具是前任屋主遺留物與廉價拍賣品的組合。兩名男子占據了吧台的兩端，注意力分散在電視（播放著CNN，聲音關掉了）和酒保之間。酒保的乳房（中等大小，略微下垂）看起來比她的明亮紅髮要來得貨真價實許多。

酒吧裡還有個小舞台，晚上也許有舞者表演，但現在卻是空的，只有收音機裡放著老歌。一名女侍像酒保一樣，穿著附兔尾巴的短褲，頭戴兔耳朵，腳蹬高跟鞋，除此之外全身光溜溜，在吧台和桌子間服務。也許午餐時間人會多一點，但現在前頭只有兩個男子各占一張桌子，還有一個人獨自坐在角落的吧台凳子上。

落單的那個是馬提．麥葛羅，隨便誰都能認出他來。他一張昂頭抿唇的小照片每星期隨著專欄登出三次。他本人比照片多了一些灰髮，不過自從威爾事件爆發後，我在電視上看過他太多次，已經習慣了那些灰髮。除此之外，時光並沒有改變他太多，如果真有什麼不同，那也不過像漫畫家筆下的效果一樣，強調已有的特徵，眉毛更濃一些，下巴更突出一些。

他已經脫下了西裝外套，鬆開領帶，一隻手包著玻璃啤酒瓶的底部。酒瓶旁有個裝烈酒的小玻璃杯已經空了，廉價威士忌的味道從他的鼻孔間直透出來。

「史卡德，」他說。「我是麥葛羅。這位親愛的達令——」他搖搖手叫那個女侍——「跟我保證說她名叫達玲。她從沒騙過我，對吧，甜心？」

她笑了。我感覺她一定常被開這種玩笑。她一頭黑髮剪短了，乳房很豐滿。

「酒保名叫史黛西，」他繼續說，「但是她也可能是說史佩西。別點太複雜的酒，隨便簡單的調酒會讓你沒命。在這裡，點一份烈酒或啤酒會比較安全，而且最好挑便宜牌子的烈酒，因為不管怎麼點都一樣，無論酒瓶上寫什麼，你喝到的都是便宜的酒。」

我說我要杯可樂。

「好，這也很安全。」他說，「不會太冒險。達玲，再給我來瓶一樣的，不要換，了解嗎？」女侍走開了，他說，「郵遞區號是一〇〇〇一，或者我該說一零零零一？你注意到現在大家都怎麼搞嗎？」

「什麼怎麼搞？」

「說零的方式啊。你在電話裡唸自己的信用卡號碼，你會唸『O』，而不是『零』，他們重複時會改唸零跟你確認。你猜我怎麼想？都是電腦搞的鬼。你抄號碼時，打字母O或數字零，又有什麼差別？看起來都一樣。可是如果不是打字機的鍵，電腦鍵盤上你就不能輸入不同的鍵。所以得確定才行。」

我們的飲料來了。他拿起他那杯烈酒，一口飲盡，然後又喝了一小口啤酒。「總之，這是我的理論，不喜歡就拉倒。總之和威爾的信無關。他寫錯郵遞區號了。」

「他把零寫成O嗎？」

「不不不。他完全寫錯了。正確地址是西三十三街四百五十號，可是天曉得什麼原因，他把郵遞區號一〇〇〇一寫成一〇〇一一。一〇〇一一是喬爾西和西格林威治村的郵遞區號。」

「我懂了，」我說，其實我不懂。「可是有什麼不同嗎？他把街道和門牌號碼寫對了，而且老天在上，你們是《每日新聞》。應該不會太難找才對。」

「你當然是這麼想，」他說，「而我要引用我前面的說法，都是因為大家不講O而改講零，而且都是因為得把電腦鍵盤打對的緣故。都是操他的科技入侵每個人生活的結果。」

我等著他做進一步解釋。

「那封信就因此遲到了，」他說，「你能相信嗎？我不想猜一天有幾封信寄來《每日新聞》，大部分是用蠟筆亂寫的。所以你就可以想像，郵局裡替我們分信的那個笨蛋應該會知道我們報社在哪裡，而且有個郵局大支局就在我們報社旁邊。你要做的就是把那郵遞區號裡頭的一換成O，對不起要命，我是說換成零，結果分信的人漏掉了。他們真是操他媽的智障。」

「信封上應該有個郵戳。」

「還不只一個，」他說。「有原先那個郵局的，收信的郵局送進機器印上郵戳之後，運到上城西十八大道老喬爾西支局，從那兒再把往一〇〇一一的信送出去。然後某個郵差裝進郵袋裡頭，送信送了一圈又把信帶回來，蓋上第二個郵戳，從老喬爾西那邊丟出來，送到第十八大道第費利大樓，那兒才是送往一〇〇一郵遞區號的中心。第二個郵戳是用手蓋的，這個年頭大概可以拿來收藏了，不過你有興趣的、也是任何人有興趣的，是第一個郵戳。」

「對。」

他放下他那瓶啤酒。「我希望我能拿給你看，」他說，「不過當然被警方收走了。那個郵戳可以讓你知道兩件事情，收信郵局的郵遞區號和送進機器印郵戳的日期。收信的郵遞區號是一〇〇三八，郵局是佩克坡。」

「日期是哪天？」

「懷菲德遇害那一夜。」

「時間呢？」

他搖搖頭。「只有日期。一開始我沒注意，不過是那天晚上沒錯，他死的那天晚上。」

「星期四晚上。」

「那天是星期四嗎？對，沒錯，星期五的早報就登出消息了。」

「但郵戳是星期四。」

「我剛剛不就這麼說的嗎？」

「我只想確定自己沒想錯而已，」我說。「信是在午夜之前通過郵戳機的，因此日期是星期四，而不是星期五。」

「完全沒錯。」他指指我的杯子。「這什麼，可口可樂？還要續杯嗎？」我搖頭。「哎，該死，我還要再喝。」他叫了達玲，又要了一份同樣的酒。

我說：「懷菲德是在那天夜裡十一點左右死亡，第一個報導的是紐約第一頻道十二點之前的快報。除非我漏掉了什麼，那封信是在懷菲德死前就寄出了。」

「有可能。」

「只是有可能？」

「噢，你得確定郵局一點都沒出錯才行，」他說，「你已經知道寄那封操他的信花了多久時間，所以其他部分的運作幹嘛要精確完美呢？我看很有可能是某個人在午夜之前就把郵戳上的時間往前調整一天了。不過我也相信很有可能威爾是在懷菲德死前就把那封信寄出了。」

「佩克坡。」我說。「就在富頓街魚市旁邊，不是嗎？」

「沒錯。不過那個郵局負責整個一〇〇三八郵遞區號的郵務，包括一大塊市中心。第一警局廣場，市政廳——」

「還有刑事法庭大樓，」我說。「說不定他那天下午去過那兒，看著艾卓恩進去代表爾文·阿特金接受認罪。他已經在威士忌裡面下毒，也寫好了那封信，於是他就把信扔進郵筒。他為什麼不多等一會兒呢？」

「我們已經知道他是個愛現的傢伙。」

「不過不會匆忙亂現。他在他的受害者死前就把信寄出去。假如艾卓恩出去吃晚餐，喝了半瓶葡萄酒，回到家不想混著喝純麥威士忌呢？假如威爾的信出現在你桌上時，懷菲德還活著呢？那怎麼辦？」

「那我就會打電話給警察，他們會趕到懷菲德的公寓，在他喝之前把那個蘇格蘭威士忌瓶子搶走。」

「他提過那瓶蘇格蘭威士忌嗎？」我掏出隨身帶著的《每日新聞》剪報，掃視一遍。達玲把我們的酒端來，靜靜把酒放下，同時收走前一輪的空杯子。她不必跟我們收錢，這類酒吧通常端酒過來時都會要你當場付帳，不過現在大家都用信用卡付錢了。現在他們會放個帳單，跟其他餐廳沒兩樣。「他提到了毒藥，」我說，「而且談到懷菲德公寓的警衛森嚴。可是沒特別點出毒藥是放在威士忌裡面。」

「可是，只要他提到了毒藥，還有公園大道的公寓——」

「警方徹底搜查過，發現蘇格蘭威士忌裡面的氰化鉀。」

「而結果威爾看起來像個吹牛大王。」

「所以他為什麼要冒險呢？他為什麼急著寄出這封信。」

「或許他當時要離開紐約。」

「離開紐約？」

「再看看剪報，」他說。「他宣布他要退休。再也不會有任何殺戮了，因為他不幹了。他要跟我們說再見。這不就像一個可能正要搭慢船去中國的人會說的話嗎？」

我思索著。

「事實上，」麥葛羅說，「他幹嘛又要在這封信裡宣布退休呢？他這封信宣布懷菲德是他殺的，就已經製造夠多新聞了。其他的事情可以留著下一封信再說。不過要是他急著收山搬到達拉斯，或都柏林，或不曉得，達喀爾（譯註：西非塞內加爾首都）怎麼樣？要是他得趕飛機，那當然就得把所有的新聞一次寫完而且馬上寄出了。」

「可是萬一信在懷菲德喝下毒酒前就寄到了，那怎麼辦？」

「如果我們假設那個狗娘養的是個瘋子，」他說，「那就很難猜想他的打算，不過我假設他有兩個選擇。要嘛就回紐約設法把懷菲德幹掉，不然就放過懷菲德。然後說不定他會再寫封信給我談這件事情，也說不定不會。」他伸出手敲敲那張剪報。「我認為，」他說，「他心中毫無疑問，懷菲德會直接回家，喝下蘇格蘭威士忌。他信裡一副在談既成事實的態度，可見他認為事情已經確定，懷菲德已經死了。如果信裡有任何一個字或詞暗示結果還未定，那一定是我看漏了。」

「嗯，你是對的，」我說。「他寫的口氣似乎事情已經發生了，可是我們能確定當時懷菲德還沒死嗎？」

「這封信印上郵戳時，很可能懷菲德還沒死。當然可能性很小。不過信可能已經扔進郵筒，而且已經分好信，運到佩克坡郵局，準備送進印郵戳的機器——」

我再度掃視了那份剪報一眼。「我在電話裡面問你的是，」我說，「信裡是否完全排除了自殺的可能性。」

「所以我才會提議碰面，也所以我們才會坐在這兒。那封信中，除了威爾說是他幹的之外，並沒有排除自殺的可能，只是他以前並沒有撒過謊。但郵戳卻把他不撒謊的事實排除在外了。」

「因為懷菲德死前，信就已經寄出了。」

「你說得沒錯。他也許已經決定要把懷菲德自殺的功勞搶過來。可是就算他再厲害，也不可能事前猜到懷菲德打算自殺的心意。」

10

我跟馬提．麥葛羅泡了好一陣子。他到處看了一圈，尋找那名女侍，可是她大概正在休息。他聳聳肩，走到吧台，帶回來兩瓶滾岩牌啤酒，說他已經喝夠威士忌了。他喝著其中一瓶，然後指指另一瓶。「你要的話，這瓶是給你的，」他說。我說我不喝，他說他也是這麼想。

「我待過那兒，」他說。

「哪兒？」

「我待過那兒，戒過酒。一堆房間，教堂的地下室。曾有整整四個月，我每天都去參加聚會，而且都沒沾過一滴酒。我只能說，那段沒有酒的路，走來真是操他的漫長。」

「應該是吧。」

「有一陣子我過得很不愉快，」他說，「我想是因為喝酒的緣故。所以我就戒了酒，可是你知道嗎？結果更糟。」

「有時的確會這樣。」

「所以我就把生活裡的某些事情恢復原狀，」他說，「然後我拿起一杯酒，結果你猜怎麼著？世界又變得美好起來了。」

「好極了，」我說。

他瞇起眼睛。「假聖潔的諷刺，」他說。「你沒有權利擺出一副高高在上的姿態。」

「你說得一點也沒錯，馬提。我跟你道歉。」

「操你，還有操你的道歉。操你和你編的那些去你媽的道歉。坐下，老天，你他媽要去哪兒？」

「呼吸點新鮮空氣。」

「空氣不會跑掉，你不必急著去呼吸。天啊，我剛剛沒得罪你吧。」

「我今天忙壞了，」我說。「如此而已。」

「忙個屁。我有點醉了，讓你不舒服，承認吧。」

「我承認。」

「這樣的話，」他說，皺起眉來，似乎怎麼也想不到我會承認。「那我道歉。可以嗎？」

「當然。」

「你接受我的道歉？」

「你不需要道歉，」我說，「不過是的，我當然接受。」

「所以我們沒什麼心結了吧？」

「絕對沒有。」

「你知道我希望怎樣嗎？我希望你喝一瓶操他的啤酒。」

「今天不行，馬提。」

「『今天不行。』拜託喔，這種黑話我聽得懂，好嗎？『今天不行。』因為你一次只要戒一天，對不對？」

「每天都一樣。」

他蹙眉道。「我不是要引誘你。只是在講醉話，你懂的。」

「對。」

「不是我希望你喝酒，而是酒希望你喝酒。你懂我的意思嗎？」

「沒問題。」

「我只是發現，酒對我的幫助比傷害來得多。對我好處多過壞處。你知道這話是誰說的？邱吉爾。是個偉人，不是嗎？」

「你說得沒錯。」

「操他的英國醉鬼，那狗娘養的對愛爾蘭人壞透了。對我好處多過壞處。不過他這話沒講錯，這一點得承認。我已經選出年度新聞了，你知道嗎？」

「我想你應該有些想法的。」

「年度新聞。我的意思是，只限於紐約市。所有的新聞主題放在一起的話，威爾跟波士尼亞戰爭該怎麼比較，對不對？你希望公平的評價這些事情，威爾輕如鴻毛。可是誰鳥波士尼亞啊？你倒是說說看。要用波士尼亞賣報紙的唯一辦法，就是標題一定要有『強姦』這個字眼。」他抓起第二瓶滾岩啤酒，喝了一口。「年度報導，」他說。

8

終於跟他分手後，或許我該去參加聚會的。剛開始戒酒時，我發現置身一群喝酒的人之間會讓我不安，可是一旦我愈來愈習慣不喝酒，面對酒時，我就愈能處之泰然。我很多朋友現在都戒酒了，但有一些沒戒，還有一些像米基．巴魯和丹尼男孩的朋友，每天必喝且喝得很凶，他們喝酒似乎從未困擾我。偶爾米基和我會有個飲酒之夜，在他位於五十街和第十大道交口處的酒吧坐到天亮，互訴故事，共享寂靜。那些夜裡，我從不曾動念要喝酒，也不曾希望他戒酒。

可是馬提．麥葛羅是那種神經緊張的酒鬼，讓我很不自在。我離開那個脫衣酒吧時，並不想喝酒，但也不想再經歷一次那種感受，就好像已經熬夜好幾天，已經喝咖啡喝得爛醉似的。

我在一家快餐店吃了個漢堡和一個餡餅，然後又開始漫無目的亂走，沒注意走到哪兒。我專心思索著威爾公開信的新資料和寄信的時間，煩惱著這些消息，像狗掛念著骨頭一般，在心裡追逐著，又想其他方法，然後又回過頭轉來轉去，想想這個方法、那個方法，就好像它們是拼圖的其中一塊似的，只要我能找對角度放，就能拼對位置。

一開始我是朝著市中心的方向走，以為順著這個方向走下去，就會一路走到修道院博物館，但結果沒走那麼遠。待我從沉思中回過神來，才發現距離自己公寓僅僅只有一個街區。不過那個街區很長，橫跨市區，因此就我所處的位置，回家或去別的地方都很尷尬。我站在第十大道和五十七街的西北角，正在吉米．阿姆斯壯酒吧的門口。

為什麼會走到這裡？應該不會是因為我想喝酒吧？因為我很確定自己不想喝，也不覺得自己有喝酒的慾望。可以確定的是，我內心深處的某一部分，永遠都會渴望酒精所許諾的那種無知的極樂境界。而另一部分的我，則將自己渴望酒精的這部分稱之為「病」，而且會將之擬人化。「我的病在跟我說話，」聚會中你會聽到有人這麼說。「我的病要我去喝酒。我的病想把我毀掉。」我曾聽過一個女的解釋，酒癮，就像睡在你心底的惡魔。有時惡魔會被吵醒，這就是為什麼我們必須去參加聚會。戒酒聚會可以把這個惡魔磨得困乏欲眠，讓他再度睡去。

然而，我無法將自己站在阿姆斯壯酒吧店前歸因於一個饒舌的疾病或睡醒的惡魔。據我所知，我在阿姆斯壯新址這兒喝過最濃烈的飲料，也不過是蔓越莓果汁。吉米的酒吧尚在第九大道的原址時，我曾在他的店裡喝酒。而他開店之前，第十大道和五十七街交口這一帶曾有過很多酒吧，我記得其中一家名叫「滾岩」。（店名的由來是，以前一個住附近的傢伙買下了這家店，然後開始修繕店面，有天他正站在梯子上工作時，一塊厚石板脫落掉下來，擊中他的頭，差點把他給砸死。意外發生之後，他想如果將店名取為「滾岩」可以帶來好運，不過好運沒有持續下去；沒過多久，他惹到兩個西區幫的黑道兄弟，他們給店主一頓痛擊，造成了比石板更嚴重、更永久性的傷害。下一任店主就把店名改了。）

我不想喝酒，肚子也不餓。於是聳聳肩轉身，看著斜對面應該是麗莎．郝士蒙所住的那棟大樓。我想要的是那個嗎？和郝士蒙的遺孀共度一個小時左右，會比威士忌更甜蜜、更不傷肝，而且同樣可以造成短暫遺忘的效果嗎？

然而麗莎對我來說，已經不再是喝酒之外的另一個選擇了。上回我跟麗莎談話時，她說她正在跟某人交往，看樣子很認真，她覺得這段關係或許會有未來。我赫然發現自己聽到這個消息時鬆了一口氣，並不覺得太震撼。我們同意暫時不見面，好讓她的新戀情有機會開花。

據我所知，這段關係如今應該已經結出果實了。那個新男人當然不是她守寡後第一個約會的對象。她父親從小就會在夜裡摸上她的床，讓她又戰慄又不安，可是從來沒跟她性交過，因為「那是不對的」，而她也久久難以掙脫那段陰影。無需心理醫生也會知道，我是那個過程中的一個成分。不過我到底是問題的一部分還是解答的一部分，卻一直不清楚。

無論如何，麗莎的男女關係從不持久，也沒有理由相信最近這樁能保持下去。我可以輕易的想像，此刻她正坐在電話旁邊，盼著鈴聲響起，希望電話的彼端是我。我可以打電話過去，看我的想像是不是真的。要對答案簡單極了。我手頭有兩毛五銅板，而且電話號碼就記在腦子裡，不必翻電話本。

可是我沒打。伊蓮已經表明她並不指望我絕對忠實，她自己以往的職業經驗已經使得她相信，男人天生就不是一夫一妻制的動物，出軌行為既不需要藉口，也不見得是婚姻生活不協調的症狀。

然而，此刻，我選擇不要去運用這種自由。偶爾我會覺得有那種衝動，甚至還會渴望喝酒。但我現在已經學會，渴望和行動是完全不同的兩回事，一個寫在水上，另一個則是刻在石頭上的。

格藍．郝士蒙。

8

抵抗了這些微弱的誘惑之後，我心中懷著難以言喻的愉快，踏開大步沿著五十七街往東走，快走到第九大道的路口時，心中忽然頓悟了。我曾做過一個夢，不知為何覺得夢的內容跟艾卓恩．懷菲德之死有某種關聯，伊蓮曾設法連哄帶騙，把那個夢從我心中的黑暗角落中挖出來。我夢到的是格藍．郝士蒙，而我剛剛站在他住過的那棟大樓前面，卻渾然未覺這與我的夢有關。

格藍．郝士蒙，他為什麼要打擾我的睡眠，又試圖想告訴我什麼呢？當時我還沒來得及思考，就剛好看到威爾最近那封信，因而把做夢的問題給忘得一乾二淨。

我來到晨星餐廳，坐在靠窗的桌前，點了一杯咖啡。我啜了口咖啡，回想起我跟郝士蒙少數會面中的一次。當時我正坐在這扇窗前，或許也是同一張桌子，他在外頭敲敲窗玻璃，吸引我的注意，然後進來跟我一起坐了幾分鐘。

他想成為我的朋友。伊蓮和我曾跟他和麗莎一起吃過一次晚飯，我不怎麼喜歡他。他身上有種讓人討厭的東西，不過我也說不上來是哪樁。那回在晨星他所說的話，我並不完全記得，不過他好像告訴我麗莎流產了。當時我很同情他，不過還不至於要因此拿他當朋友。

沒多久之後，他就死了。在第十一大道上打公用電話時被槍殺。後來我接了這個案子，辦案途中，無意間成了主嫌犯弟弟和受害者遺孀的受雇人。我不知道我替他們兩個客戶服務得如何，但最後我終於知道殺死格藍．郝士蒙的凶手是誰。（結果他是被誤殺的，伊蓮因此稱此案為「一樁完美的後現代凶殺案」。我搞不太懂她的意思。）

格藍．郝士蒙，格藍．郝士蒙。他是律師，在一家專出大字體書的出版社當常駐法律顧問，曾出主意想找我寫本書，談自己的辦案經驗，不過我沒興趣寫，他的公司更不可能出。他這個主意只是個誘餌罷了，也許他是希望我因此能說出一些重要的情報，這樣他可能就有利可圖。

因為後來我知道，對郝士蒙來說，情報就意味著利潤。一開始他把叔叔逃稅的情報賣給國稅局，從此一路幹下去，靠這些情報賺了許多外快。這個事業利潤豐厚，雖然風險高又不體面，但他死在第十一大道的人行道時，留下了一戶位在高樓層有兩間臥室的公寓，而且已經把房子的錢付清，另外還有一個金屬保險箱，裡頭藏了大約有三十萬現金。

我到底夢到他什麼？我讓侍者替我續杯，攪一攪，朝窗外我自己住的那棟公寓望去，嘗試著心理學上的自由聯想法。格藍．郝士蒙。律師。出版社。大字體。眼力不好。白手杖。敲敲敲……

格藍．郝士蒙。勒索。只不過那件事不是勒索，據我所知不是。他不是勒索，而是告密，拿錢打小報告……

格藍．郝士蒙。麗莎。腿，乳頭，屁股。別往下想了。

格藍．郝士蒙。衣櫃。保險箱。錢。太多錢。

我猛然站了起來。

太多錢。

這個字眼像鐘聲一樣響亮。格藍・郝士蒙擁有太多錢。這也是為什麼他的死讓人覺得不像表面上的那種偶發暴力事件那樣單純。那些錢讓他太太打電話給我，也因為那些錢，才會讓我掀開他日常生活的表層，想尋找他死亡的真正原因。

我閉上雙眼，試著聯想他的臉。可是卻無法拼湊出清晰的影像。

太多錢。這跟威爾究竟有什麼關係？在這些謀殺案背後，怎麼會有金錢動機？坦白說，這些凶殺事件背後，除了某種瘋狂因子讓這個人自認可以矯正社會的錯誤之外，怎麼可能有其他動機？

不論是單一個人或是一群人，誰能從這些死亡中獲利？我把被害人逐一想過，理查・佛莫之死，對任何小孩來說都是好消息，不然這些小孩可能會遇害，可是哪個小孩能預知自己將成為受害者呢？我想他的死對我們所有人來說也是個好消息，誰要跟理查這種人住在同一個星球呢？但是除了賣報紙的人，不會有人從他的死賺一毛錢。理查死後沒留下任何財產，也沒人可以繼承。

帕奇・薩勒諾呢？嗯，如果一個黑幫老大被幹掉了，接班的人當然是有好處。這種特定的經濟生活形態會讓黑幫分子彼此殺戮，甚至死於外人之手也有同樣的效果。可是帕奇出現在威爾的名單之前，從來沒成為別人暗殺的目標，那麼他手下的人會把這種窩裡反的事布置得像外人幹的嗎？老天在上，他們都一定會挑明是自己幹的。

我把威爾名單上的其他人也都想了一遍，情況並未好轉。我很相信有人可以從反墮胎運動裡賺個幾毛錢，同樣的，支持墮胎的人也可以撈幾毛錢，可是我看不出把衣架絞在羅斯偉・貝利脖子上，能帶來什麼大筆的財務收入。朱里安・若許德死了可以讓某些人更有錢，但我不知道用什麼方法、又有多少錢，可是這個案子已經破了，人不是威爾殺的，雖然如果西皮歐沒搶先的話，威爾也會自己動手的。

那艾卓恩．懷菲德呢？不是，於是我回到起點。金錢是許多罪惡的根源，但絕非所有的罪惡皆源於金錢。不管威爾是誰，他都不會從這些行動中致富。甚至連費用都不夠——雖然費用不多，但包括了來回奧馬哈的機票，還有花在繩子、電線和氰化鉀上頭的錢。（我想衣架花不了他幾個錢。）

萬一他被捕，犯罪實錄作家就會出書談這個案子，他們能收多少版稅，要看內容有多麼轟動，以及被捕的威爾還能吸引大家多大的注意力。而在此之前，許多印刷和電子媒體的記者已經靠此賺得薪水，可是沒有威爾，他們報導其他罪案，也是領同樣的薪水回家。馬提．麥葛羅是其中最出風頭的人，他很得意自己一篇報導中的角色比波士尼亞還轟動，但他的薪水袋不會因為威爾殺人而增厚，而且或許麥葛羅也不在乎。他一再跳槽，已經讓他的薪水愈跳愈高，而他需要多少錢呢？調和威士忌花不了那麼多錢，即使端酒給你的女侍不穿上衣也一樣。

太多錢。這個襲來的念頭似乎完全不相干，因為威爾雖然多少有點誤入歧途，但看起來是個純粹的理想主義者。真是讓人喪氣——我已經設法想起自己夢到的人，也找出了夢中的訊息，可是卻毫無意義。

好吧，為什麼應該有意義呢？伊蓮的朋友曾參加一個降靈會，她的一個舅舅曾顯靈建議她買某個未上市電腦公司的股票。她冒險投入幾千元，然後那支股票的價格大跌。

伊蓮當時並不吃驚。「我不是說跟她講話的不是她的曼尼舅舅，」她說，「可是她舅舅在世的時候，也沒人稱他是華爾街巫師。他生前是毛皮商，所以為什麼死後應該忽然變成一個財務天才呢？誰說死亡會提高智商來著？」

做夢也是一樣。潛意識發出了一個神祕的訊息，並不代表那是有意義的。

太多錢。也許格藍．郝士蒙曾跟我說過這句話，也許他覺得我該捐點錢出去。好吧，這只是句智慧之語，如此而已。我付了咖啡錢，如常留下兩元給侍者當小費。馬修．史卡德一向很大方的。

∞

晚餐後我和伊蓮看了一會兒電視。剛好有連續兩個警察電視劇，我不斷逮到他們調查過程的錯誤。伊蓮不得不提醒我，那只是電視劇而已。

十一點新聞過後，我站起來伸伸懶腰。「我要出門一下。」我說。

「替我向米基致上我的愛。」

「你怎麼知道我不是要去參加午夜的戒酒聚會？」

「你怎麼知道你不會在聚會上碰到他？」

「猶太女郎一向都是用問句回答問句的嗎？」

「這樣有什麼不對嗎？」

我往南走，然後轉向西走到葛洛根開放屋，這家酒吧位於地獄廚房，顧客一向都是附近的人。偶爾會有推銷員走進來，說要找葛洛根，這有點像去布拉尼史東的酒吧要找史東先生一樣。「沒有這個人。」我曾聽過白天班的酒保如此告訴訪客。「也可以說，他從來沒到這兒來過。」

葛洛根是米基．巴魯的基地，不過房地契或執照上都找不到他的名字。他的犯罪前科會害他沒法拿到賣酒的執照，不過米基「無所有權」的原則已經延伸到他生活裡的每個領域。他車子的行車執照和蘇利文郡農場的地產，上頭登記的都是別人的名字。我曾聽他說，一個人如果什麼都不擁有，別人就無法奪走什麼。

我是幾年前認識他的，那次我走進葛洛根，問他幾個問題，感覺上像在虎口拔牙。這是我們奇特友誼的開始，隨著時間而愈來愈深厚。我們兩人相異的成長背景，各自導出截然不同的人生，而我早已放棄為我們樂於相伴的這種友誼尋找解釋了。他是個殺手，是個職業罪犯，也是我的朋友，隨便你怎麼解釋都行。我自己也搞不清。

有時候我們會坐上一整夜，坐到酒吧打烊，門都鎖上，只剩一盞孤燈，互相分享故事和寂靜，直至天明。有時天亮後，我們會去西十四街的聖本納德教堂去參加屠夫彌撒，他會穿上他過世父親沾了血漬的白圍裙，而一起望彌撒的其他人之中，也頗不乏同樣裝束要去附近肉品市場工作的肉販們。偶爾我會隨著他進行整個儀式，他跪下我就跪下，他站起來我就站起來。

男性的堅定友誼，我猜一般是如此稱呼。伊蓮則稱之為男人那一套。

今夜我來得早，而且離打烊還早我就回家了。我不太記得跟米基聊了些什麼，不過似乎是想到什麼聊什麼，天馬行空。我知道我們聊到了夢，他還記得有個夢救了他一命，警告他一個原來沒注意到的危險。

我一定也告訴了他我如何發現自己站在阿姆斯壯酒吧門口，因為他告訴我一些滾岩酒吧老闆的事情，有關誰殺了他、又為什麼殺了他等等。我們又談起多年來其他區所發生的凶殺案，大部分是老案子，凶手自己都已經跟他們的被害人一樣，上天堂或入地獄去了。米基還想起有一大票人為了莫須有的原因而送命，只因為其中一個人醉了，誤會了別人的一句話。

「我很好奇，」他說，「不知道你那個人是不是從小就愛殺人。」

「我那個人？」

「就是那個殺了人還寫信去報社的傢伙。那個『人民的意志』，你想他本名會不會就叫威爾？」

「不知道。」

「這樣一定更有樂趣，」他說，「不過看起來不太可能。他很自滿，不是嗎？殺了人還到處炫耀，像個操他媽的恐怖分子。」

「的確就是這樣，」我說。「像恐怖主義。」

「一開始都是有原因的，」他說，「原因可能高貴也可能不，可是逐漸的，當初的動機就愈來愈淡、愈來愈模糊。慢慢的，他們愛上了這種恐怖行動，之後再去殺人，又何必需要原因呢？」他的眼光望向遠方，「當一個人喜歡上殺人，」他說，「那就會很恐怖。」

「你喜歡殺人。」

「我從中發現了樂趣，」他承認。「就像喝酒，你知道。會讓你血脈賁張，心跳加速。你還搞不清怎麼回事，就跳起舞來了。」

「這種形容方法很有趣。」

「我訓練過自己，」他慎重的說，「沒有好理由不能隨意取人性命。」

「威爾有他的理由。」

「一開始有。但現在，他可能只是像喝醉酒跳舞一樣。」

「他說他殺夠人了。」

「是喔。」

「你不相信他？」

他想了想。「很難說，」他慢吞吞的開口，「我不了解他，也不知道驅動他的力量是什麼。」

「也許他已經照自己的方式，殺光了他自己名單上的人。」

「也或許他厭倦了這個遊戲。這個工作有它本身的代價要付。不過如果他喜歡的話……」

「那麼也許他戒不掉。」

「啊，」他說。「反正等著看就知道了，不是嗎？」

8

接下來將近兩個星期，我只是照常過日子，逍遙的享受秋天。有個案子找上門來，是個律師，他有個過失殺人的案子，得設法找出一樁意外事件的證人，可是我沒接，藉口說我手上案子太多。其實我手上沒有很多案子，根本連一個都沒有，只是一時之間，我想繼續輕鬆下去。

我每天早上都看報，每天中午去參加戒酒聚會，偶爾晚上也去。我出席戒酒聚會的頻率，隨著生命的潮汐而起伏增減。我也曾想過，我已經戒酒太多年，不需要參加那麼多聚會，然後我叫那個想法滾下地獄去吧。這個操他的病以前幾乎要了我的命，我最不希望發生的，就是讓它再有機會殺掉我。

不參加聚會時，我就在市內散步，或和伊蓮去聽音樂會、逛博物館，或者和阿傑去公園和咖啡廳坐坐。我花了一些時間思索威爾和他殺掉的人，可是媒體上沒有什麼新聞可以替這堆火再添燃料，所以隨著一日日過去，這堆火也愈來愈小。那些小報盡可能讓這個事件不從版面上消失，可是他們能做的很有限，再加上英國皇室的一樁輕率事件，就把威爾從頭版給擠走了。

一天下午，我走進一家教堂。多年前，我辭掉警察的差事，離開了妻兒後，常常會不經意走進教堂，可是都不是去做禮拜。我想我在教堂裡找到了一些平靜，就算沒有其他的收穫，至少還有寧靜，而這點在紐約不是那麼輕易可得的。我會習慣性的替死去的人點根蠟燭，而一旦開始，就很難停下來，因為死亡的行列逐漸壯大，人們會不斷死去。

我也養成了另一個習慣，我開始會捐出十分之一收入，把我所賺來的錢放進我所碰到的第一個教堂濟貧箱。所有的基督教我都不排斥，但天主教堂受到我最多光顧，因為開放的時間最長。每次我找尋自己饋贈的受益人時，他們的教堂通常都開放著。

我想過這件事，卻不太確定自己捐出十分之一收入是什麼居心。那些年，我從來不記帳，不繳稅，或甚至保留收據。所以有可能我把這種捐獻當成一種樂捐。但無論如何，那些錢也不會太多，因為我長期沒工作，有工作上門時，也從來不能賺到大錢。我一向準時交房租，也時不時會跟阿姆斯壯把簽帳結清，有能力時，我還會寄錢給安妮塔和兩個兒子。可是這些錢加起來都不多，總之我收入十分之一的樂捐，絕對供不起某個神父買部林肯大轎車去遊街。

我戒酒後，開始常常上教堂，不過不是在正殿，而是去地下室參加戒酒聚會，聚會中傳籃子捐錢時，我也會捐，但戒酒無名會傳統上最多只能捐一元。那時起我很少點蠟燭，也停止捐出十分之一收入，不過原因為何，我還是不清楚，就如同我也無法解釋自己是怎麼開始捐錢的一樣。

「因為你比較開竅了，」我的輔導員曾提出看法，「然後你了解到，你比教會更能妥善運用這些錢。」

我不知道這是什麼意思。有一陣子，我常在路上送錢，本質上是把我十分之一的收入捐給紐約的流浪人口。（也許我只是跳過中介的慈善機構，把捐給濟貧箱的錢化整為零，改丟到路邊乞討的空杯子和伸出的手中。）後來這個習慣也慢慢停止了，也許只因為我實在受不了愈來愈多的空杯子和伸出的手。我開始疲於憐憫，沒辦法把一元鈔票塞到每個懇求的杯子或手中，於是我停止這麼做；就像大部分的紐約人一樣，我看夠了，甚至到最後根本無視於流浪漢的存在。

世事多變。戒酒後，我發現自己得像其他人一樣，去做些不得不做的狗屎事情。我得記帳，得繳稅。曾有好些年，我隨便收客戶一些服務費，免於得替客戶條列種種費用的困擾，可是這招不能用來對付律師，而且現在我有了私家偵探執照，很多工作都是來自律師。我還是用老方法替一些跟我一樣作風隨意的客戶工作，可是偶爾我還是得像其他偵探那樣保留各種收據，記下我的種種花費。

伊蓮和我捐出十分之一的收入。當然，我的收入來自偵探工作，而她的則主要來自房地產投資，雖然她的店也開始小有利潤。她負責記帳——感謝上帝——以及開支票，我們微薄的捐款分別交給十來個慈善團體和文化機構。可以確定的是，這樣捐錢比較有組織。我覺得自己更像一個腳踏實地的公民，也更不像一個自由的靈魂。我不見得喜歡如此，但我也不想花太多時間去煩心這些錢的去處。

我這回去的教堂，位於西四十幾街岔出去的一條小街上，我沒注意街名是什麼，也不知道以後自己還會不會再來。

我很幸運，教堂還開著。我這幾年愈來愈少去教堂，而教堂的開放時間也愈來愈短。至少，我覺得以前天主教堂似乎整天開放，從早晨直到午夜。但現在教堂的正殿若沒有禮拜或儀式進行時，通常都鎖著。我猜是為了防止犯罪事件或無家可歸的人，也可能兩者皆是。想必敞開大門的教堂是一種邀請，不單邀請那些偶爾想尋找一絲平靜的公民，也邀請那些縮著身體在一排排座位上打瞌睡的人，還有從祭壇上偷蠟燭的小賊。

這個教堂沒上鎖，而且似乎無人照管，這也是一種反常現象。兩側小祭壇上的蠟燭是真的蠟燭，真的用蠟做的，而且燃著火焰。現在很多教堂的祭壇都電氣化了，把兩毛五銅板丟進投幣孔，一個火焰狀的燈泡就會亮起來，亮上值兩毛五的時間。就像停車計費器，如果你停得太久，他們就把你的靈魂拖吊走。

這不是我的教堂，所以我看不出自己有什麼挑剔的權利，不過話又說回來，身為一個酒鬼，怨天尤人難道還得講道理嗎？我很確定電燈蠟燭比較省錢，而且也知道上帝不會因此難以看清世事。也許我是個心靈上的反機械化主義者，就是不願意事物有這類改變，我拒絕燭光的改進，甚至就像我拒絕阿傑要買電腦一樣。如果我活在古時候，我可能也會對蠟燭取代油燈而感到不滿。「一切都不同了，」你會聽到我的咕噥。「你能期待融化的蠟有什麼好效果呢？」

我不會浪費兩毛五去買一個電子火焰。但這個教堂有真蠟燭，祭壇上點燃了三四根。我看著那些蠟燭，心中浮起艾卓恩·懷菲德的影像。我不知道為他的死點一根蠟燭，對他能有什麼好處。但我想起伊蓮的話。又有何傷呢？於是我塞了張一元紙鈔到濟貧箱裡，利用另外一根蠟燭的火焰點燃了新的蠟燭，然後想著懷菲德。

我想像出一組滑稽的蒙太奇影像。

一開始我看到艾卓恩在得知威爾寫信給他幾小時後，站在他公寓裡的樣子。他正在倒酒，但是宣稱自己不喝酒，然後又解釋，說他那天已經喝了多少酒。

然後我看到他躺在地板上，凱文·達格倫在他旁邊蹲著，撿起他掉下的酒杯，嗅著上頭的味道。我當時並不在場，只是聽達格倫敘述過，可是我心中浮現的景象鮮明得就像我曾親臨現場一般。達格倫聞到了上等純麥威士忌香味中透出來的苦杏仁臭味。我一生從沒聞過這兩種味道融合在一起，但我的想像力足以逼真的創造出這種味道來。

下一個鏡頭是馬提．麥葛羅。他坐在跟我相遇的那家上空酒吧，一手抓著烈酒的酒杯，另一手拿著啤酒杯。他臉上有一種天人交戰的表情，嘴巴說著話，可是我編不出說什麼。廉價威士忌的氣味從烈酒杯飄到我臉上，走味的廉價啤酒味從另一個杯子裡傳來，兩種味道融合在他的呼吸中。

再來又是艾卓恩，他在講電話。「我要去把精靈釋放出來，」他說。「今天的第一杯。」

米基．巴魯在葛洛根開放屋，是我們最近碰面那一晚的情景。那一夜他說要少喝點酒，所以不喝威士忌，只喝啤酒。這個場景中，他喝的啤酒是健力士，我可以看到他的大拳頭抓著一品脫啤酒杯的黑色液體。我聞到了那個氣味，又黑又濃又狂野。

這些影像迅速一閃而過，一個接一個，每一個都覆蓋著濃烈的氣味，不論是一種或多種氣味。據說，嗅覺是最古老、最原始的感官，是觸動記憶的裝置，它跳過思考過程，直接進入腦部最原始的部位。它無需下達指令，也不帶有主觀思維。

我站在那裡，任這一切掠過我心中，努力想從中思考出一些什麼來。我不想做過多聯想。我不是大數人掃羅，在趕往大馬士革的路上突遇耶穌顯靈，也不像戒酒無名會的創辦人篤信掃羅（譯註：《新約聖經．使徒行傳》記載，掃羅出生於大數，在耶路撒冷長大，原先迫害基督教會。一日掃羅前往大馬士革，途中忽有一道強烈白光自天而降籠罩他，並有耶穌的聲音與他說話。掃羅抵大馬士革後，便皈依基督教，後改名為保羅，四處傳教，宣揚耶穌顯現的故事）那個著名的白光經驗。我只是回憶——或者想像，或者兩者兼具——一大堆事情，一個緊接一個。

這花不了幾分鐘，我想只有幾秒鐘吧。做夢也是如此，夢所發生的時間，遠遠不及做夢的人在事後追述內容那麼久。最後只有蠟燭——溫柔的光芒，以及蠟與燭芯燃燒的氣味。

我必須再度坐下，思索我剛剛所經歷的一切。然後我又四處走了走，複習我記憶中的每個畫面，像個暗殺迷重複研究著甘迺迪遇刺的錄影帶一般。

我無法眨眨眼或聳聳肩就擺脫掉，我明白了一些之前不知道的事情。

11

「我第一次去懷菲德家的那一夜，」我告訴伊蓮。「阿傑正好過來吃晚餐，我們一起看拳賽——」

「是西班牙文頻道的，我記得。」

「——中途懷菲德打電話來，然後我過去跟他談。」

「然後呢？」

「然後我記得一些事，」我說，停了下來。過了好一會兒，她問我是不是打算告訴她。

「對不起，」我說，「我還在整理，想找出一個方式講，免得聽起來很荒謬。」

「幹嘛擔心那個呢？現在這兒只有我們兩個人。」

搞不好會有別人。我們正在她第九大道的店裡。四周都是她張羅來的手工藝品和擺飾家具。任何人都可以敲鐘或按鈴進來看看畫或買東西，說不定就看上了我們坐的其中一張椅子。不過這是個寂靜的午後，到目前為止，我們都只有兩個人，沒有受到任何打擾。

我說，「他身上沒有酒味。」

「你說的是懷菲德吧。」

「對。」

「你不是指他最後喝下那杯毒酒死掉那次，而是你第一次見到他那夜。」

「噢，我以前見過他，曾替他工作過。不過沒錯，我指的是去他公寓那一夜。他之前在電話裡告訴我，他收到了威爾寄的死亡恐嚇信，於是我過去給他一些關於保全方面的建議。」

「而他身上沒酒味。」

「完全沒有。你知道這種東西對我的效果。我是個戒酒的酒鬼，就算隔著一層水泥牆，也能聞到該死的酒味。如果我在一個擁擠的電梯裡，角落那個小個子男人稍早喝了幾滴酒，那對我來說就像走進酒廠一樣強烈。酒味不會困擾我，不會讓我想喝酒或希望別人沒喝，不過要聞到酒味，對我來說就像在黑暗的房間裡，忽然有人開燈一樣，你不會沒注意到的。」

「我想起有一回我吃巧克力的事情。」

「巧克力……啊，裡頭包的是液體。」

她點點頭。「摩妮卡和我曾去看她一個剛切除乳房的朋友，她拿了一盒人家送的巧克力傳著請我們吃。我就貪心起來，因為那是非常好的巧克力，我吃了四顆，最後一顆包著櫻桃白蘭地。我吞了半顆才曉得裡頭有酒，然後我把剩下的半顆也嚥下去了，因為不然要怎麼辦？難道吐出來不成？換了你就該吐出來，你有理由這麼做，可是我沒有酒癮，只是不喝酒罷了，所以嚥下去也不會死。」

「而且那一丁點酒也不會讓你亂性，把衣服脫光光。」

「反正據我所知，一點效果都沒有。糖裡不會包太多白蘭地的。裡頭還有一顆櫻桃，所以不會有太多空間留給白蘭地。」她聳聳肩。「然後我回家，親了你一記，你的表情驚訝得好像見了鬼似的。」

「我嚇了一跳。」

「我當時還以為你要唱首〈碰過酒精的唇絕對不可以吻我〉給我聽。」

「我根本沒聽過這首歌。」

「要不要聽我哼一小段？不過扯遠了。重點是你對酒味超級敏感，而你並沒有聞到艾卓恩・懷菲德的呼吸中有酒味。福爾摩斯先生，意思是，他之前沒有喝酒囉？」

「可是他說他有。」

「哦？」

「那段對話很滑稽，」我回憶。「一開始他宣稱自己是不喝酒的，引起了我的注意，因為他還邊說邊打開一瓶蘇格蘭威士忌的瓶蓋。然後他為自己喝酒開脫說，他現在沒喝那麼凶了，而且嚴格限制自己一天只能喝一杯。」

「只要杯子夠大，」她說，「對任何人來說，都是一杯就夠了。」

「對我們某些人來說，」我說，「我們需要一浴缸。總之，他繼續說，那天是例外，因為他收到了威爾的信，之前他離開辦公室時，已經喝過一杯，回自家公寓後，又喝了一杯。」

「可是你沒在他的氣息間聞到酒味。」

「對。」

「如果他刷過牙——」

「沒影響。我還是聞得到酒味。」

「你說得沒錯，刷了牙以後，聞起來像喝了薄荷香甜酒。我也對別人身上的酒味很敏感，因為我不喝酒。不過跟你比起來就差遠了。」

「喝酒的那些年，」我說，「我從沒聞到過別人身上的酒味，也從不知道別人能聞到我身上的酒味。耶穌啊，那陣子我一定走到哪兒都一身酒味。」

「我還挺喜歡的。」

「真的？」

「可是現在這樣我更喜歡，」她說，然後吻吻我。幾分鐘之後她坐回自己原來那張椅子說：「這兒隨時都會有人按門鈴，以前最久沒人上門的記錄是——」她嘆了口氣。「你想那代表了什麼？」

「我知道。」

「吁。要不是在這種半公共的場所——」

「我想過了這麼多年之後，」我說，「我們還是彼此著迷。」

「這點我很知道。我指的是懷菲德身上沒酒味，這就像晚上不叫的狗一樣怪，不是嗎？你有什麼解釋呢？」

「我不知道。」

「你確定你當時注意到了嗎？我的意思是，你注意到他身上沒酒味，而且他的說詞和你所觀察到的結果相矛盾。這些都不光是你點亮蠟燭詛咒黑暗時所產生的想像？」

「我很確定，」我說。「當時我有點納悶，之後我就忘了，因為有太多更重要的事情要想。他被一個戰績輝煌的殺手宣判了死刑，希望我幫忙他找出方法活命。這些事情比他身上有沒有酒味更值得我注意。」

「那當然。」

「他打開那個瓶子倒酒時，我聞到了蘇格蘭威士忌的味道，那個味道衝擊著我，因此我沒聞到他身上的酒味。我們之前握了手，而且兩人的臉也離得不算遠。如果他身上有酒味的話，我應該聞得到。」

「如果他沒喝酒，」她好奇，「為什麼要說自己喝了。」

「我也想不透。」

「反過來的話，我就可以理解。很多人都這樣，尤其如果他們覺得對方可能會批評人家喝酒。他知道你不喝酒，所以他可能會假設你不贊成其他人喝酒。可是你不會，是吧？」

「除非他們吐在我鞋子上。」

「也許他是想用這種情況的嚴重性來吸引你的注意。『我喝得不凶，一天頂多喝一杯，可是這封可怕的信讓我毛骨悚然，我剛剛已經喝了一些壓壓驚，現在我正要再喝一點。』」

「『然後我就不會再喝，因為不論緊不緊張，我都不會喝醉。』這個我想到過。」

「所以呢？」

「為什麼他覺得有必要這麼做？他才剛接到一封最講信用的人寫來的死亡恐嚇信。幾個星期來，威爾都占據各報頭版，而且到目前為止成功率是百分之百。而懷菲德這個人，他當然也見過很多世面，職業上也見多了黑幫分子。不過他絕對不是那種不怕死的人。」

「你不會把他和伊佛・尼維（譯註：Evel Knievel，六〇年代著名特技表演者，電視台曾現場轉播他飛越數十輛汽車與綁在火箭上飛越峽谷等表演。由於其姓與名都與evil諧音，有故示其惡的戲謔之意）相提並論。」

「不會，」我說，「因為不管怎麼說，他也只是個穿三件頭西裝的律師，想逃過威爾毒手自然死亡的機率並不高。他不需要藉著假裝他早先喝過酒來向我證明他很害怕。」

「你不會以為……」

「怎麼？」

「他會不會其實是個絕對不喝酒的人？」

「什麼？」

「你說他在你面前倒了一杯酒。你確定他真的喝了嗎？」

我想了一下。「對。」我說。

「你看到他喝下去了。」

「還不只一口，不過沒錯。」

「那是威士忌沒錯嗎？」

「是從蘇格蘭威士忌的酒瓶裡面倒出來的，」我說，「而且他倒的時候，我聞到了酒味。聞起來就是酒。精確一點說，像純麥蘇格蘭威士忌，跟酒瓶上標籤所標示的一樣。」

「所以你看到他喝下去，也聞到他身上的酒味了。」

「第一個問題沒錯。至於我後來有沒有聞到他呼吸中的酒味？我不太記得了。我沒機會去留意。」

「你是說你沒有跟他吻別？」

「第一次見面我沒這麼做。」

「噢，那他真是太丟臉了，」她說。「我們第一次見面，我就跟你吻別了。我甚至還記得你嘴裡的氣息。」

「有什麼？」

「有威士忌，」她說。「還有我的味道。」

「記性真好。」

「嗯，那是值得紀念的，你這老熊。言歸正傳，我的經驗是，我知道有些人喝了酒想隱瞞。但是我很懷疑會不會有人不喝酒，卻想隱瞞。」

「為什麼？」

「我不知道。任何人做任何事需要理由嗎？」

「我一向很懷疑。」我思索著。「我們很多人會在某種程度上隱姓埋名。這是身為戒酒無名會會員長期以來對抗公開化的一種傳統，不過這幾年戒酒的人不匿名反而是一種光榮。」

「我知道。從貝蒂．福特到芭芭拉．華特絲，好萊塢那一套戒酒都是明著來的。」（譯註：Betty Ford，係美國前總統福特的妻子，曾有酒癮，後創辦貝蒂．福特中心，倡導戒酒戒毒。Barbara Walters為著名電視記者兼主持人）

「他們不應該這樣的，」我說，「不過你希望自己匿名戒酒，保持隱私，那也是你自己的事情。除非有必要，我不會隨便告訴熟人我戒酒。如果我為了辦案子跟人碰面，別人點酒，我就點可樂。我也不會特別去解釋。」

「如果對方問你喝不喝酒呢？」

「有時我會說『今天不喝』之類的。或者如果婉轉一點的說『現在喝酒對我來說太早了』。可是我無法想像倒了酒假裝喝下去，或者故意在蘇格蘭威士忌裡面裝褐色的水。」我想起一些事情。「總之，」我說，「我們有酒鋪的記錄，登記了過去幾個月送去他家的酒。他們確定了懷菲德的說法，他平均每天喝一杯。」

「他生病了，」她說。「淋巴癌之類的，不是嗎？」

「癌細胞轉移到淋巴系統。我相信原來是在副腎。」

「也許他不能喝得像以前那麼多，因為他得了癌症。」

「我想有可能吧。」

「而且他對自己的健康狀況保密，不是嗎？至少他沒跟別人提起。」

「那又怎樣？」

「所以或許這會使他故意假裝喝酒喝得比以前凶。」

「可是他一開始就告訴我，他喝酒一向喝得不多。」

「沒錯。」她皺起眉頭。「我放棄。我想不透。」

「我也想不透。」

「可是你不會放棄，對不對。」

「對，」我說。「暫時還不會。」

∞

晚餐時她說：「格藍．郝士蒙喝酒嗎？」

「據我所知，應該不喝。怎麼會想到要問這個問題？」

「你的夢啊。」

「你知道，」我說，「我醒著的想法就夠難以解釋的了。佛洛依德是怎麼形容夢的？」

「『有時夢只是一根雪茄。』」

「沒錯。如果格藍．郝士蒙和懷菲德喝了酒卻身上沒酒味這件事有什麼關聯的話，那對我來說大概太深了，我搞不懂。」

「我只是好奇而已。」

「郝士蒙是個騙子，」我說。「他背叛別人，而且出賣他們。」

「艾卓恩是騙子嗎？」

「在刑事律師的生活之外，他有任何祕密生活嗎？好像不太可能。」

「也許你覺得他對自己有所隱瞞。」

「藉著假裝自己喝酒喝得比實際凶，或至少假裝他那天喝了比較多酒。」

「對。」

「所以我的下意識馬上從他跳到格藍．郝士蒙了。」

「為什麼？」

「我正要問，」我說。「到底為什麼？」我放下叉子。「總之，」我說，「我想我猜到格藍．郝士蒙到底想跟我說什麼了。」

「我想你是指在夢中。」

「沒錯，在夢中。」

「是什麼？」

「『太多錢了。』」

「就這樣？」

「我們剛剛說什麼來著？有時候夢只是一根雪茄而已。」

「太多錢了，」她說。「你是指像那些常見的說法，說吸食古柯鹼是上帝要告訴你，你的錢太多的一種方式？」

「我想古柯鹼跟這件事沒有關係。格藍·郝士蒙有太多錢，因此我才會去深入挖掘他的生活，發現了他的祕密。」

「他有一整盒的現金，對不對？這適用於艾卓恩·懷菲德嗎？」

「不適用。」

「那麼——」

「有時候夢只是一根雪茄。」我說。

∞

我不記得那一夜的夢，甚至不知道自己有沒有做夢。伊蓮和我回到家，繼續我們在她店裡起了頭的話題。然後我就上床睡得死死的，一覺到天亮。

不過睡前我腦袋裡面一直有個想法嘮叨不休，醒來依然在。我好好想一想，仔細檢查，然後判定這個想法不值得我花時間去費心。早餐後我喝著第二杯咖啡，再度考慮這件事，這回我決定，其他事情也不見得更值得我花時間。老話一句，反正閒著也是閒著。

而且我唯一不去做的原因，是因為我害怕自己會發現什麼。

∞

我不急，先去圖書館查《紐約時報》的舊報，確定自己的記憶，把日期和時間記在筆記本裡。這件事花了我兩三個小時，然後我離開圖書館，坐在布萊揚公園閱讀那些筆記。那是個完美的秋天，空氣裡有鮮脆的蘋果氣味。氣象預報說會下雨，可是根本不必看天空，你就知道今天不會下雨。事實上那一刻你覺得永遠不會下雨，天氣也永遠不會變冷。而且白天也不會變短。感覺上好像秋天是永恆的，永遠在我們面前，直到世界末日。

這是每個人最喜愛的季節，你總以為會持續到永遠。可是從來不會。

∞

懷菲德死後已經過了好一段時間，他公寓門上紐約市警局的封條都被取下了。我要做的只是找個有權力的人讓我進去。我不知道真正有這個權力的人是誰——懷菲德的遺族，或者他遺產的法定執行者，或者這棟合作公寓的委員會主席。反正我確定不是公寓管理員能決定的，不過他還是作主讓我進去，我塞給他的鈔票也有助於他下這個決心。他找了把鑰匙讓我進去，站在門口看著我翻抽屜和櫃子。過了一會兒，他謹慎的咳了一聲，我抬起頭，他問我會待多久。

我說很難講。

「因為你走的時候我得過來，」他說，「好把門鎖上，可是我現在有事情得去忙。」

他匆匆寫下一個電話號碼，我答應走前會打給他。他一走，我就覺得壓力減輕許多，尤其是當你不知道自己在找什麼、或者可能會在哪裡找到時，不趕時間會比較好。

將近兩個小時之後，我用臥室的電話打了他給我的那個號碼。他說馬上過來，我等著的時候，就從那個電話開始，回顧懷菲德在他最後一夜打過電話給我後，走進死亡的那個房間。吧台沒有任何瓶子——我猜警方全送去化驗了。不過吧台沒搬走，我站在他喝最後一口酒時所站的地方，然後走到他倒地之處。地毯上沒有任何能顯示他躺過的地方，沒有粉筆線，沒有黃膠帶，也沒有他留下的血漬，但是我似乎完全知道他倒在哪裡過。

管理員上來後，我又給了他二十元，同時為花了這麼久時間而道歉。這筆額外的紅利讓他感到意外，不過只有一點點而已。這似乎也可以確定我並沒有趁管理員不在時，動了懷菲德的任何財產，不過他還是覺得有必要問一聲。

我沒有拿任何東西，我告訴他。連照片都沒拿。

∞

我也沒從懷菲德的辦公室拿走任何東西，因為我根本找不到人讓我進去。懷菲德和其他幾個律師在沃斯街的一棟八層高辦公大廈裡面，分租了一套辦公室和祕書、法律助理人員。去過他的公寓後，我中午到錢伯斯街參加戒酒聚會，然後走到沃斯街，在他辦公室五樓的走廊上看一看。我想到幾個可能的方法，但都發現沒法用來對付律師或法律祕書，於是我走出來，一路走到休士頓街，在安姬利卡戲院看了場電影。散場後我打了個電話給伊蓮，告訴她我會自己在外面吃晚餐。

「阿傑打來過，」她說。「要你呼叫他。」

如果我打的那個公用電話有號碼的話，我就會呼叫他。大部分的公用電話號碼都被磨掉了，就算你有辦法讓電話公司的接線生告訴你，也沒有任何用處，奈拿克斯電信公司故意在電話線路上動手腳，現在他們的公用電話再也接不到打進來的電話了。這都是永無止境的毒品戰爭的一部分，而相伴產生的效果，我只能說，就是讓毒販隨時覺得不方便，於是他們都盡快跑去買行動電話，讓這個城市其他每個人的生活品質有一些輕微的、但一去不回的下降。

我在錢伯斯街上一個西印度口味的午餐亭吃了一盤雞肉乾加豌豆和米飯，然後走回沃斯街懷菲德的辦公室大樓。已經過了五點，所以我得跟樓下的警衛登記，我在登記本上隨便鬼畫符了一下，然後搭電梯上樓。那間律師事務所的燈還亮著，我匆匆走過門前看了一眼，還有一個男人和兩個女人在辦公，其中兩個認真的在電腦前頭工作，另一個在講電話。

我不意外。律師一向工作到很晚。我走到走廊盡頭，試試男廁的門，鎖上了。那道鎖好像不是太難開——畢竟，那只是用來防止流浪漢跑進去，而不是要保護珠寶皇冠的。可是另一方面，如果我打算非法進入那個辦公室，那麼我就該找個比廁所好一點的地方，好消磨接下來的幾個小時。

在走廊的另一端，我發現了一個李蘭．貝瑞希先生的一人辦公室。他的名字漆在霧光玻璃上，底下還有「顧問」。門鎖看起來是整棟大樓原來裝的，用把萬能鑰匙就能進去。多年來我的鑰匙圈上都有兩支萬用鑰匙，不過我也想不起來上回用到是什麼時候了。我試了大的那把，結果把門鎖打開了。

我進了門，看起來貝瑞希沒在裡頭，也沒人等著要諮詢他。辦公桌上除了兩本雜誌外，一切擺放得整整齊齊，雜誌上的灰塵，看起來積了有兩星期了。還有一個玻璃門的書櫥，裡頭只又放了幾本雜誌，還有八本十本平裝的科幻小說。書桌旁一張有腳輪的木頭椅子，以及一張厚厚的安樂椅，上頭有貓爪磨過的痕跡。灰棕色的牆有一些長方形和正方形的淺色印子，顯示前任房客掛過畫或畢業證書。貝瑞希自己既沒有重新油漆，也沒掛上自己的東西，連個月曆都沒掛。

我出於老警察的習慣，想看看書桌的抽屜。可是書桌上了鎖，於是我就算了，實在沒什麼理由要硬撬開。

我進門時打開了燈，現在就讓燈亮著。透過霧光玻璃，外頭的人頂多只能看到一個側影，就算他們看得到我，我也不太需要擔心，因為這棟大樓大概沒人常見到貝瑞希，能記得住他的長相。

我的猜測是，通常「顧問」就是「失業」的委婉代語。李蘭・貝瑞希失業了，找工作時租下了這個小辦公室，現在他要嘛就是找到了工作，否則就是放棄找了。

說不定他在沙烏地阿拉伯或新加坡找到了工作，於是就走了，也懶得多此一舉回來清理自己的辦公室。說不定他幾個月前就沒再付房租，房東也沒急著來把這個房間收回。

不管實際狀況是什麼，關在他辦公室幾小時沒什麼風險。我想到阿傑，決定打電話呼叫他，想著阿傑打電話來這裡絕對安全，而貝瑞希的電話鈴響也絕對沒事。我拿起話筒，卻沒聽到撥號音，更證明了我對貝瑞希先生的猜測。我拿起最近一期的雜誌，是十週前的《紐約客》，然後坐在那張舒服的椅子上。頭幾分鐘，我還想猜猜李蘭．貝瑞希的下落，可是沒多久，我就被一篇談長途卡車司機的文章吸引，把他給忘得一乾二淨。

∞

大約過了一個小時，我注意到電燈開關旁邊的牆上有個鉤子，掛著一支鑰匙。我猜那是男廁的，結果沒錯。我上了廁所，順便看看懷菲德的辦公室裡面有什麼動靜，裡頭還是有人。

一個小時之後，我又去看了一遍，再一個小時後又看了一遍。然後我打了個盹，睜開眼睛時，已經十一點四十分。律師事務所的燈火盡熄。我往男廁走，上完廁所回到辦公室時，事務所的燈還是沒亮。

那個鎖比貝瑞希的門要好，我想著可能得打破玻璃闖進去。我已經準備好要這麼做——我不認為附近有人會聽到，就算聽到也不會注意——不過首先，我用隨身的小刀鑿進門縫，把門鎖上的滑輪往後抵，門開了。我開了燈，心想對街上的路人來說，黑黑的辦公室裡頭有人影移動，要比亮著燈的辦公室要來得可疑。

然後我找到懷菲德的辦公室，開始忙了起來。

8

我離開那兒時，是凌晨一點半左右。我讓一切保持原狀，把所有可能留下指紋的地方擦了一遍，倒不是我以為會有人來採指紋，出於習慣的成分還大一些。我在門上鑿過的地方抹了點灰塵，免得上頭的痕跡看起來太新，然後我關上門，聽到門鎖在我背後咔搭一聲關上。

我累得無法思考，而且想到若要躲掉樓下的警衛，就得再去貝瑞希辦公室的安樂椅上瞌睡到天亮。於是我決定大搖大擺的走出去，下樓卻發現大廳是空的，門口有個我原來沒注意到的牌子，上頭寫著本大樓從晚上十點到六點上鎖。

這不表示我出不去，而是出得去但進不來。對我來說沒問題，我走出大樓，走了三個街口才招到一輛路過的計程車。前後座分隔的玻璃上頭有禁菸的標誌。不過前座的巴基斯坦司機卻抽著小義大利雪茄吞雲吐霧。很多很多年前，我曾和一個聰明的老警察搭檔辦案，他名叫文森・馬哈菲，他也是成天抽這玩意兒。我想巴基斯坦計程車司機抽這種小雪茄，比愛爾蘭裔警察更適合，不過我並沒有搭上懷舊的翅膀。我只是搖下車窗，設法呼吸外頭的空氣。

我到家時，伊蓮已經睡了。我在她身旁躺下時，她被驚醒。我吻了她一下，叫她睡吧。

「阿傑又打來了，」她說。「你沒呼叫他。」

「我知道。他有什麼事？」

「他沒說。」

「我明天早上會呼叫他。睡吧，甜心。」

「你還好吧？」

「很好。」

「有什麼發現嗎？」

「我不知道。睡吧。」

「『睡吧，睡吧。』你就只會說這個嗎？」

我努力想著該怎麼回答，可是還沒想出什麼，她就又睡著了。我閉上眼睛，也睡了。

12

我起床時，伊蓮已經走了。廚房的餐桌上有張紙條，說她去參加東二十五街泰柏藝廊的一個拍賣會，又提醒我呼叫阿傑。我先沖了個澡，然後烤了個英式鬆餅。保溫壺裡還有咖啡，我喝了一杯，又倒了第二杯，然後拿起電話撥阿傑的呼叫器號碼。訊號聲響之後，我按了自己的電話，然後掛掉。

十五分鐘後，電話響起，我抓起話筒。「誰需要阿傑？」他說，然後沒等我回答就又說，「我知道你是誰啦，大哥，我還記得你的電話。你相信我找個電話要花那麼久時間嗎？不是壞掉就是有人在打，好像講愈多話他們就可以賺愈多錢似的死霸著不放。你看我該去弄個行動電話嗎？」

「我不想要。」

「你連呼叫器都不想要，」他說，「也不想要電腦。你只希望時光倒轉回到十九世紀。」

「說不定是十八世紀，」我說，「回到工業革命奪走生活中的歡樂之前。」

「總有一天你會告訴我，騎馬搭馬車的時代有多麼美好。我為什麼不想要行動電話，因為太貴啦。你打給別人要錢，別人打給你也要錢。最重要的，你就沒隱私了。有人會戴隨身聽，其實可能是在竊聽你講電話。怎麼會這樣呢？」

「我怎麼知道？」

「連隨身聽都不用，有人會在牙齒裡頭裝竊聽器，然後你覺得那是中央情報局，叫你應該去郵局把大家射殺光光。」

「你不是認真的。」

「該死，你沒說錯。」他笑了。「我堅持用我的呼叫器。嘿，老兄，我發現那傢伙了。」

「哪個傢伙？」

「你叫我找的那個傢伙。有個傢伙射殺另一個傢伙時在場的那個傢伙。」

「你這句話裡有太多傢伙了，」我說。「我不知道你在講哪個。」

「我說的是麥倫那事情。」

「麥倫？」

「在小公園被射殺的那個傢伙有沒有？得了愛滋病那傢伙？我想想，叫麥爾嗎？」

「拜倫。」我說。

「拜倫．李歐波。我剛剛怎麼說的，說麥倫？我腦袋裡一團漿糊了。因為你知道，我沒聽過有誰叫拜倫的……你還在嗎？」

「我在聽。」

「你不吭聲，我就開始犯疑心了。」

「大概是因為沒什麼好說吧。」我說。「我不知道你還在找目擊者。」

「沒人叫我別找了啊。」

「對，可是——」

「而且叫我去查這件事的人，大家都說他就像狗追骨頭一樣。只要咬住了，就別想讓牠鬆口。」

「大家是這麼說的嗎？」

「所以我也奉行這樣的精神，像條狗在追骨頭似的。而且，反正也沒別的事可做。」

「所以你就找到那個傢伙了。」

「只是碰巧而已，」他說。「他不太算是我找到的，不過他看見了整件事，不過該說是聽見比較對。一開始他沒看到，後來轉頭去看，只看到後面。所以他看到凶手的背面，而且他沒看到槍，只聽到槍聲，你知道，砰砰。」

「他就只聽到這個，砰砰？」

「他聽到的是槍聲。有人開槍時，你還能聽到什麼？」

「當時每個公園裡的人都聽到了槍聲，」我說，「而且就算沒聽到，李歐波屍體上的子彈也是證明開了兩槍的有力證據。所以如果這傢伙只是聽到槍聲——」

「不光是聽到槍聲而已。」

「喔。」

「如果他只是聽到槍聲而已，你想我會拿這個去煩你嗎？」

「抱歉。他還聽到了什麼？」

「聽到那傢伙說。『李歐波先生？』然後就再沒聽到什麼了，所以拜倫只是點點頭，或小聲講了些什麼。然後他聽到那傢伙說。『拜倫．李歐波？』接著也許他抬頭，也許他沒有，但接下來他就聽到那傢伙開槍了。」

「砰砰。」

「就像這樣。」

「我能見這個證人嗎？」

「他可能不太願意跟你談。他已經躲掉好幾次跟警察談的機會了。」

「我想這傢伙不會是IBM的副總裁。」

「他在那個公園賣東西，」他說，「那個傢伙一開槍，他就打算裝做什麼都沒看到。我也許可以安排你們見個面，可是這不表示他會告訴你什麼。何況，你打算問他什麼我沒問過的問題呢？」

「『李歐波先生？拜倫．李歐波？』」

「不要說得一副他是編出來的樣子。」

「嗯，」我說，「我沒那個意思。」

∞

一個小時後，我在十四街一家咖啡店看著他吃薯條。他的起司漢堡早已經吃下肚了。他穿著鬆垮垮的牛仔褲和斜紋厚棉布夾克，上頭還有補釘。鐵路工人帽放在他旁邊的座位上。

我告訴他，我都快把拜倫．李歐波給忘了。

「為什麼？」他很好奇。「你的結論是，他是死於自然因素嗎？」

「我沒有太仔細想過，我只是猜想他是被人誤殺的。或者他是因為坐錯了地方或講錯了什麼話，不經意的就觸怒了某個在那一帶混的人。另外他有愛滋病，而且已經發病很久，從外表也看得出來。也許有人對愛滋有恐懼症，認為最好的治療方式，就是殺害罹患愛滋的人。」

「就像那些在遊民區縱火的人。」

「要迅速解決遊民的問題，這會是個方法。但是我認為這解決不了問題，因為動手的人不是那種只做一次就罷手進修道院的人。」

「他會一做再做。」

「通常都是這樣。」女侍過來，沒問就替我把咖啡補滿。這裡的咖啡不是頂好，但是給得很大方。我說，「『李歐波先生嗎？你是拜倫．李歐波嗎？』」

「就像這樣。」

「好確定他沒找錯人。」

「要找他打算射殺的人。他好像只知道名字，可是從沒見過。現在我們來腦力激盪，對吧？滿腦子想法跑來跑去。」

「差不多是這樣，」我同意。「聽起來好像是雇來的，對吧？」

「那個兇手？你的意思是他是職業殺手？」

「不像職業殺手，」我說。「整件事對職業的來說太拖泥帶水了。這個下手的對象大部分時間都是獨自一人，生活規律，沒有任何保全系統，要殺他一點也不難。想私下接近他非常容易，如果是職業殺手的話，為什麼要在一堆目擊者面前殺他？」

「老哥，我會說職業殺手，那是因為你說他是雇來的。」

「他是業餘的，」我說，「雇他的也是業餘的。一般來說，要雇職業殺手的話，雇的人本身也得夠專業才行。必須要有門路，沒法去商用電話簿裡頭查。很多普通人會雇殺手，可是雇來的沒有什麼專業精神可言。」

「所以不見得能殺得了人，」他說。「就像前幾天華盛頓高地那樣。」

我知道他講的那件事。這幾天報上都在登。一個十來歲的多明尼加裔小女孩，因為父親管得太嚴，就找來了當地的兩個狠角色想把她老爹幹掉，而且用她父親藏在保險箱、認為比銀行還安全的那兩萬元當誘餌。

所以有天晚上，那兩個流氓就去她家。她讓他們進來，把錢給了他們，他們原本應該乖乖等她老爹回家的，但他們等得不耐煩了，而且他們覺得也許她老爹會帶槍，於是他們想到一個更簡單完事的方法。他們朝那個女孩頭部開了兩槍，然後又幹掉她熟睡中的母親和弟弟，就回家了。父親工作回來後，發現家人都死了，錢又不見了。我猜想他的車也不見了。

「在華盛頓高地，」我說，「每個人都有理由。那個女孩是氣她爸爸，兩個兇手則是想要錢。」

「那誰有理由殺拜倫呢？」

「我也正想不透。」

「他沒有錢，對吧？」

「事實上，」我回憶著，「他的錢比應有的多。他領到了保險金，死時銀行裡還有四萬元左右。」

「那不是動機嗎？」

「他的遺產都捐給一些愛滋防治慈善機構。其中一些組織募捐時的確有點太過積極，可是我還沒聽說為錢殺人的事情發生過。」

「此外，他們只要等就好，不是嗎？因為這傢伙已經快死了。」他皺皺眉。「你猜現在該怎麼辦呢？應該吃一塊派。」我叫了女侍過來，阿傑問她有什麼派，認真考慮後說，「山核桃，」他決定，「上頭還要加一些流行的口味，巧克力怎麼樣？」阿傑話裡亂夾雜了幾個法語，女侍看著阿傑，很茫然，於是阿傑又恢復平常講話的用詞。「我要一塊山核桃派，」他說，「外加一球巧克力冰淇淋。」她點點頭離去，然後阿傑眼珠骨碌碌的轉。「現在她以為我是醫生了，會追著我要我幫她切除盲腸。」

「跟她說你是醫植物的。」

「大哥，那還不是一樣糟，她會要我跟她的盆栽說話。如果殺拜倫不能從他身上拿到錢，那誰會雇人殺他？」

「我不知道。」

「他得了愛滋病，對吧？可是他不是同性戀。」

「他是因為共用針頭感染。」

「他是到此為止嗎？還是又傳給別人了？」我的表情大概很疑惑。「病毒啊，有人讓他傳染到嗎？」

「他有可能到處傳染，」我說。「好幾年前了，當時他自己也不知道已經感染了。」

「所以他傳染給某個女人，然後她丈夫或男友或哥哥想知道她怎麼感染的。『除了拜倫．李歐波那個沒用的廢物之外，不可能有別人了。』她這麼說。」

「於是那個丈夫或哥哥或隨便誰，就出去雇人殺掉拜倫。」

「搞不好是她自己。無論是哪個方法，凶手都沒見過拜倫，也許先問問他的名字，好確定沒殺錯人。『李歐波先生嗎？你是拜倫．李歐波嗎？』」

「砰砰。」

「就這麼回事。」他同意。

「那『這槍是替席拉給你的，你這個混蛋，』這句台詞如何？照原來的說法，拜倫根本不知道自己是怎麼死的。」

「如果席拉的哥哥是自己動手，他可能就會說些有意義的話。可是如果那個凶手是雇來的——」

「那凶手就不會花工夫囉嗦了。就算是她哥哥自己動手，他也可能準備好要講些話，卻一時緊張忘了說。」我喝了口咖啡。「不過這些我都不相信，」我說。「他一腳都踏進墳墓裡了，誰還會找他報這種仇呢？拜倫．李歐波瘦得只剩一把骨頭，對他來說，最滿足的事情就是坐著曬太陽看報紙。不論他跟你有什麼仇，只要好好看看他，所有的仇恨都會煙消雲散。」

「那不然是怎麼回事？自殺嗎？」

「我想過。」

「怎麼樣？」

「比方他不想再活下去了，可是他沒法自己動手。所以他雇人替他動手。」

「他害怕把頭伸進烤箱裡，可是倒是有辦法坐在那兒等個人偷溜過來射殺他。」

「我說我想過，但並不覺得可能性很大。」

「何況，他要雇人，難道沒跟那個人見過面嗎？要是你雇我去殺你，我根本不必問你的名字。」

「算了吧，」我說。「一開始就沒什麼道理，現在愈講愈沒道理了。拜倫．李歐波是被某個有理由殺他的人謀殺的，而他自己是世上唯一有理由希望自己死掉的人。感覺上，這麼做應該有金錢的動機，可是根本沒人能拿到錢。」

「他還是有些錢的。四萬元嗎？可是你說有些慈善機關可以分到錢。」

「但無論如何不夠多。」

「不夠多？」

「不足以因此殺掉他。」

「華盛頓高地那些傢伙，殺了三個人才拿到半數而已。」

「他們是小混混，」我說。「他們可能因為不爽就殺人。他們既然已經拿到錢，幹嘛殺那個女孩呢？好讓她閉嘴？她不可能說出去，而她母親和弟弟都已經在床上睡著了，老天。他們殺了三個人，根本沒有理由。」

「我想你不會替他們當人格分析的證人。總之，會不會是某些小混混叫他名字，只是打招呼，你懂吧，禮貌而已。」

「一點點不同，整件事就全部改觀了。」

我們談話時，他的派已經送來了，這會兒已經去掉大半。他又起一塊說，「那四萬元真滑稽。」

「他把他的保險金都領了出來，」我說，「存進銀行，每次只領一些出來用。所以雖然四萬元太多，一開始太多，現在又不夠。」

「有什麼不對嗎？」

「沒有。」

多，可是……」

「那你怎麼忽然停住瞪著眼睛？」

「太多錢，」我說。「格藍・郝士蒙有太多錢。他死時，錢在他的保險盒裡。我夢到過他，那個夢想告訴我的就是這個，太多錢。」我看著阿傑，他用叉子把最後一口派送進嘴裡。「我原以為那個夢跟威爾有關，結果不是，而是跟拜倫・李歐波有關。」

13

那個夢不必然有什麼意義。畢竟，那也只是個夢，而非格藍．郝士蒙從精神世界捎給我的訊息。（如果他的影子真的從另一個世界聯絡到我，他大概會比較關心自己的事情，而非某個在格林威治村公園裡被射殺的傢伙。「嘿，史卡德，」他可能會喃喃道，「我聽說你跟麗莎有一腿，那是怎麼回事？」）那個夢是我在跟自己說話，而我睡覺的時候，腦袋裡的東西不必合情合理。

總之，有時夢只不過是一根雪茄罷了。

「如果，」阿傑說，然後又自己停了下來。「不對，」他說，然後手抬起來，一副要阻止自己跑去撞牆的樣子。「不，我不說了。」

「很好。」

「可是如果我們有的話，就沒有什麼能阻止我們了。」

如果我們有部電腦。他剛剛答應過不再提這句話，因為這八個字在他說出口的每句話中扮演了關鍵角色。我好像有兩個案子，一個是拜倫．李歐波被射殺，一個是威爾的連續凶殺案。（不過威爾的案子我沒有客戶，除非把艾卓恩．懷菲德算進去，不久前他曾給我一些錢，鼓勵我同時照顧兩個案子。）無論是辦哪一個案子，我都會聯想起另外一個，阿傑似乎很確定買部電腦可以改變一切。

保險記錄？只要入侵保險公司的電腦資料庫。航空公司記錄？照辦就行。現在全世界都連線了，一個高竿的駭客就能輕易闖進任何機構的腦部。你只需要一部電腦和一台數據機，然後插好電話線，全世界就會向你訴說各種祕密。

「還需要有個知道自己在做什麼的人。」我說。「當初我們是靠港家兄弟才闖進奈拿克斯電信公司的電腦。我相信你學得會那些功夫，可是不夠快，解決不了我們眼前的問題。」

「我得花些時間學，」他承認。「可是，港家兄弟可以教我啊。」

「那也得剛好他們在附近。」

「他們又不是唯一有這種本領的駭客。找他們當然容易多了，但是他們也不必從波士頓跑來幫忙，只要有個電話就行了。」

「該怎麼做？」

「很簡單，」他說。「我用電腦，同時跟他們講電話，只需要兩條電話線，一條接在數據機上，一條接在電話上。或者如果你不想用兩線電話的話，可以用行動電話跟他們談。」

「在哪裡？」

「隨便哪裡，有電腦就行。比較可能的是你的公寓，或者去店裡。」

「伊蓮的店？」

「這樣她就可以用電腦記帳或管理存貨。我可以替她做這些。」

「如果你去上一兩個課程的話。」

「那又不是火箭科學。我可以學的。」

「店裡沒那麼大空間。」

他點點頭。「放在你公寓裡比較好。」

「上次我們得跟港家兄弟去旅館，」我回憶。「還得租個房間，這樣我們入侵電信公司電腦的小小罪行才不會被追蹤到。」

「所以呢？」

「因為港家兄弟所做的，」我繼續道，「是非法而且可以追蹤到的。如果我們在自家公寓裡面做類似的事，或者在伊蓮的店裡，就會有帶著警徽的人來敲門了。」

「那件事之後，駭客族已經又學會很多新招了。」

「那網路警察呢？你不認為他們也學了些新東西嗎？」

他聳聳肩。「都這樣的，」他說。「你製造出一個更好的捕鼠器，其他人就會製造出更好的老鼠。」

「總之，」我說，「科技能做的有限，即使港家兄弟也一樣。他們當時沒法進入系統，還記得嗎？無論他們打了多少鍵，他們就是找不到進入的密碼。」

「可是後來他們還是進去了。」

「他們還是靠講話才進去的。不是用電腦技術，而是打電話給那個公司的人。」

「是個女的，對吧？」

「然後他們拐她說出密碼。這套老招他們用太多了，還發明了一個字眼來稱呼。」我搜索著記憶，然後說出來。「社交工程，他們是這麼說的。」

「那你有什麼領悟呢？」

「看我的。」我說。

∞

「奧馬哈，」菲麗絲・賓罕說。「有一次我替你和伊蓮登記去倫敦和巴黎。這回你們要去奧馬哈？」

「我們好落魄唷，」我說。「不過我沒要去那兒。我只是想查有個人是不是去過。」

「啊，」她說。「在查案子？」

「恐怕是。」

「如果他去了，你就得追去嗎？」

「我想他已經去了又回來了，」我遞給她一張紙條。「或許是在這兩天飛去，然後這兩天飛回來。」

「從紐約到奧馬哈，還有——」

「從費城。」

「費城，」她說。「我正在想哪家航空公司有紐約直飛奧馬哈的班機，我知道美國西部航空以前有，可是不曉得現在還有沒有。不過如果他是從費城飛過去，那就不重要了。可是誰會從費城直飛奧馬哈？」她伸出手指，皺著眉按鍵。「沒有，」她宣布，「你可以搭美國航空經匹茲堡或中西快捷航空經密爾瓦基到奧馬哈。或者如果你不介意在歐哈瑞轉機的話，可以搭聯合航空。其他公司也都可以轉機，不過這些是比較可能的。我想你大概不知道他搭哪家航空公司的飛機吧。」

「對。」

「他的名字呢？」

「阿諾．威許奈克。」

「如果我們找到這個名字，」她說，「我們就會知道那一定是他，不是嗎？因為這個名字不常見，能有幾個阿諾．威許奈克從費城搭飛機去奧馬哈呢？」

「頂多一個吧。但我不認為他會用真名。」

「那也不能怪他。」

「不過姓名縮寫應該是一樣的。」

「好，我們來看看。」她敲敲鍵盤，中間等候電腦回應的時候，就轉轉眼珠子。「每個電腦都比上一台快，」她說，「可是永遠都不夠快。你希望電腦能立刻回答。而且你還希望它在你想到之前，就給你資料。」

「對人也是一樣。」

「呃？喔，對啊。」她咯咯的笑。「至少電腦一直在進步。你看到我怎麼查資料嗎？我先查美國航空，然後問五日一一〇三號班機上有沒有一位威許奈克，結果沒有，現在我要問同一天的一七九號班機……沒有，好，另一天是六日，對不對？所以我們來試試一一〇三號……沒有，那再來試試一七九號。班機號碼對嗎？沒錯，那就來試。沒有。」

「我想他不會用真名。」

「我知道，可是我想先用這個名字試試看，因為光用縮寫沒法查資料。」

「嗯。」

「我再來試中西快捷，」她說。之後她又試了聯合航空，最後搖搖頭。

「你還可以試試另外一個名字，」我說。「他有個哥哥把姓改成英語式拼法，阿諾以前用過這個姓。」

我把那個姓告訴她，她跟著唸一遍，皺起眉頭。「怎麼拼？」我拼給她，然後她敲敲鍵。「這個姓很耳熟，」她思忖道。「我最近在哪兒聽過？」

「不曉得，」我說。「當然，有個棒球選手就叫大衛．溫菲爾德。」

她搖搖頭。「大聯盟罷工之後，」她說，「我就沒看棒球了。五日的一一〇三號班機。還是沒有。一七九號班機，同樣是五日……」

那些班機都沒找到。

「他很可能會用姓名縮寫，」我說。「可是這樣沒法查。如果把每班飛機的乘客名單列出來，可以嗎？」

「『我』不行。」

「那誰可以。」

「或許哪個電腦天才吧。或者航空公司裡頭有進入密碼的人。」她皺皺眉。「這件事很重要，對吧？」

「算是吧。」

她拿起電話，翻翻旋轉資料夾，撥了個號碼。她說，「嗨，我是JMC的菲麗絲。你是哪位？茱蒂嗎？茱蒂，我有一個很好的客戶剛好是個偵探。他正在查一個案子，牽涉到一個無監護權的父親……是啊，這類事情常聽說。我知道，好誇張。他們不付小孩的生活費，然後就跑來把小孩綁架走。」

她解釋了一下我所需要的資料。「他不是用真名搭飛機，」她說，「但是這個偵探認為他應該會用姓名縮寫。是，我知道這是機密，茱蒂。一定要法院命令才能查，沒錯。」她扮了個鬼臉，然後又硬撐出一個微笑。「嗯，那這樣可以嗎，不必告訴我名字，替我看看是不是有男性乘客用AW開頭的名字搭這些飛機。是，費城到奧馬哈。」

她掩住話筒。「照規定她不能這樣做的，」她說。「可是她有點動搖了。我猜因為她離了婚，而且吃了她前夫的虧。」她掩住話筒的手拿開。「喔，茱蒂。要命，都沒有嗎？」

「他可能是用現金付機票錢。」

她反應很快。「茱蒂，」她說，「他可能隨便編了名字，所以機票錢是付現金。如果你可以……嗯，嗯。好，我了解。」

她又掩住話筒。「她不行。」

「不行還是不肯。」

「不肯。這樣違反規定的，她會有麻煩等等等。」

阿傑說，「那你能去查嗎？如果有密碼的話？」

「可是我沒有啊。」

「可是她有。」

她想了想，聳聳肩，然後拿開掩住話筒的手。「茱蒂，」她說，「我最不希望的就是害你惹上麻煩。不過我好奇問你一下，你那邊的資料可以分類嗎？比方可以分成用現金買機票或信用卡？我是說，如果一個顧客進來用現金買……喔，我懂了。所以任何人都能進去查。我的意思是，只要我有密碼，我也可以進去查，對不對？」她抓了一支筆，匆匆寫下幾個字。「茱蒂，」她說，「你真是個可人兒，謝了。」她掛上電話，咧開嘴笑了，舉起拳頭做了個勝利姿勢。「成功！」

∞

我們還得繼續努力。她做了一大串搔頭和按鍵動作之後，成果是一份費城到奧馬哈旅客名單的電腦報表，包括我問的那三家航空公司的班機，以及兩天後的回程班機。名字後面的星號表示非信用卡付帳。

「這表示現金或支票付帳，」她解釋。「他們的資料庫裡頭沒有區分開來。另外，這些只是航空公司自己的現金或支票賣票記錄。透過旅行社的則只列出來而已，沒有註明付款方式。這些她沒告訴我，只是我覺得應該是這樣分的，不可能有其他方式了。」

「這樣就可以了。」

「是嗎？你看到名字後面有註明C的嗎？這些都是透過別家航空公司買票的乘客，可能因為他們是搭別家航空公司的班機，中途轉機的。據我所知，他們是用美金鈔票付款的。」

「我想這些乘客名單就夠了。」

「是嗎？」

「如果能找到同一個名字出現在來回程的旅客名單上，那會比用付款方式找出來的名單更有意義。」

「我根本沒想到。來查查看吧。」

我收起那些報表。「我已經占用你很多時間了，」我說。「困難的部分已經做完了。另外，談到你的時間，我願意付費。」

「哎，不必啦，」她說。「你不必這麼做的。」

我把錢塞到她手裡。「我的客戶付得起，」我說。

「好吧……」她闔起手指抓住那些鈔票。「其實這事情很好玩，雖然比不上替你和你太太登記去參加遊艇旅行更讓我開心。如果想去哪些好玩的地方，別忘了打電話給我。」

「我會的。」

「去奧馬哈也沒問題。」

∞

「『我的客戶付得起，』」阿傑說。「其實我們根本沒客戶。」

「沒錯。」

「『社交工程』，我們根本是去用用電腦而已。只不過，那是別人的電腦，用別人的手指去敲鍵盤。」

「這也是弄到資料的一種方法。」

「來看看名單吧，」他說。「看有多少重複出現的名字。」

∞

「A・強森先生，」我說，「五日搭中西快捷從費城到奧馬哈，在密爾瓦基轉機。他在七日上午飛回費城。用現金或支票付款。我猜是付現金。」

「你認為就是他。」

「對。」

「姓強生的人一大把。姓史密斯和瓊斯的也是。」

「沒錯。」

「根據菲麗絲的說法，上飛機前得出示身分證件。」

「現在安全規定都比較嚴了。」

「用來提防恐怖分子，」他說，「他們要確定你真正的身分，買機票的時候可能也一樣，如果你用現金買票，就問你要證件看。」

我點點頭。「用支票也是，不過用支票一向就得查驗證件。當然，要弄個證件也沒那麼難。」

「像丟斯那附近的店，要印這種狗屎證件一大把。學生證，警長證什麼的。警察要鑑定很容易，不過普通航空公司櫃檯大概很難辨認吧？」

「尤其是如果顧客看起來是個成功的中年白人男子，身穿布魯克斯兄弟的西裝。」

「光靠門面就能打通關了。」他同意。

「而且證件是真的，」我說。「說不定他有個叫強森的客戶，說不定他弄到一張蠢蛋的駕照，因為正主被關在綠天監獄，用不著了。」

他抓抓頭。「我們查到了一個名字，這傢伙有天飛到奧馬哈，兩天後又飛回來。除了這個還有別的收穫嗎？」

「還沒有。」我說。

∞

「很高興你帶他來，」喬·德肯說。「我們最喜歡這種人。等我找到橡皮水管，再來問他幾個問題。」

「我知道放在哪兒，」阿傑說。「你想要的話，我替你去找。」

德肯笑了笑，用手肘撞了他一下。「你跟我的朋友一起來幹嘛？」他問。「你怎麼不在街上賣古柯鹼或騙錢？」

「今天休假。」

「我還以為你們這些人很急公好義呢。一星期七天，一年五十二星期，全年無休，撫慰大眾的痛苦。結果你們還不是隨波逐流。」

「答對了，」阿傑說。「我只想全年無休，我已經加入了ㄐㄧㄧㄧㄥˇ方。」

「你再說一次給我聽聽好嗎？拜託。」

「ㄐㄧㄧㄧㄥˇ方。」

「天哪，我最愛聽你胡說八道了。馬修，我不知道自己怎麼會這麼想，可是我就是覺得你這回來有事情。」

我們位於西五十四街中城北區分局的辦公室裡。我拿了一張椅子坐下來，跟德肯解釋我的要求，而阿傑則跑去公布欄那兒，翻著一疊通緝的小傳單。

「如果你看到傳單上有你的照片，」喬說，「就拿過來，我替你再重拍一張。馬修，你的意思是，要我打電話去找奧馬哈警方，要他們查飯店住宿記錄，找一個叫強森的痞子。」

「我會謝你的。」我說。

「你會謝我的。你打算用有形的方式嗎？」

「有形的。沒錯，我打算——」

「我喜歡這個詞，」他說。「有形的。這表示你碰得到，可以伸出手去拿。這又生出另一個問題。你幹嘛不自己把手伸出去呢？」

「啊？」

「你知道那家飯店，對吧？是希爾頓嗎？」

「應該從這家開始查。我不確定他會住這家，但是——」

「可是你從這家開始查。不是嗎？打免費電話，還不用付錢呢。划算得很。」

「我打過了，」我說。「可是沒查到什麼。」

「你說自己是警察？」

「那是犯法的。」他看了我一眼。「我可能給了他們這個印象，」我承認。「不過也沒撈到什麼好處。」

「從什麼時候開始，你打電話到飯店，居然沒法從櫃檯職員那兒騙到情報了？」他看看面前的那張紙條。「奧馬哈，」他說。「奧馬哈到底發生過什麼事？」他瞪著我。「耶穌基督，」他說。

「不是『他』本人，」阿傑插嘴道，「不過有人說這個傢伙跟『他』關係很密切。」

「那個墮胎的傢伙。他叫什麼來著？」

「大家忘得可真快。」

「羅斯偉．貝利。威爾在他的飯店房間殺了他，對吧？我忘了是哪家飯店，可是為什麼隱約有個什麼讓我覺得是希爾頓呢？」

「是啊，為什麼？」

「你們有理由相信我們的威爾是個姓強森的傢伙？」

「他可能用過這個名字。」

「怪不得希爾頓什麼都不肯告訴你。你也不會是第一個打電話想挖點消息的人。那些小報都在努力捍衛公眾知的權利呢。奧馬哈的警方一定守口如瓶。」

「我也是這麼猜。」

「你知道有多少警察在辦威爾的案子？我不知道數字是多少，不過我知道不包括我在內。我該怎麼解釋自己也去插一腳？」

「也許這件事不見得要扯上威爾，」我說。「也許你只要說你是在查一個搶劫犯，他曾在你這邊犯下一連串攔路搶劫，後來可能逃到奧馬哈去。」

「他在那裡有親戚。不過我們覺得他不會去親戚家，而是住進希爾頓。我們知道日期，也曉得他用的化名。這個說法很扯，馬修。」

「也許你不必說這些，」我說。「你是紐約警探，只想問一些簡單的問題。他們幹嘛要刁難你呢？」

「這種事情一向就不需要理由。」他拿起電話。「我有個並不簡單的問題。我幹嘛要替你做這些？」

∞

「艾倫．W．強森，」他說。「是有兩個L一個E的那個艾倫。我不知道W是什麼字的縮寫，應該不會是威爾吧。」

「我不敢說是什麼字的縮寫。」

「住兩夜，而且是現金付帳。其實奧馬哈警方在調查貝利的謀殺案時，就已經查過飯店裡的每個客人。用現金付帳的人特別有嫌疑。所以艾倫．強森一定引起了他們的注意。」

「他們有機會跟他談過話嗎？」

「他已經退房了。沒用過房裡的電話，也沒額外的付費。」

「我想飯店的人大概也沒法描述他的長相。」

「那倒是有，不過沒什麼大用，只說他是個男的，穿著西裝。」

「縮小範圍了。」

「他是在威爾殺掉貝利之後、可是屍體還沒被發現之前退房的。他給過飯店的人給了他一張條子。可是退房時，他又付了現金。顯然這種事很常見，登記住宿時，使用信用卡可以讓手續簡化，不過真到了付款，還是有很多原因會改用現金。說不定你的卡刷爆了，也說不定你不希望帳單寄去你家，讓你老婆發現你在那家希爾頓搞你的祕書。」

「而若是你付現金——」

「他們就會把登記信用卡號碼的那張紙條撕掉。所以沒有人會知道你原先給的信用卡號碼是不是假的，因為除非你退房，他們才會向信用卡公司查核。」

「所以我們知道他有一張信用卡，」我說，「無論那張卡有沒有用。而且他有一張艾倫·強森的身分證件。」

「你瞞著我什麼？我們怎麼知道他有這個證件？」

「他上飛機前得亮證件。」

「如果他弄得到信用卡，」他說，「其他那些照片證件就更容易了。四十二街那邊的店可以替你偽造一堆這類狗屎，比方一張哈諾學院的學生證。」

「我不早說過了嗎？」阿傑咕噥道。

「這傢伙怎麼回事？」喬說。「我也被你引出興趣來，你怎麼查到這傢伙的？」

「航空公司的記錄。」

「紐約到奧馬哈？」

「費城到奧馬哈。」

「為什麼是費城？」

「我想是教友派的人安排的。」

「我是說——」

「解釋起來很複雜。不過我查過從費城飛到奧馬哈又飛回來的名單，他符合這個時間。」

「你是說，他在貝利被殺害之前飛去奧馬哈，貝利遇害之後，他又飛回來。」

「範圍還要更小一點。」

「嗯，你願意告訴我他是誰嗎？」

「我只有名字，」我說。「還有一張臉——如果他給人看過附照片的證件的話，不過我沒見過他的臉。」

「他只是個穿西裝的男子，就像飯店那個女孩記得的。」

「沒錯。」

「幫幫我吧，馬修。你有什麼我可以呈報上去的資料嗎？」

「我什麼都沒有。」

「如果威爾就這麼逍遙法外，繼續尋找他名單上的新名字——」

「威爾已經退休了。」我說。

「喔，是啊。我們可以相信他的話，是吧？」

「而且從此再也沒有人聽到他的消息。」

「這讓我們警方看起來蠢透了，浪費人力和資源去追逐一個行凶者，但他卻已經不再危害人民。不過這關你什麼事呢？你的客戶是誰？」

「這是機密。」

「嘿，少來了。別跟我來這套。」

「事實上，這是受保護的特權。我是替一個律師工作。」

「耶穌，我真是印象深刻哩。等一等，我想到了。你不是曾替那個最後一個受害者工作過嗎？叫懷菲德是吧？」

「沒錯。我沒做多少事，只是建議他要做些保全設備，而且叫他去找可靠偵探社的威利·東恩。」

「幫了他一個大忙。」

「我想他們已經盡力了。」

「應該是吧。」

「懷菲德雇用我調查，」我說。「不過當時沒什麼好調查的。」

「結果你現在還在查？他就是雇用你的那個律師？那你怎麼收錢，從他的遺產裡頭扣？」

「他曾付我一筆聘雇費。」

「那夠你現在的開銷嗎？」

「不夠也不行。」

「那你查到了些什麼，馬修？」

「我只查到艾倫·強森，我告訴過你怎麼查到的。」

「你為什麼會去查那些班機？」

「靠直覺。」

「是唷，靠直覺。你猜我有直覺的時候怎麼辦？」

「押一大筆錢去賭？」

他搖搖頭。「我會買張樂透彩券，」他說，「可是從來沒贏過，這表示我的直覺有多爛。我學乖了。」

「只要花一塊錢和一個夢。」

「那是廣告詞，」他說。「我得記住這點。好吧，如果沒別的事——」

「其實……」

「你要講的最好有點建設性。」

「我只是在想，」我說，「如果能知道艾倫．W．強森是不是買了氰化物，應該會很有意思。」

他沉默良久，思索著。然後說，「懷菲德死的時候，一定有人查過記錄了。尤其是驗屍顯示他已經是癌症末期，而且所有推測都說他是自殺。但威爾的最後一封信粉碎了這個說法。」

「信裡說他殺了懷菲德。」

「嗯。如果我沒記錯的話，他甚至還提到了氰化物。氰化物應該是有個什麼製造原料，對吧？聞起來像杏仁，可是不會是從杏仁裡頭提煉的，對不對？」

「我想桃子核裡頭可以提煉出微量的氰化物，」我說，「但總之，我想威爾不是這樣弄到氰化物的。」

「而如果他是從一些必須登記的地方買到，而且必須出示身分證明——」

「也許他是登記艾倫．強森的名字。」

他想了想，在他的位子上坐直起身來。他說，「猜猜怎麼著？我覺得你該去找負責偵辦威爾這案子而且研究過他那堆怪癖的人。你小子為人好，給人的第一印象通常不錯，何況一百年前你也幹過警察。我相信他們會很樂意協助你的。」

「我只是怕你沾不到功勞。」

「功勞，」他嚴肅的說。「你當警察的時候是這麼搞的嗎？你插手別人的案子是因為這個嗎？功勞？」

「案情膠著的時候，情況會有些不同。」

「這個案子嗎？這個案子可以有六個不同膠著的狀態，有可能電池報廢而且四個輪胎都沒氣，可是照樣是個大案子，而且列為優先處理。你今天早上看過馬提．麥葛羅嗎？」

「我上回看到他，差不多是在威爾寫最後一封信那時候。」

「不是他本人，我指的是他的專欄。你今天看過了嗎？」我沒看。「他好像有什麼不滿，可是我根本不記得原因是什麼。那篇專欄的最後一句話是——『現在我們需要威爾的時候，他在哪裡？』」

「他不會這麼寫吧。」

「不會才怪。你等著，這附近應該找得到一份《每日新聞》。」他拿著報紙回來。「我剛剛唸的並不是一字不差，不過大意是這樣。來，你自己看吧。」

我看著他指的地方，大聲的唸出來。「『你發現自己想著前陣子某個匿名信作者，而且對他說著某些認真的人曾對奧斯華（譯註：Lee Harvey Oswald，暗殺美國前總統甘迺迪的凶手。但許多人相信真凶另有其人）所說過的話。現在我們需要他的時候，他在哪裡？』」

「看吧，我沒說錯吧？」

「我不敢相信他這麼寫。」

「有什麼不敢相信的？一開始就是他起的頭，說理查．佛莫不該活著。坦白說，那篇文章也不能說有什麼錯，卻激起了威爾的殺機。」

14

我們離開警局後，阿傑又餓了，而我也才想起早餐後除了咖啡我什麼也沒吃。我們找了個披薩店，點了兩片西西里口味的披薩。

「我來過這家店，」他說，「他們有一種披薩，上頭放了水果。你聽說過嗎？」

「聽過。」

「但是從沒吃過？」

「對我來說不太合胃口。」

「我也是，」他說。「上頭放了鳳梨，還有其他什麼的，我記不得了。反正不是桃子。你剛剛說的是真的嗎？桃子核真能提煉出氰化物？」

「一點點而已。」

「要吃多少桃子核才會死？」

「想死不必吃桃子核，只要把槍塞進嘴巴，然後——」

「哎喲，你知道我的意思啦。要用桃子核毒死某個人是不可能的，因為他吃一口就會扮個鬼臉吐出來。可是如果某個人想自殺，可不可能吃很多桃子核而達到目的呢？」

「我不知道，」我說。「當然如果我們有部電腦的話，你馬上就可以查出來了。」

「你說得沒錯唷。你只要把問題貼到網際網路上，就會有某個笨瓜寄電子郵件告訴你答案。我們該怎麼查出強森有沒有買氰化物？」

「等就是了。」

「等什麼？」

「等喬．德肯打電話。」

「可是他剛剛才說他不會打。」

「說是這麼說。」

「不但說了，而且是認真的。」

我點點頭。「不過他甩不掉這個念頭了，」我說。「明天或後天，他就會打電話。」

「如果他沒打呢？」

「我想也沒差。我已經知道是怎麼回事了，只是需要蒐集一兩個小細節來證明我的想法而已，不過我甚至不確定我想不想這麼做。」

「怎麼說？」

「因為我不明白這麼做有什麼意義。」

「全年最轟動的新聞，」他說。「甚至他什麼都沒做，大家就可以拿他來賣報紙了。」

「現在我們需要他的時候，他在哪裡？」

「全紐約的人都憋著氣，想知道他接下來要做什麼。雖然他宣布退休了，不過也許他是在等候時機。每個人都等著他下一個行動，想知道他名單上的下一個名字會是誰。」

「可是我們比其他人更清楚。」

「欸，你知道真相的時候，」他說，「不是該告訴某個人嗎？查案子不就是這樣子，找出真相，告訴某個人嗎？」

「不見得。有時候發現了真相，你只放在心裡。」

他思索著。「一條大新聞咧。」他說。

「應該是吧。」

「大家一定會說，這是年度最大新聞。」

「每個月都有新的年度最大新聞，」我說，「每一年都會有十年來最大新聞和世紀大審。報紙的煽動力不必你我操心。不過你說得沒錯，這會是一條大新聞。」

「你的名字會登上每一份報紙。」

「而且如果願意的話，我的臉會出現在一堆電視攝影機前面。甚至我不願意都不行。光這點就足以讓我不透露這條新聞了。」

「因為你害臊。」

「我只是不想成為焦點人物罷了。我不在乎自己的名字偶爾出現在報紙上。這可以吸引客戶，不過我也不希望有太多生意上門，現在這樣能選擇一下挑著案子辦就不錯了。但是這件事不是出點小風頭而已，這會是個媒體馬戲團，而我可不想當場子裡那隻受過訓練的海狗。」

「所以威爾的祕密很安全，」他沉思著，「只因為你不想上電視。」

「我可以躲掉絕大部分的出名機會。我可以告訴喬，讓他偷偷去告訴適當的人。他會找到機會讓其他人拿這個功勞。如果我要採取什麼行動的話，大概就是這個了。」

「可是你搞不好連這個都不做。」

「搞不好。」

「為什麼？」

「因為他是一條睡著的狗，」我說，「也許讓他繼續躺著比較好。」

「你要怎麼決定這件事？」

「先跟一些人談談。」

「就像現在跟我談這樣？」

「完全正確，」我說。「這是過程的一部分。」

「很高興我也小有貢獻。」

「我會回家跟伊蓮說，」我說，「晚一些，我也會在戒酒聚會上講。我不會講得太具體，也不會有人聽出我在講什麼，不過這樣有助於我理清思路。然後我應該還會找某個人商量。」

「誰？」

「我認識的一個律師。」

他點點頭。「好像每個人都要先跟律師商量後才能做點事。」

8

伊蓮和我在第九大道的巴黎綠吃晚飯，我們持續談著一個特定的話題。從前菜的蘑菇一直到餐後的卡布其諾咖啡。飯後我送她走回凡登大廈，然後繼續往前走到第九大道的聖保羅教堂參加聚會。我遲到了十分鐘，坐下來時，演講者正講到他喝第一杯酒的事情。我沒聽到他家族酗酒的歷史，不過不必聽也跟得上。

中間休息時，我倒了咖啡和幾個人閒聊了一下，聚會重新開始後，我舉手發言說，我得下個決定。我講得很模糊，沒有人聽得出我在指什麼，不過在戒酒無名會的經驗分享談話中，這也不算異常。我說了些心裡在想的事情，接著一個電視機設計師說他正猶豫該不該回家過感恩節，再來一個女士說她正在跟一個喝無酒精啤酒的男士約會，整件事讓她心中困擾不已。

聚會結束後，我跟一些朋友走到火焰餐廳，不過婉拒跟他們進去喝咖啡，推說我還有個約。我往哥倫布圓環走，搭IRT市中心線到克里斯多福街。十點半前，我來到商業街一戶人家的門廊，敲敲門上的獅頭門環。

商業街只有兩個街區長，而且方向跟一般街道不同，所以不太好找。我在第六分局待過頗一段日子，所以對格林威治村很熟，而且過去幾年我來過這個街區幾次。一次是和伊蓮去對面的櫻桃街戲院看一場表演。另外幾次則和這次一樣，去拜訪雷蒙．古魯留的住宅。

我沒等太久，他打開門，讓我進去，臉上高興的帶著微笑，是他的勝利表情。那個微笑彷彿在宣布整個世界是個超級大笑話，你和他則是唯一身在其中的人。

「馬修，」他說，拍拍我的肩。「我剛煮了咖啡，有興趣嗎？」

「當然了。」

咖啡又濃又香又黑，和我在聖保羅教堂地下室用保麗龍杯喝的苦泥漿水完全是兩個世界。我告訴了他，他笑了。「我每次去聖路克坊的戒酒聚會，」他說，「都用保溫瓶帶咖啡去。我的輔導員說這是我把自己跟其他人隔離開來的方式。我說其實這是把我自己和胃炎隔離開來的方式。你說呢？」

「兩者我都同意。」

「外交辭令。好吧，除了來喝我的超級好咖啡外，你來還有什麼事？」

「上回我跟你談的時候，」我說，「你說艾卓恩．懷菲德不是自殺的。還記得嗎？」

「記得很清楚。之後沒多久，威爾就寄了封信，說艾卓恩是他殺的，證明了我的觀點。」

我又喝了一口咖啡，實在很不錯。

我說。「艾卓恩是自殺。信是他寫的。所有信都是他寫的，那些人也都是他殺的。他就是威爾。」

15

「他可能是被謀殺的，」我說，「雖然我搞不懂威爾是怎麼辦到的。假設他有門路，假設他爬上那棟大樓的外牆從窗戶進去，或者打開門鎖，解除防盜警鈴系統，之後又重新設定。不過再怎麼看，這都是個正宗的密室殺人之謎。

「不過如果是自殺，要命，還有什麼比在自己的威士忌裡面下毒更容易的？只要有幾分鐘的獨處時間，他就隨時可以下毒，對他來說機會太多了。只要打開瓶蓋，把氰化鉀的結晶粉末倒進去，再把蓋子蓋上就成了。」

「而且不要誤喝那個特定的瓶子，直到他準備好搭上死亡列車為止。」

「沒錯，」我說。「不過回到一開始的論點。在缺乏任何財務動機之下，為什麼要費盡一切麻煩，把自殺布置得像謀殺？先不談動機，為什麼要布置成一個密室殺人之謎？為什麼要讓整件事看起來像個不可能的謀殺？」

「為什麼？」

「這樣功勞才能歸給威爾，整個過程看起來才沒有問題。這會是威爾的最後一次達陣得分。為什麼不好好安排，讓威爾風光退場？」

他想了想，緩緩點頭。「如果他是威爾的話，那倒是很合理。不過前提是：只有他是威爾，才能成立。」

「我同意。」

「那你是怎麼知道的？因為如果這只是個你空想出來的假設，純粹因為這樣才能解釋這樁只可能是自殺的密室謀殺案……」

「不是我編的。還有一些事情引起了我的懷疑。」

「哦？」

「第一天晚上我在他公寓裡，」我說，「他的身上沒有酒味。」

「哎，看在老天份上，」他說。「你為什麼不早說？耶穌啊，沒想到你沒當場把那個狗娘養的抓起來。」

不過他沒再打斷，靜靜聽我解釋初次造訪懷菲德位於公園大道公寓的種種回憶。「他明明沒喝酒，卻強調他喝了，」我解釋。「他為什麼要撒這種謊？他喝得不凶，而且也沒說自己喝得凶，可是他喝酒，甚至還在我面前喝了一杯。所以他編那個藉口做什麼？為什麼要假裝他那天晚上稍早喝過酒？

「我不必為了做出他跟我撒謊的結論，而回答這個問題，我也不認為他這麼做沒有原因。那麼，這個謊話的目的是什麼？只是強調他的確被威爾的威脅嚇到而已。他到底說了些什麼？有幾句是這麼個意思，『我真的結結實實被嚇到了，事實上我嚇得今天已經喝了兩杯酒，現在我還要再喝一杯，你可以站在這裡看我喝。』

「為什麼他希望我認為他被嚇到了？我想來想去一直想不透。唯一的推測就是，他之所以捏造事實，好讓我對他的恐懼印象深刻，唯一的理由是因為那些恐懼根本不存在。這也是為什麼他要撒那些謊。他希望我認為他害怕，因為他根本不怕。」

「何必多此一舉呢？一個才剛連續殺了好幾個人的小丑給他蓋上死亡印記，難道你原先會以為他不怕嗎？任何人會以為他不怕嗎？」

「你會這麼想，」我說，「不過他知道一些我不知道的。他知道他不怕，而且他知道他沒什麼好怕的。」

「因為威爾不會傷害他。」

「如果他是威爾，就不會。」

他皺起眉頭。「這是個邏輯上的大跳躍，不是嗎？他假裝自己很害怕，因此他根本不怕，因此他沒什麼好怕的。因此他就是犯罪大師兼連續殺人犯威爾。我大一邏輯課學的差不多忘光了，可是看來是藥膏出了差錯。」

「藥膏出了差錯？」

「藥膏，就是有漏洞的意思啦。也許他不害怕是因為他已經癌症末期了，他想威爾只不過是幫了他一個忙罷了。」

「這一點我想過。」

「而且，因為他瞞著自己的病不讓人知道，所以他才在你面前故作害怕狀，免得你疑心他為什麼不煩惱自己將成為威爾的下一個頭條新聞。」

「這一點我也想過。」

「所以呢？」

「我承認是有這個可能，」我說，「可是感覺上就是不對勁。為了拿來當藉口？這樣的動機太過薄弱。就算我覺得他不害怕，那又怎麼樣？我只會以為他個性堅忍罷了。但如果他想隱瞞自己是威爾的這個事實，那麼，我們就可以理解他之所以會有那些表現，是為了守住那個祕密。」

「那接下來呢？」

「我研究了第一樁謀殺案。」

「理查・佛莫。」

「理查・佛莫。艾卓恩的客戶，後來又替他服務一次，這回免費。」

「馬修，任何律師都能替理查脫罪，並不是因為艾卓恩比較高明的關係。那個叫倪格麗的妞兒一上吊自殺，整個案子就垮掉了。艾卓恩又沒害死她。」

「的確。」

「你認為他覺得自己有責任？」

「我還沒推得那麼遠。我想他認為理查無罪獲釋是司法完全失敗的一個例子，而且我想他看到馬提・麥葛羅的專欄後，認為馬提說得沒錯。如果沒有理查，這個世界將會更美好。」

「有多少人看過那篇專欄？其中又有多少比例的讀者認同麥葛羅的說法？」

「很多人看過，」我說，「而且大部分都可能同意那個觀點。艾卓恩有一些我們其他人欠缺的東西，事實上有兩個。他在理查穿越司法大廳的小小舞蹈中扮演了一個角色，他或許覺得自己對判決的結果至少有些責任。或許他已經放棄要替理查上訴了。」

「好吧，這是推論，不過我姑且同意。你說有兩個東西，另外一個是什麼？」

「他有接觸的門路。」

「用來接觸什麼？打人的鈍器嗎？或者把他吊在樹上的繩子？」

「接觸理查的門路。雷蒙，你想想。這個狗娘養的鐵定殺了那些小孩，可是他卻逃過制裁，現在他自由了，可是他是個賤民，一個操他的道德麻瘋病患。現在你是威爾，一個具有公共精神的市民，決心要執行險惡的正義。你會怎麼做？去電話簿上找他的姓名地址？然後打電話給他，說你想跟他談談投資免稅債券的優點？」

「可是艾卓恩知道怎麼找到他。」

「當然。他是他的律師。而且你想，理查會拒絕跟他碰面嗎？或者會提防他嗎？」

「你永遠想不到這些當事人會做出什麼事情來，」他說。「審判期間，你的地位僅次於他的家人，等到他最後被無罪釋放後，他們根本就不希望認識過你。我以前覺得那是忘恩負義。稍後我判定，這是因為他們想把這段經驗拋開。」

「那現在呢？」

「現在我又回到原來忘恩負義的那個想法。天曉得這種事情還真多。」他坐在椅子上往後靠，手指在腦後交叉。「就算你是對的好了，」他說，「艾卓恩的確有接觸的門路。他可以打電話給理查，而理查也會見他。」

「而且不會防著他。」

「你說得沒錯。艾卓恩不必假扮成十二歲的小姑娘去敲他家的門。除了推測之外，你還查到些什麼東西，能證明他們碰過面嗎？」

「警方有人力，可以找出一個見過他們兩個碰面的目擊證人，」我說。「我連試都沒試。我是從反方向去查，證明理查遇害時，艾卓恩在別的地方。」

「比方說，去出庭或是離開紐約了。」

「這類東西都可以提供他不在場證明。我查過他辦公室的桌曆和工作時間表。我不能證明他沒有不在場證明，因為他已經沒法回答我的問題了，可是我也找不到任何證據替他建立一個不在場證明。」

「那其他人呢？帕奇・薩勒諾是第二個受害者，又是另一個有名的當事人？」

「艾卓恩沒代表過他。不過幾年前，他曾替帕奇手下的人辯護過。」

「所以呢？」

「也許他因此得知一些事而痛恨薩勒諾。我不知道。或許他因此和帕奇的生活圈有接觸，某個人可能曾偷偷告訴他帕奇會在何時去何地吃晚餐。」

「所以艾卓恩可以先去那兒，躲在廁所裡。」他搖搖頭。「首先就很難想像他會走進廁所，這個凶悍的律師跑到亞瑟大道去吃一盤通心粉和茄子。他要怎麼躲在廁所裡？又怎麼能確定帕奇會想上廁所呢？姑且同意帕奇年紀大了，上廁所的頻率會增加，可是也還是可能要等上很久。艾卓恩那個人可沒耐性在裡頭待那麼久。」

「接下來又是推論了。」我說。

「說吧。」

「也許他根本不必試著在裡面待很久。也許他根本不必偽裝，乾脆就利用自己的身分，或許他之前聯絡上帕奇，訂下了一個超祕密的約會。」

「用什麼藉口呢？」

「帕奇底下有個叛徒。檢察官辦公室走漏了一些風聲。有關其他犯罪家族的可靠情報。誰曉得他編了些什麼？帕奇沒有理由起疑心。他唯一擔心的電線是你身上的竊聽器，不是繞在脖子上的那條。」

「他甚至可以讓帕奇挑時間和地點，」雷蒙說。「『我會替你打開餐廳的後門。你溜進來，洗手間就在走廊右邊。』」

「我根本不知道那家餐廳有沒有後門。」我說，「可是總之他讓帕奇訂下了約會，而且他確定帕奇不會跟任何人提起。」

「所以他的身分提供了接觸的門路。就跟他對付理查一樣。」

「我只是想到，對他來說，這或許是最好的做法。」

他點點頭。「一想到威爾，」他說，「你腦中浮現的畫面是個在城市街道間來無影去無蹤的日本忍者。可是最好的掩飾其實可能是三件頭西裝。我想你替他查過薩勒諾謀殺案的不在場證明了吧？他當時應該不是去蒙大拿州用假蚊鉤釣魚吧？」

「就我所能查到的，他當時就在紐約。」

「其他八百萬紐約市民也在紐約，」他說，「可是你卻沒指控他們謀殺。朱里安·若許德呢？艾卓恩計畫要怎麼進入聖奧本斯的圍牆內？」

「我不知道，」我承認。「或許他計畫要引誘若許德出來。我知道若許德遇害時，他沒在那兒。他那天晚上跟——」我查了一下筆記本——「亨利·柏哈許和迪威特·帕瑪在一起。」

「一個是法官，一個是大學校長？紅衣主教沒能出席實在太可惜了。我想他們三個人不會是在西街的同性戀酒吧碰面吧。」

「他們在基督聖殿餐廳吃晚飯，然後去看史塔伯的新戲，坐在第五排，之後去雅金庭酒館喝杯酒。他的桌曆上做了記號，另外還有信用卡收據和戲院的票根。」

「真是無懈可擊，」他說。「這樁威爾沒幹的謀殺案，你替他找到了一個堅強的不在場證明。」

「我知道。」

「你想這是他設計的嗎？他知道西皮歐會動手，所以才把自己掩護得這麼好？」

「我想這是巧合。」

「因為有不在場證明不是他的錯。」

「答對了。」

「另外兩樁謀殺案，他沒有不在場證明，那就讓他有嫌疑了？」

「對。」

「可是還漏掉一個案子，對吧？那個墮胎先生。他大概不喜歡人家這麼叫他，對不對？我想他寧可大家叫他反墮胎先生。」

「未出生胎兒的保護者。」我說。

「羅斯偉．貝利。不是在骯髒的老紐約被殺死的，而是在半片國土之外的美國電視購物首都。」

「奧馬哈？」

「你不知道奧馬哈是電視購物首都？那些有線電視頻道的廣告，有二十四小時免費電話讓你訂購最流行的CD，接你訂單的人裡頭，十個有九個的辦公室是在奧馬哈。貝利遇害的時候，艾卓恩有不在場證明嗎？」

「有。」

他掀了掀眉毛。「真的？那就擊垮了你的整個理論，不是嗎？」

「不，」我說，「這是我所掌握最堅強的證據，而且堅強得讓我今天晚上來到這裡。你知道，貝利被謀殺時，艾卓恩的確有不在場證明，可是充滿漏洞。」

8

「他去費城了，」我說。「來回都搭大都會特快火車，而且都預定了特別客車廂的位子。車錢是用美國運通卡付的。」

「他在費城住哪兒？」

「靠近獨立紀念館的那家喜來登飯店。他在那兒住了三晚，也是用美國運通卡付帳。」

「同時羅斯偉．貝利在奧馬哈被殺害。」

「沒錯。」

「兩地距離多遠？兩千哩嗎？」

「差不多。」

「別吊我胃口了，」他說。「這顯然會洗清艾卓恩的嫌疑。他跟這案子有什麼關係？」

「告訴你我的想法，」我說。「我認為他去了費城，登記住進了喜來登飯店，打開行李。然後我想他提起公事包搭計程車去機場，用現金付機票錢，而且出示一張A．強森的證件，搭上中西快捷航空公司的飛機經密爾瓦基到奧馬哈，用艾倫．強森的名字住進希爾頓飯店。登記時出示了一張那個名字的信用卡，可是離開時卻是付現。他在那兒殺掉貝利，然後在屍體被發現前就離開了。」

「然後飛回費城，」雷蒙說。「然後收拾行李，付掉房錢，搭上火車。」

「對。」
「而且我們的強森先生人在奧馬哈或者在去的路上這段時間，你沒查到艾卓恩人在費城的證據。」
「什麼都沒查到，」我說。「他飯店的帳單沒有電話記錄，也沒有食物的費用，沒有任何東西可以證實他待在那個城市，除了他付了飯店房間的錢之外。」
「我想不會有女服務生記得他的床有沒有睡過吧？」
「過了這麼久？除非她曾在那個床上跟艾卓恩睡過，否則不會記得。」
「馬修，他為什麼要去費城？你剛剛說是因為他要設計一個不在場證明，我也了解，可是他表面上的理由是什麼？」
「表面上看來，他是有幾個約。他的桌曆上列了四五個約會。」
「哦？」
「上頭寫了時間和對方的姓氏。我想那些不是真的約會，只是寫出來做做樣子而已。我查了他的旋轉名片夾，都找不到那些名字。而且我查過他家裡和辦公室的電話帳單。那陣子唯一打到費城的電話，是打去喜來登訂房間的。」
他想了想。「假設他去費城見的是個有夫之婦。他從公用電話打電話給她，因為——」
「因為她老公會檢查艾卓恩的電話記錄？」
他又重新講一套。「他完全不能打電話給她，」他說。「只能她打給他，這也是為什麼他的電話帳單上沒有打給她的記錄。他桌曆上的約會其實是跟她，不過名字是假的，免得有人看到他的桌曆認出她的名字。他到了那裡就沒離開過房間，她有時間就會去找他，然後另外有個名叫強森的人飛去奧馬哈又飛回來，不是因為他是威爾，而是因為他想跟投資專家華倫．巴菲特討論投資的事情。」

「艾卓恩一直待在房間裡頭，卻從沒點個客房服務的三明治？也沒吃過房間裡要另外算錢的那些零食和飲料？」

我又從頭說了一次，讓他提出疑問，然後一一反駁。

「艾倫．強森，」他說。「叫艾倫沒錯嗎？」

「住進希爾頓的名字是艾倫，但航空公司登記的只有字首縮寫。」

「如果你在艾卓恩書桌最上端的抽屜發現一個裝滿這個名字證件的皮夾，我就會認為你有些證據了。」

「他可能把皮夾收在櫃子裡，」我說，「或者鎖在哪個銀行保險箱裡頭。不過我猜想，他一確定自己再也不需要這個皮夾後，就把皮夾給扔了。」

「是什麼時候確定的呢？從奧馬哈回來後？」

「或他寫完那封把自己列為威爾最後一個目標的信之後。或者稍後，如果這個名字出現在一張最近購買氰化物登記的名單上，那就太棒了。」

「你要怎麼去找這個名單？」

「得想辦法查，艾卓恩驗屍確認死於氰化物之後，很可能有人去查過。我們可以確定艾卓恩的名字沒列在上面，否則報上就會登出來了。如果他買氰化鉀得出示身分證件，那一定不會用自己的。」

「而且他覺得再利用艾倫．強森一次會比較保險。」

「對，除非他已經把證件丟了。我想他不會太憂慮有人把兩個強森聯想在一起，一個是奧馬哈飯店住宿名單上的強森，另一個是紐約毒物管制名單上的強森。」

「的確。」

他告退一下，回來時說自己好幸運——沒有人躲在浴室裡等著要勒死他。

「不過我上不了他的名單，」他說，「因為上頭已經有一名律師了。他那個名單的範圍還真廣，不是嗎？」

「沒錯。」

「一個性心理變態，一個黑手黨老大，一個爭取生命權利的，還有一個黑人暴力煽動者。每個人都一直想從中找出一個共同特徵。原先你以為如果知道是誰幹的，死者的共同點就會很明顯，結果還是看不出來。」

「他其實只需要殺第一個人的原因，」我說，「而他已經有了。他一直想著他在理查．佛莫獲釋這件事情裡頭所扮演的角色，麥葛羅的專欄促使他採取行動。那時候他很可能只想殺一個人就好。」

「然後發生了什麼事呢？」

「我猜他發現他喜歡殺人的滋味。」

「你是指從中得到刺激感？一個中年律師忽然間發現自己也有個變態的靈魂？」

我搖搖頭。「我並不認為他是忽然間變成一個冷血殺手。但我想他從中獲得了滿足感。」

「滿足感。」

「我想是，沒錯。」

「殺人可以得到滿足感，讓這個世界更美好。你是這個意思嗎？」

「差不多吧。」

「我想應該會有滿足感，」他說。「尤其對一個已經被宣判死刑的人來說。『我離開人世之前，能做些什麼來改善這個世界？噢，我可以宰了那個狗娘養的。這麼一來，我也許無法長生不死，但至少我比你活得久，你這混蛋。』」

「就是這個意思。第一個是理查。第二個是因為他想再殺一個人，所以他挑了另一個法律沒法制裁的人。他知道一些帕奇．薩勒諾的齷齪事，足以讓他對此人產生強烈的負面意見。」

「之後呢？」

「我想他的動機愈來愈薄弱。第三和第四個都一樣是法律無法制裁的人。羅斯偉．貝利明明曾挑起一些暴力活動，導致墮胎醫生的死亡，可是法律卻無法動他們一根汗毛。我想這裡頭沒有個人因素，除非艾卓恩認識某個醫生，或對墮胎權利這個主題有強烈的感覺。」

「他姐姐。」雷蒙忽然說。

「他姐姐？我不知道他有兄弟姐妹。」

「他跟我提過一次，」他說。「很久以前了，那時他每天大喝特喝，遠遠不只一杯即止。他當時就喜歡純麥蘇格蘭威士忌，不過我忘了哪個牌子。」他忽然匆匆一笑。「可是我記得那個味道。想不到吧？那時我們都喝得半醉，他告訴我他姐姐的事情。她比艾卓恩大兩三歲。死的時候正在外地念大學，艾卓恩則快高中畢業了。」

我想我知道結果怎樣，但我還是發問了。「她是怎麼死的？」

「敗血症，」他說。「那種感染像野火似的又快又猛。當時他只知道這些。幾年後他才從母親那兒得知詳情。他母親直到他父親過世才告訴他，當然你猜得出是怎麼回事了。」

「對。」

「密醫墮胎引起的敗血症。這讓艾卓恩成了墮胎權的捍衛者嗎？你應該曉得沒有。或許他偶爾會捐點錢，或者去投個贊成合法墮胎的候選人，或者去投反墮胎候選人的對手一票，但他沒有在一堆請願書或公開信上簽名，我也沒見過他在聖派屈克教堂外面示威過。」

「可是當他得擬出一份謀殺名單的時候——」

他點點頭。「當然囉，為什麼不？『這是替你報仇，老姐。』」他摀著嘴打了個哈欠。「真好笑，」他說。「我喝酒的時候從來不會累。當時熬夜談話是全世界最容易的事情。」

「我回家好了，讓你睡點覺。」

「坐下，」他說。「我們還沒談完呢。總之，我們只需要再喝點咖啡。」

∞

「你根本沒有所謂的證據，」雷蒙．古魯留說。「這些東西要起訴還差得很遠，更別說想定罪了。」

「這點我了解。」

「不過我承認，既然被告已經不在人世，想起訴和定罪還有待商榷。」他坐回原來的位置。「而且你不打算說服陪審團，對不對？你想說服的是我。」

「然後呢？」

「然後我想我已經被說服了。」

「要找到足夠的證據不是辦不到，」我說，「只要有一大堆拿著警徽的傢伙去查。他們可以印幾打艾卓恩的相片，到幾個機場和飯店拿給大家看，就能找到一個記得他的人。去奈拿克斯電話公司調閱他家裡和辦公室的電話記錄。他也許大部分打公用電話，但是會有少數幾通和威爾的行動有關。然後仔細搜查他的公寓和辦公室，之前我不是沒有時間就是沒有足夠的權力，這麼一來，誰曉得會發現什麼強有力的證據。」

「那問題在哪裡？」

「問題是我該拿這隻睡狗怎麼辦。」

「按照慣例，你應該要讓他安息。」

「我知道。」

「艾卓恩已經死了，威爾也正式退休了。他在他的最後一封信裡這麼說。他是怎麼弄的？離開法庭時順便把信丟進郵筒？」

「看來是這樣。」

「先寫好那封信，貼上郵票，隨身帶著。然後等他的案子一結束，他的當事人剛好有個機會改認個比較輕的罪，就到了投降的時候了。於是他寄掉那封信，回家演最後一場戲。」

「先打電話給我。」我說。

「先打電話給你，說他希望有更多時間跟你相處。然後出去客廳，好確定那個保鏢能看著他喝最後一杯酒，然後親吻地板。至於給《每日新聞》的那封信寫錯了郵遞區號，你想是故意讓那封信晚點被收到嗎？」

我搖搖頭。「我想不是。這種方法能不能奏效很難說。他們報社每天會收到那麼多信，所以在郵件遞送途中，很可能會有某個郵局職員看到那封信，挑出來丟到正確的位置。我想他只是不小心把郵遞區號寫錯而已。」

「我猜他有一大堆心事。」他面對著我，探索著我的眼睛。「你知道我怎麼想嗎？我想你必須把你的收穫交給警方。」

「你為什麼會這麼想？」

「因為如果不這樣的話，他們就會冤枉無辜的人，到頭來瞎搞幾個月白忙一場。你想他們會調派多少人手去查威爾的案子？」

「不知道。」

「反正很多人。」

「那當然。」

「好吧，假設他們不會去找其他人的麻煩，」他說，「那你大可以讓他們繼續浪費時間，只不過我根本不知道這個假設是否成立。誰曉得在尋找威爾的過程中，他們會改變多少人的人生？」他打了個呵欠。「不過還有一件更該考慮的事情。你的客戶是誰？你該如何為他爭取最大的利益？」

「我唯一有過的客戶就是艾卓恩。」

「好吧，你沒有辭職，他也沒有解雇你。所以我想，他還是你的客戶。」

「根據這點，我應該讓他安息。」

他搖搖頭。「你漏掉了一些東西了，馬修。艾卓恩為什麼會雇用你？」

「我給了他一些保全措施的建議，但是不肯收他任何費用。我想他雇用我只是變相的付我鐘點費而已。」

「他要你去做什麼事情？」

「去查整個案子。我告訴過他，我恐怕查不出什麼。」我想到一些事情。「他曾經暗示說，我喜歡咬著一個案子不放，可以稱之為頑固。」

「你的確是這樣。你還不明白嗎？他希望你解開這個案子。他不想留下任何蛛絲馬跡。他要提防每一個人，他希望幕落時，觀眾屏息以待。然後，等到換幕時間過後，他希望有機會出來鞠躬謝幕。這就是你上場的時候了。」

我想了想。「我不知道，」我說。「他為什麼不留下一封信，設計好在他死了一段時間後寄出？說到這裡，別忘了我們現在談的是個騙術高明的連續殺人犯。你真覺得你了解他的心意嗎？」

「那就都算了。管他想要怎樣或不想要怎樣。你是個偵探，去做你該做的事。這也是為什麼你會追查到今天，而且能夠查出結果。」

「如果算是有結果的話。」

「而這也是為什麼明天你會去找你的朋友德肯，告訴他你所查到的。」

「因為身為偵探，我要做該做的事。」

「沒錯。而且我想你義不容辭。」

16

次日我們正在吃早餐時，電話鈴響了起來。伊蓮去接，結果是阿傑，問伊蓮要不要他幫忙看店。她跟他談了一會兒，然後說，「你等一下，」接著把話筒交給我。

「不是桃子核，」他說。「得把核敲碎，裡頭有核仁。」

「你在說什麼？」

「氰化鉀啦，大哥。就是他放進蘇格蘭威士忌酒瓶裡的有沒有？我不敢說你能不能靠吃桃子核的核仁自殺，不過有個傢伙吃杏桃自殺過。不是吃一個，而是吃十幾二十個，就夠他死翹翹了。」

「你是指杏桃的核仁吧。」

他沉默片刻，我可以想像他在電話那頭翻白眼的樣子。「如果吃十五二十顆杏桃的核仁會死掉，你不覺得杏桃的包裝袋上應該寫個警告標語嗎？那個傢伙敲碎一堆果核，吃掉裡面的核仁，結果那成了他的最後一餐。」

「那是自殺嗎？」

「不確定。說不定他是用來治療癌症的。有種藥是從杏桃的核仁裡提煉出來的，有人發誓說有效又有人發誓說沒效。那種藥叫雷崔爾嗎？說不定我唸錯了音。」

「我聽過這個藥。」

「所以這個吃了核仁的傢伙，可能是在實行自助式的雷崔爾療法。不過我們想知道的是能不能用這個方法自殺，吃桃子核，吃上十五、二十顆，我想答案是可以，至少吃杏桃是可以的。前提是，你要笨得會去試才行。」

「反正我不認為艾卓恩是從杏桃核裡弄到氰化鉀的。」

「對，不過還有很多方法可以弄到。結果所有工業都用得到這種狗屎。」他又繼續跟我說一些氰化鉀的事。「所以他的名字很可能會出現在購買的名單上，」他說，「或者可能是艾倫．強森。但也可能不會。尤其有這麼多方法可以弄到。」

「你怎麼得知這些知識的？」

「電腦呀。」

「你又沒有電腦。」

「這個女孩有。」

「什麼女孩？」

「我認識的一個女孩。不像港家兄弟，她不是駭客，不懂這些花招，比方潛進網路和資料庫之類的。她只是用電腦來寫作業、記記帳什麼鬼的。」

「所以你就問她的電腦這些桃子核和氰化鉀的事情，然後它就把這些資訊跑出來給你？」

「你不能用問的，電腦只是個機器。」

「喔。」

「她有個網路線上服務，了解嗎？你掛上去，瀏覽不同的訊息布告欄，如果看到某個人可能有辦法回答你的問題，你就寄個電子郵件給他。然後他會給你回信。就像講話一樣，只不過是在螢幕上交談罷了。」

「喔。」

「另外呢，你可以把問題貼在那個訊息布告欄上，然後會有人把他們的回答貼上去，你自己稍後再去查。或者他們會直接寄電子郵件給你。無論你有什麼問題，總會有人曉得答案。」

「喔。」

「當然囉，有時候你得到的回答是錯的，因為通常不懂的人比懂的人愛回答問題。所以我講這些杏桃的核仁的東西不能保證都對，老哥。細節部分搞不好有錯。」

「原來如此。」

「總之，」他說，「我知道了這些事，所以我覺得該跟你報告一聲。如果你需要我的話，稍後我會待在伊蓮的店裡。」

∞

我喝完咖啡正要出門時，電話鈴響了。

是喬·德肯。「我們得談談。」他說。

「我正要過去你那裡。」

「別到這兒來。有個咖啡店，我跟你去過一次，是希臘咖啡店，在第八大道上，四十四街和四十五街之間。我忘了叫什麼，前陣子他們重新裝潢時換了店名，不過還在原來的地方。」

「我知道你講的那家店。就在第八大道靠東那一邊。」

「好，十分鐘後碰面行嗎？」

「沒問題。我請你喝咖啡。」

「我只希望你老實回答我問題，」他說。「誰付咖啡錢我才不鳥哩。」

8

我到的時候，他坐在卡座裡，面前擺了一杯咖啡，臉上的表情莫測高深。他說，「我想知道你所查到關於威爾的事情。」

「你怎麼會提起這個？」

「我怎麼會提起這個？早上我打了個電話，只是想問問艾倫·強森的名字會不會剛好出現在他們從毒物管制署那邊調來的名單上。」

「我猜結果剛好矇對了。」

「你是說那個名字嗎？不可能，因為我根本沒來得及講名字。我什麼都沒搞清，就莫名其妙被嚴刑拷打一番。我知道什麼關於威爾的事？怎麼知道的？從哪裡知道的？」

「那你怎麼回答？」

「說我是在查別的案子時，從一個消息來源那兒得到的。我沒提起你名字——你擔心的就是這個吧。」

「很好。」

「我之所以沒把你扯進來的唯一原因，」他說，「是因為我想在把你的名字供出去之前，先看看你知道多少。這個艾倫．強森為什麼會是威爾？你又是怎麼查到他的，還有他到底是誰？」我正猶豫著，他又接著說：「還有，不准瞞著我什麼，馬修。如果你要放煙幕，去別的地方放，好嗎？如果你瞞著我什麼，你知道，那個狗娘養的已經謀殺了四個人。不要坐在這兒乘他媽的涼，讓他繼續在外頭殺人。」

「他不會再殺任何人了。」

「為什麼，因為他已經承諾過？他殺人，可是絕對不說謊？」

「他的殺戮歲月已經結束了。」

「你確定他不會改變心意嗎？」

「他沒辦法。」

「怎麼說？」

「因為他已經死了，」我說。「他殺的最後一個人就是他自己。我沒放煙幕也沒有隱瞞。威爾就是艾卓恩・懷菲德。他殺了三個人，然後自殺。」

他瞪著我。「換句話說，結案了。你的意思是這樣吧？」

「警方還得花些力氣確認、蒐集證據，不過——」

「可是威爾的歷史和這個偉大城市的人民可以安然入眠了，對不對？」

「其實不對，」我說，「你的口氣好像對這件事不怎麼熱心，你有什麼情報嗎？」

「我有什麼情報？我什麼都沒有。不過我可以告訴你總部那邊有什麼情報，不過等我告訴你消息來源，你就猜得出是什麼情報了。我們的老友馬提・麥葛羅。」我看著他，他點點頭。「沒錯，就是這樣，」他說。「他又接到一封威爾的信。」

17

那封信顯然是在看過馬提・麥葛羅最近一篇專欄文章之後寫的，就是那篇間接邀請威爾粗魯的解決掉紐約洋基隊老闆的專欄。標題是「給馬提・麥葛羅的一封公開信」，信的一開頭提到了馬提・麥葛羅那篇文章的最後一段。「你問說，當你們需要我的時候，我在哪裡，」他說。「只要想想我是什麼，這個問題本身就已經是答案了。人民的意志一向就存在，甚至就如同大家也一向都需要它。這種意志化身為某個特定的血肉之軀，寫了這些信，而且在最近幾個月被召喚去進行幾樁行動，只不過是人民意志的具體顯現罷了。」

它繼續用這種抽象的筆法寫了一兩段，然後轉入正題。雖然信的標題寫著馬提・麥葛羅，但他並不是威爾的目標，洋基隊那位自大的老闆也不是。反之，他列出了三位紐約人的名字，指控他們眾所周知的惡劣行為違背了公眾的利益。

第一位是運輸工人的工會領袖彼得・塔利，他已經威脅要以巴士和地鐵罷工迎接新年。第二位是馬文・羅姆法官，他審案一向偏袒，從來沒碰過他不喜歡的被告。最後一位是《紐約時報》資深劇評家瑞吉斯・基朋。

那封信的影印本，我是後來才看到的。「你一直在搖頭，」喬・德肯說，「你會覺得自己該打四十大板吧。」

「那封信不是威爾寫的。」

「你已經說過了。我記得還講得非常詳細。」

白天我們都在一號警局廣場的一個會議室度過，我不斷把自己的說法重複跟不同組的警探說。其中一些表示很佩服，但是也有一些表現出一副諷刺或施恩的樣子。不過無論是什麼態度，他們都一再質疑我的說法，好像這是他們份內該做的事情。他們看起來都年輕得不像話，我想也的確。他們的平均年齡想必是三十五歲左右，跟我差了二十來歲。

我不懂為什麼同樣的問題要問那麼多遍。部分原因或許是要檢查我的說詞是否互相矛盾，或能否提供進一步資料，但其實我猜這只是他們已習慣於一套例行公事。多聽幾遍我的故事，要比他們自己用腦袋多思考來得容易多了。

同時，其他人出去做自己的事情。他們派了一組人去搜艾卓恩的公寓，還有另一組去搜他的辦公室。他的照片傳到奧馬哈和費城，還有中西快捷總公司所在地密爾瓦基。他們不見得都告訴了我，但我猜想某些確實的證據開始出現了，因為那個下午三四點左右，他們對我的態度有了轉變。那時顯然他們已經知道，我講的事情不光是胡說八道而已。

整個過程喬也參與了。他沒有一直待在會議室，中間有一度，我以為他已經回家或回他自己的分局了。不過他又重新出現，帶了一個三明治和一杯外帶咖啡給我。沒多久他又不見了，不過當我終於獲准可以回家時，他正坐在外頭辦公室的一張椅子上。

我們走過了兩個街口，中間經過了幾家警察常去的酒吧，最後來到巴斯特街一家越南餐廳的吧台。那個地方幾乎是空的，只有一個人坐在一張桌子邊，另外一個人縮在吧台的角落慢吞吞的喝啤酒。吧台後面的女郎看來頗具異國風情，不過一臉厭倦的表情。她替喬調了一杯馬丁尼，又給了我一杯可樂，就走開了。

喬喝掉三分之一杯的馬丁尼，然後把杯子舉高。「我點這個，」他說，「不是因為我喜歡這些東西的味道，而是因為經過像這樣的一天之後，我想喝點東西鬆弛一下神經。」

「我懂你的意思，」我說。「這就是為什麼我會點可樂。」

「的確。別告訴我你從不曾有那種衝動，想喝強烈點的飲料。」

「我常有那種衝動，」我說。「那又怎樣？」

「不怎麼樣。」他對著酒保那個方向點點頭。「談到衝動，」他說。

「哦？」

「你覺得是怎樣，黑人父親和越南母親？」

「差不多吧。」

「一個離家遙遠的寂寞美國大兵。一個年紀很輕卻擁有東方古老知識的女郎。你仔細聽我說，很有趣。你看到某個人長得如此異國風情，覺得很特別，不過這只是你自己心裡在想罷了。」

「你現在懂得從兩種不同的角度去看天上的雲了。」〔譯註：此處係借用美國一首流行老歌Both Sides Now的歌詞，歌詞大意是敘述童年看事物的眼光很單純，但長大後便懂得從不同的觀點去看一些事物，進而了解世事原來複雜多變。在

此顯為譏諷對方老生常談）

「喔，回去操你自己吧。」他說。

「大家都這麼告訴我。」

「是啊，我明白為什麼。來，我影印了一份。我想我不應該弄的，而且我知道我也不該給你看，不過我敢跟你賭，這玩意兒明天早上一定會見報，所以幹嘛讓你最後才知道呢？」

然後他把威爾的信遞給我。

∞

「完全不對，」我說。「威爾沒寫過這封信。」

「如果威爾是懷菲德的話，」他說，「而且假設懷菲德沒有詐死，那麼這一切還用說嗎？他當然沒寫過這封信，死人不會寫信的。」

「他們死前可以先寫好，他已經寫過一次了。」

他從我手上把信拿去。「信裡引用了麥葛羅昨天登過的專欄，馬修。而且他談到了塔利威脅要讓運輸工會罷工的事情，那只不過是一個星期或十天前的新聞。」

「我知道，」我說。「有太多證據都可以證明，艾卓恩並沒有寫這封信然後安排在死後幾星期之後寄出。但就算我從沒懷疑過艾卓恩，只要看看這封信，你就知道不是原來那個人寫的。」

「是嗎？可是風格很接近啊。」

「威爾二號的文筆很好，」我說。「對語言很敏銳，而且我猜他下了一番工夫模仿威爾一號。我手上沒有其他幾封信可供比較，可是我覺得我應該可以辨認出是不是出自以前那個人的手筆。」

「我不懂這些。我同意兩者很近似。不過以前那些抄襲威爾的人，不也都想盡辦法模仿他嗎？」

「不見得每個人都能做得到。」

「不見得嗎？」他聳聳肩。「也許沒那麼容易。你知道，他不光是抄襲寫作的風格，其他也抄襲。看到簽名沒？」

「那是把原件墊在底下描出來的。」

他點點頭。「其他人也是這樣。你在會議室裡頭被那些人搞得團團轉時，我跟幾個傢伙談過。問了一些科學鑑定方面的問題。」

「我正好奇呢，」我說。「我覺得要證明新的這封信用的是另一部打字機，應該不會太難。」

「喔，那當然，」他說。「如果信是用打字的話。」

「如果不是用打字的，」我說，「那他用手寫出來這種東西，就未免太奇怪了。」

「我是說用打字機打字。這封信不是，前面幾封信也不是。這些信都是在電腦上打好，然後用雷射印表機印出來的。」

「他們沒法用科學方法鑑定是哪部電腦嗎？」

他搖搖頭。「如果是打字機，每個鍵磨損的程度都不一樣，這個鍵會偏一點，或者E和O會糊掉。或者鍵的表面會不一樣。打字機就像指紋，每一台都是獨一無二。」

「那電腦呢？」

「用電腦的話，你每次都可以選擇不同的字體，按兩個鍵可以讓字體大一點或小一點。你看到這個草寫的簽名嗎？只要選草寫字體，就會印成這樣。」

「所以無法辨認兩封信是不是從同一台電腦印出來的？」

「這件案子我並不完全了解，」他說，「不過也知道得挺多的。從威爾一號所寫的幾封信看來，他們認為用的印表機不只一台。」

他又繼續說了些我無法完全了解的東西，比方你可以在一台電腦上寫信，複製到磁片上，然後用另外一台電腦和印表機印出來。我沒有仔細聽，最後舉起一隻手阻止他繼續講下去。

「拜託，」我說。「我對電腦倒胃死了。每次跟阿傑講話，一定要聽他說電腦有多神奇。我不在乎字體或紙張，或者他是不是在東區的電腦寫好，跑到西區去印出來。我甚至不在乎行文的風格。最讓你沒辦法忽視的地方，就是他所說的事情。」

「你是指什麼？」

「他的名單。」

「原版的威爾都是寫給受害者。」他說。「這個人卻是寫給麥葛羅。而且一口氣就列了三個。」

「沒錯。而且看看他名單上列了誰。」

「彼得・塔利、馬文・羅姆，還有瑞吉斯・基朋。」

「艾卓恩挑的都是社會無法用法律制裁的人。一個謀殺兒童卻被無罪釋放的變態。一個逃過一切懲罰的黑手黨頭子。一個煽動群眾殺人卻沒法起訴的爭取生命權人士。還有一個種族主義煽動者，他跟其他人一樣，有辦法逃過司法系統的制裁。」

「還有一名辯護律師。」

「艾卓恩並不真正屬於那個名單，不是嗎？如果他屬於這個名單，那就推演不下去了。先不把他歸進來，那這名單上就是四個法律沒辦法動他們的人民公敵。你可以說人民的意志的確就是威爾的意志。」

「那新的名單呢？」

「一個工會領袖、一個法官，還有一個評論家。這等於是拿他們跟開膛手傑克和匈奴王阿提拉並列，不是嗎？」

「哎，我不知道，」他說，然後喝掉他杯子裡的馬丁尼，截住酒保的目光，指指自己的杯子。「如果『釋放法官』羅姆被送到天上那個法庭，我也許想得出幾個人並不會因此而痛哭流涕。這狗娘養的當了一輩子法官，從來不讓警察的懷疑有任何好處。他總是設定最低保釋金或讓他們認罪就釋放，就這樣把案子結掉。」

「他是個法官，」我說，「如果人民可以投票讓他當法官，只要真的願意，也照樣可以投票讓他丟官。說不定最近就會了。」

「還不夠快。」

「那彼得．塔利呢？」

「他是個自大狂妄的痞子，」他說。「威爾怎麼說他？『你威脅說要癱瘓市區交通的機能，為了自我權力的慾望而將全市挾為人質。』你知道，也許威爾二號模仿的本領一點也不偉大。我難以想像威爾一號會這樣寫。」

「聽聽他反對瑞吉斯．基朋的理由。『你對百老匯舞台擁有幾乎是絕對的權力，也引致你絕對的腐化。你因而昧於現實，重形式而輕內容，重風格而輕實質；擁護那些任性晦澀的作品，而鄙棄言之有物製作良好的戲劇。』這比較像是指他會去批評一個演員長得不討喜，而這種批評又是多麼不公平。」

酒保女郎把酒端來時，他想了一會兒。「不光是因為異國風情而已，」她一走遠，他就說，「也因為她剛好長得很漂亮。」

「你和瑞吉斯．基朋，」我說，「都對別人的外表太過重視了。」

「我們是兩個膚淺的混蛋，」他同意道。「到底誰會想去殺一個劇評家？」

「任何曾寫過劇本或在戲裡軋過一角的，」我說，「本市至少有半數的侍者和三分之一的酒保符合這個資格。不過他們會比較喜歡用槍轟死他，就像你歡迎有人這樣幹掉『釋放法官』羅姆一樣。你或許比較喜歡離奇情節，而如果一片石簷從高樓上掉下來砸死他，你也不會傷心的。可是你自己不會想殺他。」

「對，而且要是有人殺掉他的話，我可能也不會歡欣雀躍。當人民開始幹掉法官時，對整個系統不會有好處。」

「或者幹掉評論家，」我說，「或者是勞工領袖。你知道這兩個威爾的不同在哪裡嗎？第一個威爾反對的是那些法律也拿他們束手無策的人，反對他們破壞整個系統。但現在這三個都不是法律治不了的人。馬文．羅姆遲早會被換掉，下回改選時，選民可能就會把他踢下去。」

「但願如此。」

「而彼得．塔利可以讓全紐約癱瘓，但州長可以對付他。根據泰勒法案，他可以逮捕任何命令公務員罷工的人。基朋也許會在《紐約時報》工作一輩子，但他可能早晚會被調職，就像他的前任一樣。這三個人都不是治不了的人，而新威爾的動機也不是要實現正義。他是怨恨這個名單上的人所擁有的權力。」

「權力？怎麼說？」

「塔利可以下令就讓全紐約市動彈不得。羅姆可以打開監獄的門，讓罪犯回到大街。」

「而瑞吉斯．基朋可以告訴一個女演員說她的鼻子太大、乳房太小，讓她哭著跑去找整容醫師。這就是你所謂的權力。」

「他幾乎可以決定哪齣戲可以演下去，哪齣戲演不下去。」

「他有那麼大的影響力？」

「差不多。不是他個人，而是他的職位。誰替《紐約時報》當劇評人，就可以有那樣的影響力。他對一齣戲的惡評，不能保證那齣戲垮掉；而如果大家都很討厭一齣戲，那麼他的喝采也不見得能救得了。但通常他講的話就是有那麼大的影響力。」

「這表示他是那個人。」

「沒錯。」

「『什麼人？』『掌握權力的人。』還記得這個台詞嗎？」

「有點印象。」

「『什麼權力？』『巫毒的權力。』」

「我現在想起來了。」

「『誰賭？』『你賭。』馬修，現在的戲都沒有這類雙關語台詞了。」

「的確，而且我明白為什麼。他一定覺得自己沒有權力，你不覺得嗎？」

「誰？掌握權力的人嗎？」

「寫這封信的人。」

「我來看看。」他拿著那封信，掃視一遍。「沒有權力，是嗎？」

「你不覺得嗎？」

「不曉得，」他說。「我想聯邦調查局的人會先去查內部有沒有他的檔案。他恨其他人的權力影響到他，想藉著威脅他們的生命來報復。而且他小時候還尿床。」

「可笑，那些專家老這麼說。」

「就好像發現他尿過床會有助於找到那個狗娘養的。『嘿，聯邦調查局說我們要找的那個人小時候尿過床，所以你們去街上給我找一個成人小尿壺。』在追捕犯人的時候，某些資料會很管用，不過總不免會夾雜這些尿床的玩意兒。」

「根據資料，他來自一個機能不良的家庭。耶穌，真有用，不是嗎？一個機能不良的家庭，狗屎，誰聽過這個說法？」

「我知道。」

「如果你來自一個機能不良的家庭，」我嚴肅的說，「那麼你就會尿床。」

「說不定還會殺幾個人。老套了。」他對著那封信皺眉。「沒有權力，而且怨恨其他人的權力。沒錯，我想是這樣。這個理論很有力，無可辯駁。可是你知道這個威爾二號讓我想到什麼嗎？」

「什麼？」

「就像你會在高中畢業紀念冊上面寫的牢騷一樣。『真正讓我不爽的是那些沒有誠意的人，在代數課上偷偷嘲笑，還有沒搗碎的洋芋泥。』」

「哎喲，誰會喜歡沒搗碎的洋芋泥？」

「反正不是我。那會讓我想去把教宗殺掉。不過看起來不就是這麼回事嗎？『以下是真正讓我不爽的人的名單。』」

「你說得沒錯。」

「可不是嗎？」他推開凳子站起身來。「那狗娘養的講的話不像個殺人狂，而是個自尋煩惱的怪胎。」

18

接下來幾天是新聞媒體的三連環馬戲團。馬提・麥葛羅在報上刊登了威爾剛寫來的信，外加頭版一個「威爾—回—來—了！」的大標題，各路記者跑遍全市，訪問他列為目標的三個受害者，他們三個人好像都覺得此舉比較像個侮辱，而非威脅。

彼得・塔利選擇不把威爾當成個人的敵人，而是全工會的敵人。他發表一份聲明，說那位匿名作者的出現，正是市長與州長再度鎮壓工會的例證。他的聲明中帶有老式左派修辭的鏗鏘韻律。你幾乎可以聽到合音天使在後頭和諧的唱著「清潔婦大團結」和「保障礦工生命」，不滿的火焰因歌聲而更熾烈。

馬文・羅姆法官則把威爾的抨擊，視為對市民選擇之自由與控告之權利的攻擊。我看到他出現在電視新聞那次，他把威爾跟檢察官、警方聯繫在一起，說他們想終止權利法案，以便速審亂決，把「通常都很窮，而且往往是黑人」的被告送進監獄。他向新聞界保證，威爾的威脅不會逼他放棄原則，就如同過去多年來他飽受檢察官、警方，還有這兩者在新聞界的跟班的詆毀，也絕不能讓他妥協。他會繼續正義執法，同時不失慈悲。

瑞吉斯・基朋把這整件事變成一個言論自由的問題，哀悼這個城市讓評論家無法自由表達自己的觀點。他繼續表示，最糟的限制不是來自政府檢查制度或報紙編輯政策，而是來自「種種與人為善的想法」。友誼、憐憫，以及要求公平的感覺，似乎扮演了最惡劣的犯罪者，促使人們做出較仁慈、溫和的評論，而非被評者真正應得的評價。「如果我敢於承受痛苦，摧毀我珍惜的人際關係，毀掉或許是前途大好的事業，只為了更高的真理，那麼區區的肉體威脅有可能使我讓步嗎？沒錯，不能，也不會。」

他們三個人都勇敢的承受挑戰，但不表示他們願意輕易讓威爾得手。彼得．塔利拒絕了警方的保護，但工會中選出幾名殺氣騰騰的壯漢，全副武裝當他的貼身保鏢。羅姆法官接受了紐約市警局提供的保護，另外夜裡還雇了幾名保全公司的保鏢。（此事引起大家的好奇，一名《郵報》的記者引述某不具名消息來源說：「如果威爾真想殺掉他的話，很有可能會混在警察之中。」）瑞吉斯．基朋也接受警方的保護，而且每逢出席首演或預演儀式，他身邊的同伴都不是他喜愛那種眼睛亮亮嘴唇翹翹的年輕女郎，而是一個站在右後側的高大便衣警察，一臉無聊的呆滯神情。

威爾的信把目標指向三個紐約名人，這件事就足以炒上一星期了。可是新聞熱潮還沒有機會冷卻，麥葛羅就在報端爆出驚人內幕，說警方偵查小組目前已經十分確定，大家所熟知的威爾前一個被害人艾卓恩．懷菲德，就是威爾本人。（《新聞報》還沒送出前，一個電視新聞節目搶先報導了這則新聞，但馬提是第一個披露所有細節的記者。）

雖然沒有人知道該如何繼續追這條新聞，但都一致決定要盡力炒作。我原本希望警方不要把我扯進去，他們可能也的確守密，可是這件事引起媒體太多的關注，任何人都可能無意間走漏消息。自從接到第一通採訪電話後，我們就開始用答錄機過濾所有電話。我從後門離開大樓，這樣可以避開大部分守候的記者。可是進門還是得經過樓下大廳，那些記者就設法困住我，有時用麥克風和攝影機，有時用筆記本。可是我對任何記者都不予理會，只是一語不發的用肩膀擠開他們往前走，什麼也不說，連個笑容或皺眉的表情都沒有。

有天晚上我在電視上看到自己。我只露臉一下下，鏡頭外的聲音指出我是曼哈頓的私家偵探，曾受雇於艾卓恩．懷菲德，在調查前任雇主的命案時，揭開了懷菲德的身分。「了不起，」伊蓮說。「一般人不想跟記者說話時，很容易會露出生氣或不耐或內疚或困窘的表情。可是你沒有，看起來一副被阻攔卻不在意的表情，好像在地鐵車廂裡努力擠過人群，想在車門關上前趕下車似的。」

過去多年來，我也曾被聚光燈所照射，成為大眾目光的焦點，可是以前打在我身上的燈光從沒像這次這麼亮，也從沒這麼久。以前我就不在乎，這次也不會更喜歡。幸好這事對我似乎沒有太大的影響。幾個戒酒無名會的人曾私下提到我最近大有名氣。「我在報上看到你的消息了，」他們可能會說，或者是「前幾天晚上在電視上看到你。」我會報以微笑或聳肩，也沒人會繼續追問這個話題。我在戒酒無名會裡面的熟人，大半都無法將那位揭發威爾身分的私家偵探史卡德和老坐在後排那個叫馬修傢伙連在一起。他們也許知道我的故事，但很少人知道我姓什麼。戒酒無名會就是這樣。

8

我沒被媒體追逐太久，也許是因為我自己避免火上加油的關係。新聞界不需要我幫忙他們指控艾卓恩．懷菲德，他的罪證已經一天比一天確鑿。就算有任何漏洞，警方也都能隨時找到一些有力的證據補滿。航空公司和飯店的職員都已經指認了他的照片，奈拿克斯電話公司的通話記錄中有幾通也相當可疑，其中兩通是打到上百老匯的一家住宿旅社。他通話的對象查不出來，但理查．佛莫曾用假名住在那兒，而那兩通電話都是在理查遇害之前一天打的。

艾卓恩是原版威爾的事實愈來愈清楚，威爾二號的話題就愈來愈模糊。一連串的死亡都讓第一個威爾具有不祥的可信度。畢竟，當一個威脅藉著某人雙手的鮮血來表達之時，就具有某種無可否認的權威性。

可是當這個威脅是來自一個模仿者，而且大家又都很清楚他是模仿的，這樣的威脅能有幾分可信度呢？這個問題不斷在電視和報上被提起，我只能確定，警方自己也在問這個問題。任何人都知道，那個對塔利、羅姆和基朋這群不可能的組合發出死亡通緝令的人，從來沒殺過什麼，只會殺時間。事情就是這樣，他能有什麼危險？而你又會如何應付呢？

總得做點事情。哪個小丑打電話威脅放炸彈時，你還是得把人全部撤離某個學校或辦公大樓，甚至警方都知道那很可能是個騙局。警鈴響起時，消防車還是會出動，儘管大部分的警鈴聲到頭來都是假的。（紐約市警局已經開始拆除大部分的街角紅色警鈴箱，因為統計數字顯示實際上大部分來自那些警鈴箱的報警，都是惡作劇。可是他們得拆除箱子，不能讓箱子照樣立在街角，然後不管那些報案的警鈴。）

同時，每個人都等著看接下來會如何。那三個名列威爾名單上的人，或許等得比其他人要焦急一些，可是連他們自己大概都發現，隨著時日消逝，沒有任何不幸的事情發生，他們已經愈來愈鬆懈了。

就像手提箱班尼，他覺得每天早上替湯尼·福瑞婁發動車子很煩。抱怨說從來沒發生過任何事情。

8

有天我去參加花旗銀行總部大樓的一個中午聚會，然後花了一兩個小時逛街，想提早買聖誕禮物。我沒看到什麼想買的東西，最後只是覺得被聖誕節的氣氛給壓垮了。

這種情形每年都會發生。甚至在救世軍的聖誕老人上街跟流浪漢搶著討錢之前，我就發現自己被過往聖誕節的鬼魂糾纏著。

我第一次婚姻的失敗原因大半是因為我當丈夫和父親的種種缺點。戒酒無名會裡稱這種儀式為「清理舊日殘骸」，這是一種讓你甩掉危險的方式。

這些儀式我都做過，改過自新，原諒別人也原諒我自己，有系統的把那些鬼魂留在我過去的歷史中。我不像某些人那麼急，但慢慢的一直持續在努力。我跟我的輔導員做過一連串長談，還有一些心靈探索，還有無數的思考與行動。過去多年有些什麼始終糾纏著我，現在都不見了。

只不過它們偶爾還會回來，尤其往往發生在十一月底。白晝愈來愈短，陽光愈來愈淡，我也開始憶起我沒買的每一件禮物，吵過的每一次架，講過的每一句刻薄話，還有我找藉口留在市區而不肯拖著疲倦的身軀回長島西歐榭的那些夜晚。

於是當我採購失敗回家時，我沒回凡登大廈，而是到對街的旅館。我告訴自己，我無法面對凡登大廈大廳裡的媒體轟炸，但其實我沒有理由以為自己會在那兒遇到任何一個記者。他們都已經很體諒的對那個像是要擠出地鐵車廂一樣走過他們面前的傢伙失去興趣了。

我向櫃檯後頭的雅各打了招呼，又向一個醒著大半時間都坐在西北旅館破落大廳裡的傢伙點點頭。那個可憐的混蛋比我早幾年搬來這裡，早晚也會死在這兒。我想他沒什麼機會娶到一個美女，然後搬到對街的大廈裡。

我上樓進自己的房間，打開電視，迅速的搜尋頻道一遍，然後又關掉了。我拉了一張椅子坐在窗前，看著眼前一切，卻視而不見。

過了一會兒，我拿起電話，撥了號。吉姆．法柏自己接的，從他說「法柏印刷公司」的那個沙啞的嗓音，我找到了多年來的那種巨大安全感。現在能聽到他的聲音真好，我這麼想著，也告訴了他。

「其實，」我說，「光是撥你的電話號碼，就讓我覺得好過多了。」

「噢，真要命，」他說。「我記得以前早上起來第一件事情就是去酒吧，非去不可。你知道那種好像整個人要跳出這具臭皮囊的感覺嗎？」

「我記得那種感覺。」

「一旦酒倒進酒杯裡，我就放鬆了。我還沒喝，它就已經在我的血管裡頭把和平與愛傳送到我身上的每個細胞裡了。不過是什麼惡劣狀況，會讓你打電話找你的輔導員呢？」

「唔，聖誕節的愉快氣氛。」

「是啊，每個人一年中最喜愛的時節。我想你最近大概都沒去參加聚會吧。」

「我兩小時前才參加過一個。」

「不是蓋的。你最近除了內疚和自憐之外，還忙些什麼？忙著追查威爾的代替品嗎？」

「全紐約一半的警察，」我說，「外加所有的記者，都在找他。不差我一個。」

「真的？你沒在查這個案子？」

「當然。我只是過自己的日子。」

「那你不辦那個案子，在辦什麼案子？」

「其實什麼也沒辦。」

「好吧，那我把答案告訴你，」他說。「抬起你的屁股去做點事情。」

他收了線，我也把電話掛上，望向窗外。紐約還在那兒，我出去再晃一晃吧。

19

那天下午我沒太多事情可做。只不過想著該去見什麼人，又該問他們什麼問題。其他就得等到明天早上了。晚上我跟伊蓮去趕了一場伍迪·艾倫的新電影，又去愛瑞廳聽了一場鋼琴三重奏。走回家時，我告訴她聖誕季節攫住了我。

「我不是酒鬼，」她說，「我甚至不是基督徒，可是我也一樣被攫住了，每個人都被攫住了。為什麼你應該例外？」

「我一開始被你吸引，」我說，「就是因為你那顆活潑敏銳的心。」

「討厭。這麼多年下來，我一直以為是因為我的屁股。」

「你的屁股，」我說。

「一定很令你難忘。」

「回家以後，」我說，「我再來溫習一下。」

∞

早晨我穿上西裝打了領帶，走到大通銀行位於阿賓頓廣場的分行，拜倫．李歐波以前就把錢存在這兒。坐在我面前的銀行職員是個活潑的年輕女郎，名叫南西．張。稍早她說，「這我幫不上忙，得請示一下。這件事跟那個寫信的傢伙有關嗎？」我跟她保證無關。「因為我在報上看過你的名字。你就是破案的那個人。」

我說了些得體的謙虛話，不過這回我被認出來並不覺得難過。這絕對可以討點便宜，結果我走出銀行時，帶著一張總額五萬六千六百五十元付給拜倫．李歐波的支票影印本。是從德州阿靈頓匯過來的，帳戶是維提康公司。

「維提康，」我說。「你聽過這家保險公司嗎？」

「沒有。」她說。「這張支票是保險給付嗎？」

「他提領了他的保額，」我說。「不過這超出原來的現金總額，除非我的消息來源弄錯了。我也沒聽過什麼叫維提康的保險公司。」

「是啊，你知道聽起來像什麼？像哪個矽谷的軟體公司。」

我說，「也許那家保險公司有個專門把保單兌換成現金的分公司。」

「也許。」

「你的口氣好像很懷疑。」

「呃，這張支票看起來不像以前我所看過的保險公司支票，」她說，指指那個影印本。「現在保險公司的支票通常都是電腦印出來的，而且都是用機器簽名。這張卻都是用原子筆填寫的。而且簽名好像是同一個人用同一支筆簽的。」

「維提康。」我說。

「不知道什麼意思。沒有地址，只寫著德州阿靈頓。」

「阿靈頓不曉得在哪裡。」

「好吧，我只能告訴你，」她活潑的說。「阿靈頓在達拉斯和渥特堡之間。游騎兵的主場在哪裡？」

「噢，對了。」（譯註：游騎兵係美國職業棒球大聯盟的球隊之一，主場就在阿靈頓）

「看吧，你本來就知道的，」她笑了。「你要飛去那裡嗎？或者打電話去查就行了？」

8

八一七查號台的接線生查到了維提康公司的資料。我本來想拐她告訴我地址和電話的，可是還沒來得及問，她就把電話轉到語音系統，把，電，話，號，碼，的，數，字，逐，一，唸，給，我，聽。

我把電話抄下來，撥過去，接電話的小姐一說：「維提康，早安，」我就確信她是個德州妞。她的聲音裡完全有那種味道——靴子、蓬髮，襯衫上有珍珠鈕釦。

「早安，」我說。「我想打聽一些貴公司的資訊。你能不能告訴我——」

「請稍等，」她說，沒等我講完就讓我等著。至少她沒讓我聽罐頭音樂。我等了一兩分鐘，然後一個男的說，「喂，我是蓋瑞。能為你效勞嗎？」

「敝姓史卡德，」我說，「我想了解一些貴公司的事情。」

「你好，史卡德先生，你想知道些什麼？」

「從頭講，」我說，「不知道你的工作內容是什麼？」

他沉默片刻，然後說，「先生，我很樂意回答你，但過去的經驗讓我學會不要接受電話採訪。如果你願意過來這裡，我很樂意接待你。你可以帶筆記本或錄音，我一定盡力回答，而且說不定除了你想知道的事情之外，我會額外說得更多。」他低聲笑了。「你看，我們很歡迎有人替我們打知名度的，可是每次接受電話採訪，到最後都成為一個不幸的經驗，所以現在我們再也不接受電話採訪了。」

「我明白了。」

「你過來拜訪有任何困難嗎？你知道我們在哪裡吧？」

「從我這裡過去遠得很，」我說。

「那你在哪裡？」

「紐約。」

「那倒是很遠。你講話的腔調沒有德州口音，不過我知道記者常常跑來跑去的。前兩天我跟一個小姐談過，她在芝加哥出生，然後跑去奧瑞岡州，在一個報社當記者，最後才跑來德州替《星訊電子報》做事。你是紐約哪家地方報紙的記者嗎？」

「不是。」

「那是商業報嗎？不是《華爾街日報》？」

如果我知道自己要打聽些什麼，也許就會去那兒跑一趟。可是打電話對我來說，好像是最直接的方法。

「蓋瑞，」我說，「我不是記者，我是紐約的私家偵探。」

電話彼端沉寂了很久，久得讓我懷疑電話斷了線。我說，「喂？」

「我還在。電話是你打的，你想知道什麼？」

我單刀直入。「幾個星期前，我們這裡有個人被殺了。」我說。「坐在公園凳子上看報時，被開槍射殺。」

「印象中紐約常有這種事情。」

「也許其實不像你想像的那麼多，」我說。「當然，紐約也有很多人以為德州佬成天都在搶劫驛馬車。」

「嗯，僅次於白楊事件的德州印象。」（譯註：一八三六年德州聖安東尼發生反抗墨西哥法令的起義事件，包括許多知名革命人士在內的近兩百人被圍困於白楊教堂，最後全數遇害）他說。「好吧，我懂你的意思。我自己從國中那次旅行後，就再也沒去過紐約了。老天，以前我以為我很時髦、很帥、很酷，可是你們那兒讓我覺得自己只是個土得要死的鄉巴佬。」他回憶著，低笑兩聲。「後來我再也沒去過了，另外我也不是那種打領結或隨身帶把槍的德州佬，所以那傢伙肯定不是我殺的。我們公司怎麼會扯上那件事？」

「我正想查出來。死者名叫拜倫・李歐波。他死前將近四個月，從貴公司領了一張五萬多元的支票。這是他今年唯一的收入。我原先以為他是把保險單兌換成現金，可是這筆錢高得超出保險的範圍。而且你們公司的支票看起來也不像保險公司的支票。」

「的確不像。」

「所以，」我說，「我希望你能指點我。」

他又沉默許久。時間分秒過去，我不自覺的開始想著電話費帳單。如果沒有顧客付帳，你對費用難免會特別警覺。我不在乎付錢打長途電話，可是我痛恨這種威脅性的沉默。

我現在是在打公用電話，用信用卡付帳。在自家公寓打會比較省錢，或者就到我對街旅館的房間打，還可以免費。幾年前，我那對年輕的駭客朋友港家兄弟曾施展魔術，主動送給我一個我並不想要的禮物，讓我可以免費打長途電話。（我不便拒絕，可是我告訴自己，反正我不隨便從這裡頭占到便宜，所以也不必良心不安。）

過了好一會兒，他說，「史卡德先生，恐怕我得掛電話了。最近我們跟媒體的關係不太好，我不想引起更多麻煩。我們只是提供人們一個尊嚴死去的機會，但你們把整件旅費交易的事情弄得好像我們是一群盤旋的禿鷹。」

「整件什麼事情？你剛剛用的字眼是什麼？」

「我只是表明我的態度而已。」

「可是——」

「祝你有美好的一天。」他說，然後掛了電話。

∞

幾年前我跟卡爾·歐卡特見面時，他有個習慣，老忙著弄他書桌前掛物架上的六個菸斗，時不時拿起一個湊在鼻子前聞一聞。我告訴他不必因為顧慮我而憋著不抽，結果他說他不抽菸，菸斗是一個死去愛人的遺物，菸斗的氣味會觸動他的記憶。

他的辦公室在博愛中心，是一個愛滋病收容所，從拜倫·李歐波的公寓走路到這裡要不了五分鐘。他辦公室裡的樣子沒什麼變，只不過那排菸斗不見了。卡爾看起來也沒什麼變。那張臉也許稜角更為分明，頭髮和小鬍子更灰，可是無需愛滋病毒輔助，光是歲月本身就能造成這些效果。

「旅費交易，」他說。「很有趣的字眼。」

「我不懂其中的含義。」

「我曾查過字典，跟旅行有關。viaticum，意思是給旅行者的津貼。」

我要他把字拼出來，然後說，「跟那家叫維提康（Viaticom）的公司只差一個字母。」

他點點頭。「聽起來不像什麼偽拉丁文，而比較像高科技產品公司，這樣對投資人來說比較有吸引力。」

「投資人？」

「旅費交易是一種新的投資工具，像你查到的那家維提康是這個新產業的一分子。如果你翻過同性戀刊物，比方《擁護者》和《紐約人》，你就會看到他們的廣告，我想他們也會在財經雜誌上登廣告。」

「賣什麼？」

「其實沒有真正在賣什麼，」他說。「他們是交易的中間人。」

「什麼樣的交易？」

他往後靠在椅子上，雙手在胸前交疊。「比方你得了絕症，」他說。「而且已經沒法再工作了，所以再也沒有收入。就算有保險，你的醫療費用也會漸漸花掉存款。你唯一的資產就是保險，可是要等你死了之後才會付給某人十萬元。現在你是個同性戀者，所以也沒有老婆和小孩需要這筆錢，而且你的愛人一年前就死了，最後這筆保險給付會落到住斯柏肯鄉下老姑媽的手裡，讓她付電費，還有給她的貓咪買些牠愛死了的燻鰻，讓葛瑞琴老姑媽有個寬裕的黃金晚年。」

「所以你就會把保單兌換成現金。」

他搖搖頭。「那些保險公司都是混蛋，」他說。「有些除了退保金之外，一毛錢都不肯多給你，那些退保金根本跟保單面額不能比。其他公司如果碰到被保險人顯然沒多久可活，會願意多付一點錢贖回保單，但即使如此，也還是個爛交易。從維提康這類公司能拿到的錢要優厚多了。」

我問他如何運作。他解釋，旅費交易可以使交易的雙方都獲利，一方是愛滋病患者，經由進步的醫學，已經可以用某些特定的指數，精確預測他們最多能再活多久；另一方是投資人，他們希望能夠得到比銀行或政府債券更好的利潤，而且有同等的可靠性。

通常來說，投資人每年報酬率保證在百分之二十至二十五之間。就像是無票面利息、折價購買的債券，到期後可以收到票面的總額一樣，被保人死後，投資人就可以收到保險給付。當然，不同於債券的是，旅費交易沒有固定期限。愛滋病患者可能比預測的活得更久，那麼你每年的利潤就會減少一些。或者反過來，他可能剛簽下交易合同就暴死，那麼就會讓投資人得到超快的回收。

當然，投資人的夢魘難免會發生。「痊癒的引誘，」卡爾慢吞吞的說。「想像一下，你把小孩的大學教育基金賭在某個可憐傢伙的壽命上，結果有一天醫學告訴你，等到你的幾個小鬼都已經早拿到博士學位時，這傢伙還活得好好的呢。」他轉轉眼珠，「只不過這種事情不會發生，就算我們苦苦等到了科學奇蹟也一樣。你也許會發明一個牛痘疫苗預防未來的愛滋病，也許可以變出一種魔術子彈消滅或逮住病毒，可是如果你的免疫系統完全被毀掉了，要怎麼活下去呢？好，醫生逐漸能夠延長你的生命，我們也把這些因素考慮在內。可是我們這些參與旅費交易的人，都已經踏上不歸路。你的小孩最終可以上大學，這個投資是安全的。」

「某些投資是。」我說。

「你覺得很殘忍，是吧？」

「我只是無法想像自己開了一張支票後，就坐等某個陌生人死掉，好讓我得利。」

「我懂你的意思。曾經有些文章討論過這點，而且你知道，不光是同性戀的媒體。」

「一定是我沒看到。跟我談過的那個人就提到了負面報導之類的。」

「有些記者認為這種事太可怕了，」他說。「從他人的不幸中獲利，應該予以譴責，等等等的。只要想到任何人從愛滋病賺錢就很可怕。噢，蜜糖，那你以為製藥公司是在做什麼？你以為那些研究員是在做什麼？」他舉起一隻手。「不必你說，我知道那是不同的。我也知道有些罹患愛滋病的人並不討厭旅費交易，因為對我們來說，這是個天賜好運。」

「真的。」

「一點也沒錯。馬修，一旦你被診斷出愛滋末期，你就很明白自己快死了，而且這個病流行了這麼些年，你也很清楚自己活下去的機率是多少。如果哪個德州佬能讓你有機會在僅存的時日中活得有尊嚴而且很舒服，你會怎麼想他？是個吸血鬼還是恩人？」

「我明白你的意思，可是——」

「但即使如此，你還是不免覺得一方是禿鷹，而另外一方是不幸橫死。這是自然反應。有家公司甚至還設定了一種聯合投資的形式，就像旅費交易的共同基金。不是由某個人購買特定的一個保單，而是聯合的投資基金，把風險分散到一整批的保單上頭。」

「長壽的風險。」

他點點頭，把玩著書桌上的釘書機，我想起他死去愛人的那些菸斗，不曉得他怎麼處理、又是什麼時候處理掉的。「但大部分的保單都是分派給特定的投資者，」他說。「我想這樣的話，文書工作會簡單許多。而且沒有太大的必要分散風險，因為也不是真有那麼多風險好分散。『旅費，就是給旅人的錢。』每個人都是一個旅人，你知道的。早晚，每個人都得踏上這趟旅程。」

8

回到大通分行，南西·張又找了一次拜倫·李歐波的檔案，從他存入維提康那張支票的日期開始往前找。每三個月他都會付給伊利諾哨兵人壽保險公司的一張支票。他拿到維提康那張支票前兩個月，就不再付支票給伊利諾那邊了。

「他換保險公司了，」我說，「所以他就不再付保險費，而且變成另外一邊在付保費。」

「那他死了之後——」

「保險公司會直接付錢給受益人。可是受益人是誰？又付了多少錢？」

「『美麗的回答總會問出更美麗的問題，』」她說，對我的茫然表情報以一笑。「E. E.卡明斯的詩。不過我想引用華萊士·史蒂文斯的詩句會比較恰當，對不？」

「他對於問題和回答應該有什麼高明的意見嗎？」

「我不確定他應該怎麼說，」她說，「因為我不知道他會怎麼想。不過他在保險公司當了一輩子經理，同時也是那個時代的美國頂尖詩人。你能想像嗎？」

我知道接下來我會打一些電話，於是決定回旅館房間打免費的，如果我可以義務工作，電話公司應該也可以。

∞

我打到伊利諾哨兵人壽保險公司，他們的總部在春田市，電話被轉接來轉接去。我感覺不出任何一個跟我講過話的人，會是我們這個時代的美國頂尖詩人，可是誰曉得呢？最後一個名叫路易斯．李茲的人在幾度搪塞之後，終於告訴我，拜倫．李歐波的確曾是伊利諾哨兵人壽的保戶，保額是七萬五千元，保單在某月某日轉給了俄亥俄州湖林市的威廉．海夫梅耶先生。

「不是德州？」

不是，他說，不是德州。湖林市在俄亥俄州，他不敢確定，但他記得是在克利夫蘭市郊。所謂的湖，指的應該就是伊利湖，他說。

「那林呢？」

「什麼？喔，那個林！真幽默，我想應該是橡樹林或楓樹林吧。說不定是多節松呢，哈哈哈。」

哈哈哈。那這項保單轉移辦妥了嗎？是的。那麼有一張給海夫梅耶先生的支票嗎？

「喔，他是受益人，所以我們也只能付錢給他。這個保單已經結束，上頭註明已經全額付清了。」

我問海夫梅耶是不是其他保單的受益人。他沉默了片刻，說他無從知道。

「問你的電腦嘛，」我說。「我敢說你的電腦會知道。輸入威廉·海夫梅耶的名字，看看會有什麼結果。」

「恐怕我辦不到。」

「為什麼？」

「因為這是公司機密。我們的記錄並不是公開資訊。」

我深吸了一口氣。「威廉·海夫梅耶是拜倫·李歐波保險的受益人。可是他並不是被保人的朋友或親戚。李歐波是把保單賣給他。」

「那是所謂的旅費交易，」他說。「完全合法。我們不完全贊成，但在大多數的州，非累積型保單可以合法轉讓持有權，賺取財務報酬。」

他說，他們公司規定要先通知前一個受益人，而且手續很複雜，甚至必須將保險範圍列在離婚協議書上頭。「但我想這些都不適用於目前情況。」他說。

「假設威廉·海夫梅耶不只參與一個旅費交易。」

「聽起來好像是個不當的牟利手法，」他說，「可是並沒有什麼違法的情況。」

「我了解。但如果他當受益人的其他被保人也死於暴力呢？」

這回他沉默之久足堪與阿靈頓的蓋瑞匹敵。然後他慢慢的說，「你是否有理由相信……」

「我想排除這個可能，」我告訴他。「而且我想你也樂意排除這個可能。我了解你有你的職業操守，不過查查你自己的記錄絕非不道德。你查完了之後，可以決定要不要把發現到的結果跟我分享。」

我又重複講了兩次，最後他決定，反正我又不在他身邊，不能從他肩膀後頭偷看，因此查詢他電腦裡的資訊很安全。他要我等一下，我聽著電話裡頭的音樂，中間不時穿插伊利諾哨兵人壽提供的心靈寧靜廣告。

其中一段廣告詞講到一半時，他剛好回來了。他語氣平靜的向我保證，據伊利諾哨兵人壽的記錄，威廉·海夫梅耶先生除了故去的拜倫·李歐波先生外，沒當過其他人的受益人。他自己沒在這個公司投保，也不是該公司任何保單的持有者或受益人。

「我想告訴你沒關係，」他說，「因為其實我沒有透露任何資料。只不過是確定我們沒有這個資料而已。」

的確，我謝了他，然後掛了電話。我沒告訴他，如果反過來的話，那他就保密不成了。若是他查過之後拒絕告訴我任何事，那他就等於告訴我很多了。

美麗的問題總是……

8

「我不懂，」我告訴伊蓮。

「旅費交易的訴求？從賺錢的角度來看，沒那麼難懂。」她在計算紙上塗寫著。「那個住湖林市的投機客只要付五萬六千元，不到一年就收回七萬元的保單。這樣獲利率是多少？」她算出了一堆數字。「幾乎百分之四十。這樣沒錯嗎？沒錯。其實不只百分之四十，因為他根本沒等上一年。」

「他付了不只五萬六千元，」我指出。「維提康得替他們解決一些麻煩。他們是撮合的掮客。我猜他們在簽支票給拜倫時，至少抽了五千元。」

「所以如果湖林先生——」

「是海夫梅耶。」

「如果他付了六萬元，拿回七萬五，這樣獲利率是多少？每年百分之二十五？而且他花了不到一年，就算他足足等上兩年，這樣的利息也還是比銀行高。」

「你要不要投資？」

「不要。」

「你倒是回答得很快。」

「噢，道德上我並不反對這個，」她說。「而且博愛中心裡那個人說，這對愛滋病患者來說其實是個大恩惠。所以我想其他人投資這個也不壞。可是這玩意兒令我反胃。」

「坐等某個人死掉的那種想法。」

她點點頭。「如果他們不死的話，設法不要因此焦躁；而如果他們死了，也盡量不要因此高興雀躍。我是說，這一切真是夠狗屎了。你不覺得嗎？」

「嗯，我完全同意。」

「這種投資也許很不錯，」她說，「可是不適合我。獲利愈高，我對整件事就愈反感。我想我還是投資房地產，還有二手藝術商店。」

「我贊成，」我說。「可是我不懂的不是這個。比方你是海夫梅耶。」

「好，我當海夫梅耶。」

「你買了一張保單，被保人快死了。你付了大約六萬元。根據現在的醫學技術，你頂多只要等兩年就能收到七萬元了。」

「所以呢？」

「那有什麼好急的？為什麼要跑來紐約射殺一個坐在公園裡的人？為什麼只為了提早幾個月、或甚至一整年拿到錢，而花這麼大的工夫？」

「除非你急著要拿到那筆錢……」

「還是說不通。如果你那麼需要錢，保單就是一項資產。一定有辦法可以拿去抵押借錢，或者拿去借給別的旅費交易投資人。如果你只是想增加利潤，我也看不出這是個取人性命的動機。你照樣拿到七萬元，只不過提早一些罷了。」

「時間就是金錢。」

「沒錯，但這筆錢不是什麼鉅款。總之，如果急著要錢急得會去殺人，就不會投資在保單上。

他們會去搶銀行或買賣古柯鹼。」

「也許不是海夫梅耶幹的。」

我搖搖頭。「不可能是巧合，」我說。「看起來太有可能是他了。我們對那樁謀殺知道多少？凶手是個業餘的陌生人，他知道受害者的姓名，而且開槍之前還大聲講出來，好確定自己沒殺錯人。我覺得這一切都太符合了，甚至連動機都有。」

「你的意思是錢。」

「對。而且我一直覺得這個案子有財務的動機。」

「你的夢，」她說。「還記得嗎？『太多錢了。』」

「嗯。現在關鍵就在一開始，因為如果錢是動機的話，我覺得錢太少了，不足以因此而殺人。」她想開口，我舉起一隻手阻止她。「我知道，每天都有人為了一點點零錢殺人。有兩個傢伙買了一瓶酒，為了找的零錢吵了起來，結果其中一個就用刀刺了另外一個。還有個搶匪槍殺了一個不肯交出皮夾的傢伙，從他的屍體上搜出了五元。可是情況不同，犯下這類罪行的人沒有六萬元去投資。他們不會住在中西部郊區，專程搭飛機來紐約殺一個陌生人。」

「我不是要說這個。」

「喔。」

「我想說的是，如果只殺一個人，那的確不足以因此殺人。但如果你照這個程序，買另一張保單——你懂我的意思嗎？如果你靜待他們自然死亡，就可以在一到兩年之內得到百分之二十五的利潤。可是如果你加快速度，在四五個月之內就收到錢，然後買另一張保單，繼續這個程序——」

「那你錢滾錢的速度就很快了。」

「可是你還是無法證明。」

「不見得。」我說。「總之，先不管這張保單。伊利諾哨兵人壽保險公司從沒聽過湖林市的海夫梅耶先生。所以如果他以前幹過的話，一定是在別的公司，但我甚至不知道該從哪裡尋找他的蹤跡。全國有多少家保險公司？」

「太多了。」

「阿傑會告訴我，這是辦得到的，你可以坐在自己的書桌前面，侵入某個保險公司的電腦網路，就可以知道每件事情。也許吧，只要有港家兄弟的技術，還有價值數千元的電腦配備，另外還不怕犯下這個那個的重罪。同時——」

「他沒買過伊利諾哨兵人壽的保單，對不對？」

「對，所以呢？」

「可是他可能參與其他的旅費交易。難道他不會找同一個經紀人嗎？」

「喔，老天啊，」我說，「我怎麼會沒想到呢？」

20

次日早晨剛過九點幾分鐘，我打電話去維提康公司，結果聽到了電話錄音，說他們的上班時間是九點到五點。我看看錶，皺起眉頭，然後才想到時區不同。德州的時間要比紐約早一個小時。我等了一個小時，再度打電話過去，接電話的還是昨天那個叫我稍等的牛仔女郎。我要找蓋瑞，她問我的名字，我給了她，她又叫我稍等。

我等了一會兒，她回來接電話，告訴我蓋瑞出去了。她的聲音變了，裡頭飽含著壓抑的怒氣。她不喜歡撒謊，因此很不高興我害她必須撒謊。

我問她蓋瑞什麼時候會回來。「我完全不知道。」她說，更氣了。

我忍受著她的情緒，雖然她沒問，但我還是把我的電話號碼告訴她，並要求她請蓋瑞盡快給我回電。我想他不會給我回電的，快到中午時，我就放棄等了。

大通銀行的南西·張曾問我要不要自己去阿靈頓，或者讓我的指頭代替跑腿？我的手指似乎無法擺平這個任務，但這不表示我就得去搭飛機。

我打電話給可靠偵探社的威利·東恩。懷菲德即威爾的報導公開後，我們曾短暫交談過，他說他到現在還沒能平復過來。「那個狗娘養的，」他說。「你知道他搞什麼嗎？他雇我們去保護他防止他自己傷害自己。結果我們最後未能達成任務，搞得很難看。現在我們更難看，因為我們就在他身邊，卻不曉得發生了什麼事。」

「朝好的方面想吧，」我說。「現在沒理由不寄帳單要求從他的遺產裡頭支付了。」

「我已經寄了，別以為我只會虛報一點點來彌補我的憤怒。現在問題是他們會不會付，但我可不會緊張這個。」

我要求他推薦一個德州阿靈頓附近的私家偵探給我，他告訴我一個名叫蓋・佛戴斯的人。他住在渥斯堡，辦公室在亨菲爾。

「天曉得那鬼地方在哪裡。」威利說。

我聯絡到佛戴斯，他沙啞的聲音聽起來很幹練，說他次日上午有空。「我今天下午會試著打過去找他，」他說，「可是我不認為我會比你幸運。如果我直接闖去，也許會比較有用。」

∞

次日接近中午時，他打電話給我。當時我不在，回家時聽了留話才曉得。我打到他的辦公室，接電話的人說她會呼叫他。我等著，幾分鐘後，電話響起，是他打來的。

「好賊的小痞子，」他說。「我昨天打了幾通電話，先探探他的底。而我所打聽到的這位蓋瑞・葛瑞森，絕不會讓我想邀他一起去釣鱸魚。每個人都說，他那個旅費狗屎玩意兒很合法，可是整件事就是會讓一般人想吐。」

「我懂你的意思。」

「葛瑞森自己的過去也有一些前科。他曾經賣過一陣子垃圾股票，被告過幾次，其中兩次還被以詐欺罪起訴。那兩次案子都撤銷了，可是並不表示他很清白。」

「沒錯。」

「地方上有一些壓力，要求要嘛就查禁這些旅費交易或者加以管制。但葛瑞森在這個夾縫間倒是把事業做得很大，而且做的可能超過了中間人該做的。這就是他們想管制的其中一部分。」

「我想他大概混得挺不錯的。」

「的確沒錯。他現在處在一個滑稽的位置，他希望打知名度，因為這表示有更多生意可做；可是他希望大家不要印象太深刻，免得管制的人讓他做不成生意。就算這個生意沒有什麼不法，可是他以前是個騙子，所以逃避回答任何直接的問題，已經是他的第二天性了。」

「貴族的天性之一。」我說。

「是喔，他還是個王子呢。一開始我讓他以為我是個投資人，然後他可能猜想我是哪個州的經紀人，就變得非常合作了。他跟你那位威廉．海夫梅耶總共做過三次生意。保單分別是三家不同保險公司的。」

他把保險公司的名字、地址、日期和電話號碼給我。加上拜倫．李歐波在內，總共有過三個人讓威廉．海夫梅耶受益，另外兩個是舊金山的哈朗．菲利普斯和奧瑞岡州尤金市的約翰．賽托。

菲利普斯是投資共同基金，而賽托則是投保普通壽險和意外險。

「壽險和意外險，」我說。

「一般都是一起保的，對吧？真遺憾不知道他們兩位先生怎麼樣，葛瑞森不曉得他們還活著還是死了，也沒追蹤這些人的情況。一旦保單持有權換人，交易完成，他就沒經手了。」

「要查出他們的下落應該不會太難。」

「打幾個電話就行了。」

「對。」

他告訴我費用是多少，說他會把帳單寄過來。價格似乎很合理，而且絕對比我自己搭飛機過去要來得便宜。我這麼告訴他，並謝謝他的努力。

「沒問題，」他說。「介意我問個問題嗎？你在查什麼呢？是不是海夫梅耶陷害這些人，把他們給幹掉了？」

「感覺上是這樣，」我說。「可是得看我能從那兩家保險公司查到些什麼才能判斷。」

「沒錯。如果菲利普斯和賽托都還活得好好的，就削弱了前面的理論了，對吧？」

8

可是他們兩個都死了。

一開始我很振奮，我追到了一個連續謀殺犯的線索了，我知道他的名字、知道他住哪裡，而全世界根本沒有其他人察覺到他的存在。我感覺到舊有的自我一陣興奮，等我破了這個案子，媒體又會開始追逐我，而且這個新聞將會是全國性而非地方性的。我想著，也許我不該再從送貨後門溜走，而該面對媒體，也許我該歡迎這種關注，而且盡可能從中獲利。

只要讓自己的心靈有一半的機會，你會驚訝於它有多麼會胡思亂想。我居然還在想著要上大衛・賴特曼的節目，而且有機會把這個故事改編登上影集《法網遊龍》。我可以想像自己與電視節目主持人查理・羅斯隔著茶几坐著，解釋犯罪心理如何運作。我正想像自己為了新書宣傳跑遍全國時，才猛然想到哈朗・菲利普斯和約翰・賽托的死，並不見得能指控是海夫梅耶所為。因為他們本來就會死。他們得了愛滋病，兩個都是，而這旅費交易的掮客一定早就取得了充分的醫學證明。他們雖然死了，但不表示海夫梅耶殺了他們。自然之母也可能擊倒他們。

所以我又打了幾通電話，得到的消息讓我不必在「內部版」和「公開版」之間左右為難。哈朗・菲利普斯死於教堂區的一個收容所，當他被診斷罹患愛滋之後的兩年八個月，距他把大眾共同保險公司的保單移轉給威廉・海夫梅耶不到一年。約翰・賽托則是參加了一個海外旅遊，無疑是因為海夫梅耶買下他保單的這筆橫財才因而上路，他在一艘挪威渡輪失火、燃燒、翻覆事件中，成為溺死於波羅的海的四十八名遊客之一。

我還記得這件事，不過當時並沒太注意。我去圖書館查閱舊報紙，判定火災是因為船上的電力系統故障所引起的，而且那艘客輪所搭載的旅客稍稍超出法定上限，而且其中許多遊客可以稱之為假日狂歡客，說他們每個人都醉醺醺的並不誇張。由於通訊的混亂，以致救援延遲，不過還算是成功，超過九成的遊客和船上人員都獲救了。十二名美國遊客中，有三個不幸遇難，報紙很盡責的刊載了他們的名字，分別是路易斯安那州拉法葉市的卡本特夫婦，以及奧瑞岡州尤金市的約翰·賽托。

不知為什麼，我無法想像壞蛋海夫梅耶飛到奧斯陸，然後溜上那艘油輪，在引擎室裡頭弄電線。我也無法想像他站在舊金山菲利普斯的床邊，比方扯掉他的靜脈注射管，或拿枕頭矇住他已經被病毒毀掉的臉。

8

我離開圖書館，走了一陣子，沒特別留心往哪裡走。室外很冷，風又大，但北風過境，空氣就顯得新鮮而乾淨。

到家時，答錄機裡面有留言。馬提·麥葛羅打來留下了他的電話號碼。我給他回電，他說他只是打電話來保持聯絡而已，問我最近在忙什麼。

還是兜圈子，我說，最後又回到原點。

「這個拿來當餐廳名字不錯。」他說。

「什麼？」

「原點。可以是一家餐廳，酒吧，像是蕭爾餐廳那種等級的。那種地方你可以喝幾杯小酒，吃塊好牛排，不必擔心該配什麼葡萄酒。取名叫『原點』，是因為你總會回到那兒。你查到威爾什麼線索了嗎？」

「你一定是指威爾二號。」

「我指的是寫信給我恐嚇三個紐約名人的那個龜兒子，不過好像沒人鳥他。我想你沒機會查出什麼來吧。」

「我不認為那關我什麼事。」

「嘿，這對你來說算得了什麼呢？」我沒接腔，他說，「整件事聽起來不太對，出現的方式。別想錯了，馬修，好嗎？」

「你別替我擔心。」

「你今天早上看到了那篇別苗頭的狗屎文章嗎？」

「別苗頭？」

「操他媽的《紐約郵報》。其實這個報名跟他們那份爛報的原名差不多。《紐約晚郵》，以前的報頭是這個名字的。」

「就像《週末夜快遞》嗎？」

「那是一份雜誌，老天。」

「我知道，我只是——」

「稍稍有點不同，一個是雜誌，另一個是報紙。」現在我聽得出他聲音裡面的酒意了。我想酒意一直有，只是之前我沒發現。「有個《紐約郵報》的故事，」他說。「很多年前，早在你出生或你父親出生之前，老《紐約世界報》有個踢屁股和扯頭髮比賽，《郵報》那個爛報當時是用舊名，有天社論上說《世界報》是一條黃狗。這是個很大的侮辱，你知道，黃色新聞？你熟悉這個詞嗎？」（譯註：黃色新聞意指煽情的報導）

「不像你那麼熟悉。」

「什麼意思，喔，跟我耍嘴皮。你要不要聽下去？」

「我很想聽。」

「所以大家就等著看《世界報》如何反擊。次日《世界報》的社論說，『《紐約晚郵》說我們是黃狗，我們的反應就是任何狗對任何郵筒的反應。』你懂了吧？或者這種古時候的機鋒把你弄糊塗了？」（譯註：此係玩弄post之雙關語，既指《郵報》，亦指郵筒）

「我懂了。」

「換句話說，對著你小便。」（譯註：原文piss on you，俚語中不屑一顧之意）

「那是什麼時候的事？」

「不曉得，八十年前吧？說不定更久。現在的報紙可以直說，『去你媽的』，大家連眉頭都不會皺一下，以前的標準已經操他媽的粉碎了。我怎麼會扯到這裡來的？」

「你提到《郵報》。」

「對，《紐約操他媽的郵報》。他們對最近那封信有個評論，他們假設寫信那傢伙是個假貨，只會吹牛不會實踐。某些專家，那些大學教授，在擦屁股前應該先看看捲筒衛生紙上頭的指示。你覺得這個怎麼樣？」

「哪個怎麼樣？」

「你不覺得這樣很不負責任嗎？他們當著那傢伙的面說他是騙子。」

「那也要他有看《郵報》。」

他笑了。「然後去他媽的，嗯？可是你懂我的意思對不對？他們等於是在說，『去呀，去殺人嘛，儘管去嘛。』這就是不負責任。」

「你說是就是吧。」

「怎麼回事，你狗娘養的幹嘛一副施捨的樣子？你現在是大人物，不屑跟我講話了嗎？」

我忍住掛掉電話的衝動。「當然不是，」我好言好語的說。「我想你說得可能都沒錯，不過這些已經都跟我無關了，甚至一點邊都沾不上。現在不忙這件事我都已經夠煩的了。」

「哦，是嗎？煩什麼？」

「一件其實跟我也沒太大關係的案子，可是我好像已經接下這個案子了。有個傢伙，我很確定他謀殺了人，可是我卻搞不清是怎麼回事。」

「不是情殺就是財殺，」他說。「除非他像我這些人，是某個公共精神的象徵。」

「是財殺，可是我找不出道理來。假設你保了險，我是受益人。你死掉我就有錢賺了。」

「幹嘛不反過來？」

「我們先——」

「不要，真的，」他說，聲音抬高了。「我知道這是假設，可是我幹嘛要當倒楣鬼呢？我們來假設如果你死掉，我就贏了。」

「好。我死了你就賺到了。所以我跳出窗戶，然後——」

「這是什麼神經玩意兒啊？」

「結果你半路把我給射殺了，為什麼？」

「你跳樓，我在中途射殺你。」

「沒錯。為什麼？」

「練習瞄準？這是不是什麼腦筋急轉彎，比方你帶著降落傘諸如此類的嗎？」

「耶穌啊，」我說。「不，不是腦筋急轉彎。這只是個類似的比喻罷了。」

「好吧，對不起。我在中途射殺你？」

「對。」

「然後你死了。」

「對。」

「可是反正你掉到地上一定會死嘛。因為這只是個類似的比喻，不是腦筋急轉彎，所以拜託告訴我，你不是從一樓窗戶跳下去。」

「不是，我是從高樓上往下跳。」

「而且沒有降落傘。」

「沒有降落傘。」

「喔，狗屎，」他說。「如果是自殺，我就拿不到保險理賠了，就這麼簡單嗎？」

「不適用。」

「不適用？他媽的這是什麼意思？」

「即使是自殺，保單還是有效，」我說，「總之，我跳樓並不是自殺。」

「是喔，那是基督徒的善行，是呼應大眾的強烈要求。你跳樓為什麼不是自殺？你又不是鳥或飛機，更不是超人。」

「這個類似的比喻不太完美，」我承認。「就姑且說，我從高樓上掉下來吧。」

「那是怎麼回事，失去平衡嗎？」

「反正我也不是第一個。」

「哈！我就知道，所以是意外囉？你意思是這樣嗎？……你跑去哪兒啦？嘿，地球呼叫馬修，你還在嗎？」

「我還在。」

「你害我緊張了一下。那是個意外，對吧？」

「沒錯，」我說，「那是個意外。」

21

我悠哉的度過那個週末。參加了兩次戒酒無名會，星期六下午，伊蓮和我搭七號地鐵去皇后區的法拉盛逛新的唐人街。她抱怨說這裡一點都不像曼哈頓的唐人街，完全沒有古老或不祥的氣氛，而且安靜得令人受不了。我們最後在一家台灣素食餐廳吃飯，吃了兩口，她放下筷子說。

「我收回之前的所有話。」

「不錯，嗯？」

「簡直是天堂。」她說。

星期天我和吉姆．法柏吃晚餐，這是幾個星期來的頭一回，我們每次聚餐都吃中國菜，不過這回就在曼哈頓，不是皇后區。我們談了很多不同的話題，包括馬提．麥葛羅當天早上登在《每日新聞》的專欄，專欄裡面他指控威爾二號耍了我們大家。

「我不懂，」我說。「前兩天我才跟他談過，他很不爽《紐約郵報》寫了一篇報導，說這個威爾只有帽子沒有牛。現在他自己──」

「只有帽子沒有牛？」

「就是光說不練。」

「我知道那是什麼意思。只是沒想到你這個紐約佬嘴裡會冒出這種字眼。」

「最近我跟很多德州佬通過電話，」我說。「也許被傳染了。問題是他前幾天說《郵報》挑釁威爾是不負責任，現在他自己卻故意去刺激他，說那個傢伙是吹牛或腦袋有問題。」

「也許是警方叫他寫的。」

「也許。」

「可是你不這麼想。」

「我想他們比較可能讓睡著的狗安眠。這比利用馬提去當貓爪子要更像他們的作風。」〔譯註：貓爪子，意謂被利用的人〕

「一堆貓貓狗狗，」他說。「聽起來像下雨。〔譯註：英語中「一堆貓貓狗狗」用於形容傾盆大雨〕麥葛羅是個酒鬼，對吧？你沒告訴過我嗎？」

「我可不想洩他的底。」

「哎，盡量洩他的底吧。『人非聖賢』，記得嗎？」

「那我想他是個酒鬼。」

「所以他出爾反爾又有什麼好驚訝的呢？或許他不記得自己反對過《郵報》那篇報導。或許他根本不記得自己看過呢。」

∞

星期一吃過早餐後，我立刻開始打電話，打了六通，有些講了很久。我是在公寓裡打的，而不是對街的旅館房間，這表示我得付錢。此舉讓我覺得自己高尚而愚蠢，而非卑鄙而聰明。

星期二早上馬提．麥葛羅的專欄裡有一封威爾寄來的信。頭版還有個戲謔的標題，不過頭條大新聞是發生在布魯克林布什維克區一個與販毒有關的大屠殺。我連報紙都還沒看到，早餐時門房就打電話上來，說有聯邦快遞。我說我會下去拿，而且急得連第二杯咖啡都沒喝。

快遞來的東西正是我在等的。是昨天寄出的三張照片。全是同一個人的四乘五彩色快照，是個五十歲上下的白種男人，體格不錯，鬍子刮得很乾淨，眼睛和一小部分臉被金屬邊眼鏡遮著。

我呼叫阿傑，然後跟他在長途巴士總站的一個午餐小店碰面。那兒擠滿了全神戒備的人，眼睛不時環視整個房間。我想他們這麼提防不無道理。不過很難猜出他們到底是比較怕被攻擊，還是怕被逮捕。

阿傑對甜甜圈大感興趣，要了兩個。我點了一個烤貝果，吃掉半個。咖啡就省了，我曉得這兒的咖啡喝不得。

阿傑斜睨了那些照片一眼，然後宣稱他的目標看起來像克拉克．肯特（譯註：Clark Kent，超人的掩護身分，為《芝加哥地球報》記者，個性害羞而笨拙）。「只不過他如果想變成超人的話，該換的不只是衣服而已。就是這小子斃了麥倫嗎？」

「拜倫。」

「對啦，我指的就是他。是這傢伙幹的嗎？」

「我想是。」

「看起來不像冷面殺手。倒像是踩蟑螂之前都還要先通知一下那種人。」

「你上次找到的那個目擊證人，」我說。「不曉得還能不能再找到。」

「販毒的那傢伙。」

「就是那個。」

「應該還能找到。既然他要賣東西，就不能把自己弄得太難找。不然大家就會去找其他人買貨了。」他敲敲那些照片。「大哥，那傢伙只見過凶手的背影。」

「開槍後他也沒瞥見那個人的臉嗎？」

他頭歪向一邊，努力回想。「他說凶手是白人，」他回憶。「還說長相很普通。那一定是看到了一眼，可是難道沒有其他目擊者比他看得更清楚嗎？」

「應該有幾個，」我同意。

「所以我們該怎麼做，拿照片去給他們看看？」

我搖搖頭。「其他證人可能必須上法庭作證。這表示要指認海夫梅耶的話，就得由警方安排一排人給他們指認。如果他的律師發現哪個私家偵探之前拿過照片給他們看，他們的指認就有瑕疵，法官會判定指認無效。」

「我找到的那個傢伙不會去作證的，」他說。「所以有瑕疵也無所謂。」

「沒錯。」

「瑕疵，」他重複道，玩味著這個字眼。「唯一的問題是，我今天應該去替伊蓮工作，她要去某個人告訴她的一個救世軍商店尋寶，我得替她看店。」

「我去替你的班。」

「不曉得吔，」他說。「大哥，你得先學會很多玩意兒。寫售貨資料、準備收費條，還要懂得怎麼討價還價。不光是進去坐在那裡就成了。」

我一掌拍過去，他笑著躲掉了。「我不是告訴過你嗎？」他說。「你得好好練練刺拳。」然後抓起那些照片走向店門。

8

那些照片是克利夫蘭西方預備大學一個大三學生拍的。一開始我找威利．東恩介紹一個人給我，可是我打電話過去，那個人很忙，不知道什麼時候才能抽出空來。他又介紹我另外兩個人，結果打電話過去都是答錄機，於是我翻了電話本，打電話給俄亥俄州馬西隆市的一個熟人。馬西隆離克利夫蘭有段距離，不過我認識的人裡頭，沒有人住得更近了。

我是在六七年前認識湯姆．哈利哲的，當時有個人曾被我逮捕送進牢裡，出獄後殺了一個伊蓮的老朋友，還有這老友的老公和小孩。負責辦這個案子的警察就是哈利哲，他是個熱愛自己工作而且辦案很在行的刑警隊長。我們很合得來，而且一直保持聯絡。他每隔一陣子就會邀請我去俄亥俄州獵鹿，我都婉拒了，但我和他在紐約見過兩次面。第一次他一個人來，參加傑維茲中心的一個警察商品展，我跟他碰面吃中飯，帶他在市內逛了逛。他很喜歡紐約，於是一年多後又跟老婆一起來，伊蓮和我帶他們出去吃晚餐，而且替他們買歌舞劇門票。我們跟他們一起去看林肯中心重演的《旋轉木馬》，不過讓他們自己去看《貓》。伊蓮解釋，友誼頂多只能做到這一步。

他聯絡克利夫蘭市警局的熟人，很快就查出威廉．海夫梅耶一生中從沒惹過麻煩。「他沒有黃色表格，」何力謝克解釋。「表示他沒有被逮捕過。至少沒在庫亞賀加、沒用這個名字。」

我謝了他，然後跟他要了克利夫蘭警局熟人的名字和電話。

「既然他從沒被逮捕過，」他繼續說。「他們那兒肯定沒有他的照片，加文——」就是他在克利夫蘭警局的朋友——「給我一個剛退休的警察的電話，但結果這傢伙正在佛羅里達度假。所以我就想到我妹妹的兒子。」

「他是警官？」

「是大學生。畢業後就是律師了。剛好是我們這個世界正需要的。」

「律師也不能太多。」

「這應該由老天爺決定，他好像一直在製造更多律師。要不了多久，他們就沒人可告，只好互相打官司了。這個年輕人很聰明，別管他舅舅是什麼德行，攝影是他的專長。」

「那他盯梢的本事怎麼樣？」

「盯梢？喔，躲起來拍照片。我看這小鬼不愛走正路。剛好對他選擇的職業來說很管用。要不要我打電話給他？」我說好。「什麼時候我們去獵鹿，能不能告訴我呢？」

「可能永遠不會。」

「我永遠沒法讓你當個獵人，是吧？欸，冬天結束後你不妨過來一趟，我們可以在樹林裡走一走，其實這是打獵最棒的部分。不必帶槍，也不會不小心被哪個喝多酒的醉鬼當成公鹿給射殺。當然，這麼一來的話，你就沒法帶鹿肉回家了。」

「也就不必假裝很喜歡鹿肉了。」

「你不喜歡鹿肉，嗯？老實說我也不喜歡，不過出去獵頭鹿回來，會讓男人得到滿足。」

我從伊蓮的店打電話告訴他收到照片了，而且他外甥拍得很好。

「真高興聽到這個消息，」他說。「不過我並不驚訝。他一向很會拍照，從小就拍得好。我昨天晚上才跟他通過電話，我高興的是，他做這件事開心得要命。這個小鬼可以當個好警官。」

「我敢說你妹妹一定很樂意聽到這個。」

「她和我妹婿一定都很樂意，而且我想我懂他們的想法。當然囉，律師賺的錢比警察多。誰說過這個世界是公平的？」

「不曉得，」我說，「可是我發誓不是我說的。」

8

我花了幾個小時看店，還好我不必常常做這件事。有個人——我想是巴斯卡——的書裡說過，所有人類的問題都源自於他們無法獨處。基本上我很善於獨處，也許開著電視也許不，不過那天我發現一個人獨處是個考驗。首先，我寧可出去做點別的事情。其次，一直有人進來打擾我，而且是毫無目的的那種打擾。他們會打電話來找伊蓮，想知道她什麼時候回來，然後不留名字就把電話給掛掉。或者會開門，探頭進來，結果看到我而非女主人坐鎮，露出驚訝的表情，然後就跑掉了。

的確有兩三個人進來逛了逛，不過我不必跟他們講價或準備收據，因為他們根本沒有要買的意思。有個人問了幾幅畫的價錢——所有價錢明明都標示得很清楚——然後說他會再回來。這就好比跟一個妞兒看過一場電影之後，告訴她「我會再打電話給你」是一樣的意思。「開店的人，」伊蓮曾告訴我，「比約會的女郎要來得實際。我們知道你不會再回來的。」

我倒是有了看報紙的時間。馬提．麥葛羅的專欄的確刊出威爾最近的一封信。沒有署名，這位匿名作者明白表示他名單上的三個人只是個開頭而已。更多人會出現在他的下一份名單，除非我們看到光明並改邪歸正。那封信讓我厭倦，而且我才不相信。我有種感覺，連威爾二號自己都不相信。

下午過了一半，阿傑曾過來晃了一下。他身穿破爛的牛仔褲，橘紅色的背心，外罩迷彩夾克。一副在黑道很吃得開的樣子。

「我得換衣服，」他說，溜過我身邊到後頭房間去。出來時換了卡其長褲和領尖有鈕釦扣住的男式襯衫。「不想把客人嚇跑，」他說，「不過如果我穿這德行去市中心晃，會把那裡的哥兒們嚇跑。」

「你找到他了？」

他點點頭。「他說是他看到的那個凶手沒錯。」

「他有多確定？」

「他願意發誓，只不過沒說要拿什麼來發誓。我告訴他不必發誓，沒錯吧？」

「可能吧，你可不可以現在接手看店，等伊蓮回來？」

「沒問題，你要去哪兒，大哥？」

「你猜不出來嗎？」

「我才不猜呢，」他說。「我是用偵探技術，偵測出你要去克利夫蘭。」

我告訴他，他是個好偵探。

8

我先從店裡打電話去訂好機票，再走路到菲麗絲・賓罕的辦公室拿票，然後回公寓收拾了一個旅行包，裡面裝了乾淨襯衫還有換洗的襪子和內衣。我不知道這次會去多久，但我想無論如何會過夜。

菲麗絲安排我從紐華克機場搭大陸航空的班機。我到機場時，正好是尖峰時間，等到飛機在克利夫蘭降落時，大部分通勤的人都已經坐下來吃晚餐了。機場出口有幾個人拿著寫了名字的厚紙板等候，其中一個有我的名字。拿厚紙板的小鬼很高，長手長腳的，微紅的金髮剪得很短，一張瘦窄臉。

「我是馬修．史卡德，」我說，「你一定是捷森．葛瑞芬。你的湯姆舅舅說，他會試著聯絡你，如果你有空，就會過來。」

他露出牙齒笑開了。「他說我最好有空。『去接機，然後載他去湖林市，還有隨便他想去哪裡。』你想先去湖林市嗎？那傢伙就住在湖林市。」

我說是，然後走向他的車，是一部車齡兩年左右的日本進口車。閃閃發光，我想他來機場前去過自動洗車店。

去湖林市的路上，我問他對這個案子有什麼了解。「一點了解都沒有。」他說。

「湯姆什麼都沒告訴你？」

「我舅舅那種人只把必要的事情告訴你，」他說。「他上回只給我一個名字和地址，叫我去偷拍這個人的照片。我說我可能得買個望遠鏡頭。」

「我可以還你這筆錢。」

他又露出笑容。「『那就去借啊，』他說。所以我就去借來了。我停在海夫梅耶先生房子的街對面，他回家時直接把車子開進車庫。是那種搭在房子旁邊建起來的車庫，那一帶很少見。那兒大部分是老式的房子，不過他的房子比較新，有那種密封車棚型的車庫。他就把車子開進去，我連看一眼的機會都沒有，更別說對焦和照相了。」

「那你怎麼辦，等著他再出來？」

「才不呢，因為他很可能同樣開著車子出來，對不對？湯姆舅舅沒教我怎麼應付這種狀況。事實上，他給我的唯一忠告——你猜得出來是什麼嗎？」

「帶個牛奶瓶。」

「他說廣口玻璃瓶。差不多。我問他要拿來幹嘛，他說等我在車上坐個幾小時，就會曉得答案了。這時我才明白玻璃瓶的用途。你絕對猜不到他接下來告訴我什麼。」

「什麼？」

「『等瓶子滿了，就在水溝裡清掉。』我說，喔，就倒進水溝裡嗎？不會有人看到的，他說，而且會被沖走。我跟他說，謝謝他睿智的忠告，不過我自己應該也想得出該怎麼清掉玻璃瓶裡面的東西。他說，他帶了這麼多年菜鳥警察，已經曉得絕對不要漏掉交代任何細節。」

「他是個聰明人，」我說。「不過我站在你這邊。我覺得你自己有辦法把玻璃瓶裡面的東西清掉的。」

「也許，不過另一方面，我得承認我一開始從沒想到要帶玻璃瓶。電影裡從沒看過在瓶子裡尿尿的。」

我同意的確沒有。「你怎麼拍到那些照片的？」

「隔壁幾戶有個小鬼自己一個人在街上打籃球。我告訴他，如果他願意去按那個人的門鈴，讓那傢伙出來，我就給他五塊錢。他過去按了鈴就跑掉，海夫梅耶先生把門打開一條縫，然後又關上。我拍了一張照片，不過沒寄給你，因為什麼都沒拍到。總之，我告訴那個小鬼，說他的工作做得不夠好，不過如果他願意再試一次，讓那個人出來，我除了原來的五塊錢之外，還願意再多加五塊錢給他。」

「結果成功了。」

「他搞定了。他回他自己家裡，拿了一個這麼大的紙袋，裡頭塞了幾團報紙。接下來他把紙袋放在海夫梅耶的門廊上，點了火，再按一次門鈴，還用力敲了幾下門，然後就像個小偷似的跑掉了。海夫梅耶還是把門打開一條縫，然後衝到外面來對著那個起火的紙袋又踢又踩。」他笑了。「我花了好一會兒才能對焦，因為我笑得沒法把相機握牢。實在很好笑。」

「我可以想像。」

「其實這是個老套的鬼節惡作劇招數。」

「不過我記得，」我說，「紙袋裡應該有個驚喜。」

「是啊。狗大便，這樣你去踩熄火的時候，就會踩到狗屎。那個小鬼省掉這部分了。」

「不過效果一樣好。」

「那些照片看不出他在做什麼，」他說，「因為用那種鏡頭，我只能拍到他的臉。可是我一看到那些照片就想笑，因為他的表情讓我想起整件事。」

「我原先還覺得他好像一副被困住的樣子。」

「是啊，」他說，「現在你知道為什麼了。」

∞

克利夫蘭機場位於市中心的西南邊。湖林市就在伊利湖邊，離西克利夫蘭很近，所以我們不必經過市中心的塞車陣就直接過去。捷森邊開車邊跟我聊，我不自覺的拿他跟阿傑比。捷森也許大一兩歲，看起來，他有了白皮膚和中產階級出身的庇蔭，日子過得好些。他受過較多正式教育，雖然你也可以說，阿傑的街頭閱歷同樣有價值，每一分學費都很昂貴。到了湖林市時，我認定這兩個人其實沒差那麼多，都是很不錯的小孩。

湖林市是個老郊區，有很多大樹和戰前蓋的房子。不時可見前人廢棄的空地上蓋了新的一層樓矮頂四方形房舍，跟周圍很不搭調。我們停在其中一棟的街對面，捷森關掉引擎。

「現在看不到那把火的痕跡了，」他說。「上回我開車走掉時，他正用掃把在清理。我想他清得很乾淨。」

「他可以雇那個放火的小孩來替他擦洗。」

「那就太帥了，對吧？不知道他在不在家。車庫的門關著，也不曉得他的車有沒有停在裡面。」

「我想我不必點把火去確定，」我說。「去按他的門鈴就是了。」

「你要我跟你一起去嗎？」

我想了想。「不用了，」我說。「我想不必。」

「那我就在這裡等。」

「很謝謝你，」我說。「我不知道會待多久，應該會花上一些時間。」

「沒問題，」他說。「我還帶著那個玻璃瓶。」

∞

我只需要按一下門鈴。八個音符的電鈴聲還沒完全停歇，我就聽到他的腳步聲走近。然後他把門拉開一條縫，看到我，隨即把門整個打開。

原來那些照片拍得很像。他很瘦小，粉紅色的臉上和梳理齊整頭髮上的灰斑都顯出他的年紀。湊得這麼近，我可以看見他雙焦眼鏡後頭水藍的眼珠。

他穿著斜紋呢寬鬆長褲和格子呢運動衫。襯衫的胸前口袋裡插著幾支筆。棕色短統繫帶皮鞋擦得晶亮。

這回他的門廊上沒有火，只有另一個中年男子。但海夫梅耶依然露出受困的表情，好像這個世界有點讓他難以招架。我懂那種感覺。

我說，「海夫梅耶先生嗎？」

「是的。」

「我能進去嗎？我想跟你談一談。」

「你是警察嗎？」

這種問題常讓我有回答「是」的衝動，或者巧妙的不予回答。但這回，我不認為有那個必要。

「不是，」我說。「海夫梅耶先生，敝姓史卡德。我是紐約的私家偵探。」

「從紐約來的。」

「對。」

「你怎麼來的？」

「我怎麼……」

「搭飛機嗎？」

「對。」

「好吧，」他說，肩膀垂下來。「你最好進來，好嗎？」

原先我以為他邀我進門只是基於禮貌。他帶我走進前廳，招呼我坐在一張椅子上，然後說他可以泡壺茶，我要不要喝？我說好，並非出於禮貌。喝個茶好像挺不錯的。

他在廚房忙的時候，我坐在客廳裡，忽然想到他可能揮舞著一把屠刀，或者握著他殺掉拜倫·李歐波那把槍走出來。如果他真這麼做，我一點機會都沒有。我沒穿防彈背心，而且身上唯一的武器只有鑰匙圈上頭的指甲刀。

不過我知道我不會有任何危險。他拿刀或槍對付自己的可能性更大，而且我想他有這個權利。不過他也沒自殺。

他拿著一個銀托柄的核桃木茶盤出來，上頭有個瓷壺，旁邊擺著糖罐和一個小牛奶壺，還有湯匙、茶杯和托碟，他把東西一一在茶几上放妥。他的茶加上糖和牛奶，我則是什麼都不加。那是立生小種紅茶。一般來說，我沒法分辨出不同的茶種，不過我沒喝之前，就認出這種茶的煙燻味。

「什麼都比不上喝一杯茶。」他說。

我把身上帶著的一個小型錄音機拿出來，擺在茶几上。「如果你沒問題的話，」我說。「我想錄音。」

「應該沒問題吧，」他說。「真的，錄不錄音又有什麼差別呢？」

我按下錄音鍵。「這是馬修・史卡德和威廉・海夫梅耶的談話錄音，」我說，接著報上日期和時間。然後我在椅子上往後靠，讓他有機會講話。

「我想你都知道了。」他說。

「大部分都知道了。」

「我早知道你會來。當然，不知道是你，或任何特定的人。不過我知道會有某個人來。真不懂我怎麼會以為自己逃得過。」他抬起眼睛看著我。「我一定是瘋了。」他說。

「事情是怎麼發生的？」

「那艘船，」他說。「那艘可怕的船。」

「那艘渡輪。」

「麥格納・西佛森號。你知道，那艘渡輪根本沒有管理，擺明了非常不安全。你不會相信這艘船有多少違規的地方。而且你知道它害多少人白白送死？」

「四十八個。」

「對。」

「約翰・賽托是其中之一。」

「沒錯。」

「你有他的保單，」我說。「是透過德州一個旅費交易經紀人買下的。你以前做過這種旅費交易，其中一個姓菲利普斯。」

「哈朗．菲利普斯。」

「你從菲利普斯身上賺了一筆，」我說，「然後投資在賽托身上。」

「這些都是不錯的投資。」他說。

「據我所知的確是。」

「從各方面來說都不錯。無論是對那些可憐患病又沒錢的人，或者我們這種尋找高利潤又安全的投資方式的人。對不起，你告訴過我你的姓，可是我不記得了。」

「馬修．史卡德。」

「是，當然。史卡德先生，我是個鰥夫。我太太以前患了多重硬化症，婚後的大半歲月都臥病在床。她過世已經快滿七年了。」

「一定很痛苦。」

「是的，我想是。你會慢慢習慣，就像你會習慣獨居。我在一家公司工作了二十幾年。五年前他們希望我提早退休。『多年來，你一直是個忠心的好職員，因此我們願意付錢請你辭職。』當然了，他們沒這麼說，但反正我得到的指示就是這樣。我接受了他們的條件，其實也沒有太多的選擇。」

「所以你就有錢投資了。」

「如果我想活下去，就非把那些錢拿去投資不可。存在銀行裡頭的利息不夠，而且我老擔心銀行倒閉的風險。你是搭飛機來這裡的，對吧？我這輩子從沒搭過飛機。我一直很怕飛行。很荒謬吧？我在街上射殺了一個人，冷血無情的謀殺他，可是我卻怕搭飛機。你這輩子聽過這麼荒謬的事情嗎？」

我盡量不去看錄音機。只希望這些話都錄了下來。

我說：「那艘船沉沒的時候……」

「麥格納·西佛森號。海上的死亡陷阱。我們總以為北歐的船應該不會太糟，對吧？」

「那是意外。」

「是，是意外。」

「而且這件事起了頭，對吧？你所持有約翰·賽托的保單是五萬元，如果他待在家裡死於愛滋病，你就會得到五萬元。」

「但因為他是死於意外……」

「我得到了雙倍。」

「對。」

「十萬元。」

「是的。」

「因為那張保單有雙倍理賠條款。」

「我當時根本不知道，」他說。「我根本沒概念。收到保險公司的支票時，我還以為他們搞錯了。而且我還真打電話給他們，因為我相信我如果沒通知他們的話，他們日後還會跟我追討利息。結果他們告訴我雙倍理賠的事情，還有賽托先生死亡的方式如何讓我得到保單面額雙倍的錢。」

「好一筆橫財。」

「我簡直不敢相信。之前我付三萬八千元買那張保單，所以這個投資的報酬已經很好了，但結果真是太驚人。我的投資幾乎回收了三倍。三萬八千元變成了十萬元。」

「一夕之間。」

「沒錯。」

「所以你又參與了另一個旅費交易。」

「對。我相信這是一個很好的投資媒介。」

「了解。」

「我把一些收入存進銀行，其他的又拿來投入另外一個旅費交易。這回我買的保單比較貴，七萬五千元。」

「你曾事先確定過那個保單有雙倍理賠條款嗎？」

「不！不，我發誓我沒有。」

「嗯，我了解。」

「我從沒問過。可是收到保單後——」

「你瞄了一眼。」

「對。你知道，只是看看有沒有這種條款罷了。」

「結果有。」

「對。」

我沒搭腔，沉默著，又喝了點茶。小錄音機側邊的紅燈亮著，錄音帶繼續轉，錄下了這段沉默。

「有些評論家嚴厲批評旅費交易。並不是基於投資觀點，每個人都承認這是個好投資，而是針對等著某個人死掉，好讓自己成為他的理賠受益人這種想法。我看過一個漫畫，一個人走在沙漠裡，一堆禿鷹在他頭上盤旋。可是事情完全不是這樣。」

「有什麼差別？」

「因為其實你不太會想到那個人。如果只要你稍稍顧念他，你就會希望他活得很好。我當然寧可希望某個人多享受一個月的生命，也不願我的投資提早一個月到期。畢竟，我知道他不會長生不死，這是科學事實，我的本金和利息都有保障，因為他身體狀況的生物過程不可逆反。哈朗．菲利普斯和約翰．賽托也是如此，我早知道他們快死了，不會再活太久。可是我並沒有老想著這件事，也不希望他們早點死。」

「可是換了拜倫．李歐波，就不一樣了。」

他看著我。「你知道怎麼回事嗎？」他問。

「我想我知道。」

「如果他得了愛滋病，最後因此而死，我就會拿到七萬五千元。如果他被車撞死，或者在浴缸裡摔死，或者死於火災，那我就會得到雙倍的錢。」他摘下眼鏡，雙手拿著，凝視著我，毫不設防的說。「我沒法想其他事，」他說。「我沒法把這個事實趕出腦子。」

「我明白。」

「是嗎？再告訴你事情是怎麼發生的。我開始覺得那是我的錢，十五萬元都是。我開始覺得自己應該得到那十五萬。」

我聽過一些小偷講過類似的話。小偷想要你的東西，他心裡就開始把所有權移轉，所以東西就都變成他的——他的錢、他的錶、他的車。他看到你還持有這些東西，所以他是出於一種幾乎是正當的義憤，才去拿的。他從你那邊拿來時，並不是偷竊，而是收回而已。

「如果他死於愛滋病，」他說，「就少掉一半的錢。我無法自制的一直想著這是個多大的浪費。這些錢不會被他，或他的繼承者，或任何人拿走。完全就是損失。但如果他不幸死於意外——」

「那錢就是你的了。」

「對，而且不會讓任何人付出代價，那不是他的錢，或其他任何人的錢，我會得到一筆純粹的橫財。」

「那保險公司呢？」

「可是他們已經把風險考慮進去了！」他的聲音忽然拔高，音量也驟增。「他們賣給我一個有雙倍理賠條款的保單。我相信是業務員建議的，不會有人刻意要求這種條款。這個條款會使得每期保費高一點，所以錢已經在那裡了，如果不是我得到這筆意外之財，那就是保險公司得到，因為他們只好留下這筆錢。」

我還是沒出聲，他的聲音陡然降下，然後說，「當然那些錢不會憑空生出來。是保險公司提供的，我也沒資格拿。可是我開始覺得自己應該得到那筆錢。如果他意外死掉，那就是我的錢了，一毛也不少。如果他死於愛滋，那我就少拿了一半。」

「少拿了一半。」

「沒錯，我當時就是這麼想的。」他拿起茶壺，把我們兩個人的茶杯都注滿。「我開始想像意外的發生。」他說。

「想像？」

「想像可能發生的一些事情。我們這一帶有很多人死於車禍。我想這類意外在紐約比較少。」

「還是有，」我說，「不過沒那麼多。」

「一想到紐約，」他說，「你就會想到那兒的人很容易被謀殺。雖然真正的謀殺率比起其他城市沒那麼高，對吧？」

「的確，沒那麼高。」

「紐奧良高多了，」他說，然後說了其他幾個城市的名字。「不過在一般人心目中，」他說，

「紐約大街是全國最危險的地方。甚至是全世界最危險的地方。」

「我們是有這個名聲沒錯。」我同意道。

「所以我就想像他會碰上這種事。一把刀或槍，迅速結束生命的外傷。你知道我當時怎麼想嗎？」

「怎麼想？」

「我還想這對我們兩個人來說，是多麼幸運的事情。」

「對你和拜倫·李歐波兩個人？」

「沒錯。」

「你怎麼會這麼想？」

「讓他迅速的死亡。」

「簡直為了仁慈而殺人。」我說。

「你是在諷刺，可是難道病死會比較仁慈嗎？生命一點點的被吞噬掉，讓你一步步走向死亡，最後在你死掉之前，就奪走你活下去的意志？你知道目睹這種事情發生在自己所愛的人身上，是個什麼樣的感受嗎？」

「不知道。」

「那你應該很慶幸。」

「我是很慶幸。」

他再度摘下眼鏡，用手背擦擦眼睛。「她就是一點一點的死掉，」他說。

我什麼都沒說。

「我太太。她花了好幾年才走完死亡之路。死亡先讓她用拐杖，然後讓她坐上輪椅。這會吞噬掉她生活的某一部分，我們就得調整自己去習慣這種情況。然後死亡又會再咬一口，情況永遠不會好轉，只會愈來愈糟。」

「對你來說一定很難熬。」

「我想是，」他說，彷彿他從沒想到過這一點。「對她來說太可怕了。我常祈禱讓她死掉，覺得很矛盾。你怎麼可能祈禱一個心愛的人死掉呢？你會祈禱她得到解脫，但怎麼有辦法祈禱她死掉呢？『上帝啊，減輕她的痛苦吧。』我會這麼說。『上帝啊，賜予她承受重擔的力量吧。』然後我不自覺的就會祈禱，『上帝啊，讓這一切結束吧。』」他嘆了口氣，直起身子。「可是一切都沒有絲毫不同。疾病有它自己的行程表，有它自己的步調。祈禱無法使它減緩或加速。它想折磨她多久就折磨多久。然後殺了她。然後一切就結束了。」

8

那個錄音機似乎有戲劇感，第一面剛好挑在這時候錄完。一般人都會想盡可能順利的把錄音機打開換面，然後重新錄音，免得打斷氣氛。結果我的手指卻破壞了這個過程，我笨手笨腳的按鈕，又笨手笨腳的把錄音帶換面。

也許這樣也好，也許氣氛正需要打斷。

他重新開口，話題轉向拜倫・李歐波。「一開始我只想著可能會有人殺掉他，」他說。「某個闖入他家的小偷，或者街上的搶匪。任何事情，街頭毒販戰爭中某顆亂飛的子彈，或者我在報上或電視裡頭看過的任何情景。我會在腦中重新排演一遍，然後想像是發生在他身上。我看過一個節目，我想是真實故事改編的，裡頭的男護士把病人給悶死。不見得都是絕症病人，所以我想這個事件不能算是仁慈殺人的案例。我想著這種事情可能會發生，然後我想到，如果病人真這樣被殺掉的話，可能會被誤判為自然死亡。」

「那你就虧了。」

「對，而且還永遠不知道怎麼回事。我只知道，某個好心的護士可能把哈朗・菲利普斯給悶死，他的保單也有雙倍理賠的條款，所以——」

「沒錯。」

「如果拜倫・李歐波會死於謀殺的話，就不能讓他看起來像是死於睡夢中，或者像是死於疾病。這種意外無法偽裝成自然死亡。我查過，凶殺符合保險的意外死亡定義。到了這個時候，你知道，我已經盤算著要自己動手了。我不知道這個念頭是什麼時候進入我腦中的，但一旦有了這個念頭，就再也擺脫不掉了。除了這個，我什麼都沒法想。」

以前他從沒想過要採取行動結束他太太的生命，就連他祈禱太太早日死亡時，也從沒想到要真的去做什麼事。當他開始實際考慮殺害拜倫．李歐波的很多方法時，忽然想到，當初一把刀或一顆子彈，就可以免去他太太許多痛苦。

「可是我絕對做不出來。」他說。

「但你覺得換了李歐波你就做得出來。」

「我不曉得。我唯一能想像的方式是用槍。我不可能打他或用刀刺他，但或許我可以拿槍指著他，扣下扳機。也說不定我做不到。我完全不敢確定。」

「你從哪兒弄來那把槍的？」

「我有這槍已經好幾年了。原來是我一個舅舅的，他過世之後，我舅媽不希望家裡有槍。我把它連同一盒子彈放在閣樓的一個皮箱裡，就忘了這件事。然後我想起來，東西還放在那裡。我連那把槍還能不能用都不知道，我還想，如果我射擊的話，說不定會轟掉自己的腦袋。」

「可是你無論如何還是拿來用了？」

「我開車去鄉下試射。只朝著一棵樹的樹幹射了兩發子彈。槍好像沒問題。所以我就回家，想著這件事，吃不下睡不著。然後我知道我得找些事情來做。於是我就去了紐約。」

「你帶著那把槍，怎麼通過機場的安全檢查？」

「我怎麼……可是我沒去機場，我不搭飛機，從來沒搭過。」

「你剛剛說過，」我說。「我忘了。」

「我搭火車，」他說。「沒有安全檢查，不必通過金屬偵測器。我想他們不怕劫火車。」

「從傑西．詹姆斯〔譯註：Jasse James，美國著名大盜，南北戰爭中加入南軍游擊隊，曾率領武裝盜匪在西部各地搶劫銀行及火車〕之後就不怕了。」

「我到了紐約，」他說，「找到他住的那棟大廈，結果一個半街區外就有一家供早餐的旅社。我不知道自己會在那裡待多久，但我想如果我有膽去做那件事的話，最多不會待超過一個禮拜。」

結果，在那家旅社住了一夜後，次日早晨他就有機會。他走到那個小公園，以便觀察李歐波那棟大廈的門口，此時他看到李歐波撐著兩支拐杖帶了一份報紙出現，他直覺上就知道這是他尋找的人。他臉上顯示了愛滋病的病徵，而且顯然已經到了末期了。

可是他沒把槍帶在身上。槍還放在旅社房間裡，用一條抹布包著，鎖在他的行李箱裡面。

第二天早上他帶槍出門，到達公園的時候，拜倫．李歐波已經坐在那張板凳上了。他忽然想到，這個區似乎住了很多同性戀者，說不定有其他愛滋病患也住在那棟大樓裡。雖然迅速的死亡無疑可以解救這個有福的人，不管他是誰，但確定一下他的身分似乎比較慎重。這樣可以確保這樁謀殺能讓他得利——無論他怎麼找藉口合理化，他殺人還是為了錢，如果殺錯了人，那他就一點好處都得不到了。

「所以我走向他，」他說，「喊了他的名字，他點點頭，然後我又喊了一次他的名字，他說是的，他是拜倫．李歐波，或類似的話，我也記不清了。我還是不確定自己會動手，你知道，因為我還在掙扎。我可以確認他的身分後就轉身走開，下回再動手。或者我可以回家，然後忘掉這一切。

「『李歐波先生？』『是的。』『拜倫．李歐波？』『是的，有什麼事？』諸如此類的。然後我掏出槍，朝他射擊。」

此後的記憶甚是模糊。他開始跑，希望有人追上來，希望被逮住。但沒有人跟著他，也沒人抓到他。中午剛過，他就搭上了回程火車，回克利夫蘭。

∞

「我還以為他們會找上門來，」他說。

「結果一個都沒有。」

「對。公園裡有幾個人，目擊者。我以為他們會描述我的長相，然後會弄出一張合成畫像登在所有報紙上。我以為會有人把保單和我聯想在一起。可是報上什麼也沒登，至少我什麼都沒看到。我一直等著有人找上門來，可是一個都沒有。」

「聽起來你似乎歡迎有人找上門來。」

他緩緩的點頭。「我一直想著這件事，」他說，「到現在還是無法向自己解釋，也絕對無法向其他任何人解釋。我原先有個幻覺，以為自己可以去紐約，殺了這個人，然後回到這裡，而我生活中的唯一改變就是我會更有錢。」

「結果事情不是這樣。」

「我扣下扳機的那一剎那，」他說，「那個幻覺就忽然消失，像煙霧裡的圖畫一樣，一陣風吹過就沒了。一點痕跡都沒有。然後事情完成了，那個人死了，再也無法挽回。」

「不可能了。」

「對，絕對不可能了，過去的事情一絲都無法改變。全都刻在石頭上，連一個字、一個筆畫都無法抹去。」他沉重的歎息。「我原以為……唉，別管我怎麼以為了。」

「告訴我吧。」

「我原以為殺了他也沒差，」他說。「我以為反正他早晚都得死。結果他的確死了！」

「沒錯。」

「我們所有人也是一樣，每一個人。人都不免一死。但這就表示殺人無罪嗎？」

上帝殺人就無罪，我心想。他常常在動手。

「我告訴自己，我幫了他一個忙，」他苦澀的說。「我讓他輕鬆的死去。可是我憑什麼以為這是他想要的？如果他已經準備要死，他可以吃藥，可以把塑膠袋套在自己頭上。有太多方式了。老天在上，他住在高樓上，如果他想死的話，還可以從自家窗子跳樓。」他的眉毛攢成一團。「看得出來他並不急著赴死，他賣掉保單只有一個原因，就是要拿錢活下去。他希望盡可能活得久、活得好。所以我提供他那筆錢，」他說，「然後我又取走了他的性命。」

他剛剛說話中途，把眼睛摘下來了，現在他再度戴上，透過鏡片看著我。「好吧，」他說，「現在怎麼辦？」

永遠都是美麗的問題。

「你有幾個選擇，」我說。「有個克利夫蘭的警官，是我一個朋友的朋友，他很熟悉整個狀況。我們可以去他的警局自首，讓他正式宣讀你的權利給你聽。」

「米蘭達警告，」他說。（譯註：根據美國聯邦最高法院判例，警方進行逮捕時，必須告知嫌犯有保持沉默及要求律師的權利，否則所有取得的證詞均會被視為違反正當程序而無效。該警告詞即稱「米蘭達警告」（Miranda warning），因一九六六年亞歷桑那州對一強暴犯歐內斯托．米蘭達提起公訴的案例而得名）

「對，一般是這麼稱呼。然後當然你可以有律師在場，他會跟你解釋有哪些選擇。他可能會建議你接受引渡，然後你會被安排押送去紐約。」

「我明白了。」

「或者你可以自願跟我去紐約。」我說。

「去紐約。」

「對。這樣做的好處是，主要可以替你省掉許多延遲和官僚公文作業。而且還有另外一個私人的好處。」

「是什麼？」

「我不會使用手銬，」我說。「如果你被正式拘捕，全程就得被銬住，這樣在飛機上會很尷尬而且不舒服。我沒有警方的身分，所以不受這種規則約束。我們只要坐在一起就行了。」

「在飛機上，」他說。

「喔，對，你不搭飛機的。」

「我想你一定覺得很愚蠢，尤其是現在這種時候。」

「這種心理上的恐懼，本來就沒有道理可講。海夫梅耶先生，我不想說服你做任何事情，但我要告訴你，如果你被正式拘捕，押送到紐約，他們就會逼著你搭飛機。」

「可是如果我跟你去——」

「搭火車要多久？」

「不到十二個小時。」

「沒搞錯吧。」

「湖岸線特快車。」他說。「清晨三點從克利夫蘭開出，下午兩點十分抵達紐約。」

「你上回就搭這班車？」

「沒那麼糟，」他說。「座椅可以放平躺下睡覺。還有餐車。」

搭飛機只要一個小時出頭，但即使我把他送去克利夫蘭警局蹲監獄，我自己也得等到明天上午才有班機飛回紐約。

「如果你希望的話，」我說，「我會陪你搭火車。」

他點點頭。「我想這樣最好。」他說。

23

這是一個漫長的夜。

我讓海夫梅耶獨處一會兒，匆匆過街到車旁，把狀況大致告訴捷森．葛瑞芬。他本來晚上另有計畫的，但堅持取消沒問題，而且說他很樂意送我和我的犯人到火車站。我告訴他可以跟我一起進屋，他同意說這樣要比拿著他舅舅建議的那個廣口瓶坐在車裡來得好。

他鎖車時，我自己匆忙趕回屋內，對於讓海夫梅耶落單很緊張。我擔心會發現他已經自殺身亡，或者正在打電話找律師。很難說這兩種情況哪個比較棘手，但事實證明兩種擔心都很無稽。

我告訴他，我已經請我的司機進來加入我們。片刻之後，敲門聲響起，我替捷森開門。我不知道我們三個人該談些什麼，但海夫梅耶一得知捷森是西方預備大學的學生，這個問題就迎刃而解。他們談起該校的美式足球隊，然後很自然的轉而對克利夫蘭的職業球隊布朗隊熱心討論起來，還一起數落那個不忠的老闆打算把球隊賣到巴爾的摩的決定。

「我所能想到對那個人最善意的評語，」海夫梅耶說，「就是他完全是個狗娘養的。」

這幾乎是不可避免的讓我談起華特．歐馬力的個性和他的歷史，然後大家更繼而討論起一個球隊的往事，曾經有過哪些球員，或者和球迷的關係。這些話題本身就很有趣，情境又製造了一種是運動及其幻覺，後者則是凶殺及其後果。

特殊的氣氛。房間裡充滿了兩種談話，一個是我們正在談的，另一個是我們選擇不去談的。前者是運動及其幻覺，後者則是凶殺及其後果。

捷森打了兩個電話去取消他晚上的計畫。我打電話給全美鐵路公司預訂兩張克利夫蘭到紐約的湖岸線特快車票，然後又打給伊蓮，聽到答錄機上頭我自己的聲音；我留了話，說我次日下午會回去。折返客廳時，捷森和海夫梅耶正在討論晚餐。捷森建議出去吃披薩，海夫梅耶說叫外賣披薩更快也更簡單。他自己打了電話，達美樂的外送小弟在離規定的二十分鐘還頗有一段距離時便送來了。海夫梅耶喝安斯泰啤酒配披薩，捷森和我則喝可口可樂。我感覺捷森其實比較想喝啤酒，很好奇他為什麼不要一罐。他覺得值勤時喝酒不適當嗎？或者他舅舅告訴過他我是個戒酒的酒鬼，使得他認為不該在我面前喝酒？

∞

晚飯後，海夫梅耶想起他應該整理行李。我和他一起進臥室，靠在牆上等他慢條斯理的挑選衣服，放進行李箱。整理好之後，他關上箱蓋，提起來做了個表情。他說他一直想要買個有輪子的行李箱，現在大家都用那種，可是卻沒去買。

「可是我想我不會再有太多旅行了。」他說。

我問他行李箱重不重。

「還好，」他說。「這次帶的東西比上回多，可是沒帶槍，那把槍比你想像的要重。我這倒想起來了，那把槍我該怎麼處理？」

「你還留著？」

「很蠢吧？我本來打算丟掉的。扔進陰溝裡，或者拋到湖裡去。可是我卻留著，我想我可能會，呃，需要它。」

「放在哪裡？」

「閣樓上。要不要我去拿？或者放在那裡就好？」

我思索著這個問題。曾有一度答案很明顯，但許多法庭判定改變了證據的可接受性。應該把槍留在原地一陣子，按正規程序申請到搜索票再來拿嗎？

或許吧，我想，但我衡量萬一有人闖進來把槍偷走的可能性，決定還是把凶器帶走比較好。就算哪個法官不允許這個證物列入，光憑海夫梅耶的錄音帶自白和其他一些相關的事情，我覺得更足以讓他被起訴。

他爬到窄小的閣樓裡，把包在一條紅白方格布裡的槍帶下來。我想那一定就是那塊抹布了。他原封不動的遞給我，我沒打開就聞得到槍的味道。他上次射擊過後沒有清理，還聞得到殺害拜倫·李歐波的火藥味。

我走出去，到捷森的車旁邊，把槍鎖進我的公事包裡。

8

我們玩拱豬殺時間，海夫梅耶又泡了一壺茶，然後捷森提早開車送我們到火車站，比火車出發的時間幾乎早了一個小時。我給了他一些錢，他說他才應該付錢謝謝我給他這個經驗。我告訴他別傻了，於是他把錢收進口袋。

海夫梅耶堅持付我們兩個人的火車票錢，就像他剛剛也堅持付披薩錢一樣。「兩張單程車票，」他說。「你不會再回克利夫蘭，我也不會了。」

火車很擠，我們沒訂到相連的座位。我把列車員拉到一邊，告訴他我是個私家偵探，正陪同一個重要的目擊證人返回紐約。他替我和一個傢伙換了座位，我讓海夫梅耶靠窗，我在他旁邊坐下。

我們聊了一個小時左右。他想知道以後可能發生的狀況，我就自己所知回答他。我說即使他打算盡力配合警方而且認罪，也還是應該找個律師。他說他在克利夫蘭曾雇用過一個，但那個人不辦刑事案件，而且反正他是在克利夫蘭。「不過我想你可以給我推薦一個。」他說。我說的確，我可以推薦幾個紐約律師給他。

他說，他相信他的餘生都會在監獄內度過。我說不見得，他很可能可以用認罪換來比較輕的罪刑，律師可以辯稱他太太死亡所造成的痛苦，讓他因此獲得減刑，而且他沒有前科（甚至除了收到過兩張違規停車告發單之外，也沒有任何交通違規記錄）也絕對會成為他的優勢。

「你還是得去坐牢，」我說，「不過可能是在安全警戒最低的監獄，其他大部分的犯人都是白領罪犯，不是侵犯兒童者和暴力殺人犯。我意思不是說你會喜歡那個環境，可是那兒也不會是《刺激一九九五》（譯註：*The Shawshank Redemption*，本片改編自美國暢銷作家史蒂芬．金的小說，故事發生地為一虛構的重刑犯監獄，書中深刻描寫其獄政之腐敗黑暗）裡頭那種煉獄。而且我相信你服刑不會超過五年。」

「對於殺害一個無辜者的凶手來說，」他說，「這樣的刑期似乎不是很久。」

一旦他去坐牢，就會覺得這樣的刑期似乎太久，我心想。就算他還是覺得不夠長，隨時可以再回去坐牢。

8

離開克利夫蘭四十五分鐘左右，海夫梅耶就拿出一顆凡利安（譯註：一種鎮靜劑），顯然是為了長途火車旅行而服用的。他要給我一顆，但我拒絕了。如果我接受，接下來我可能就會想喝一品脫「早年時光」威士忌。海夫梅耶吞下那顆藥，把座椅放平，闔上眼睛，接下來五六個小時都沒再聽到他說話。

昨天在紐華克機場等飛機時，我買了一本平裝書，可是到克利夫蘭途中卻根本沒打開來看過。這會兒我從袋子裡拿出來，看了一陣子，時不時把書放在膝上，望向窗外的遠方，陷入長時間的沉思。火車旅行總會有這樣的特性。

黎明之前，我闔了一會兒眼，睜開眼睛時，外面已經天色大亮，火車快到羅徹斯特了。我溜去餐車喝杯咖啡。回來時海夫梅耶還在睡。

之後沒多久他就醒來，我們去吃了早餐，然後回到座位上。剩下的旅程他都醒著，可是沒怎麼說話，鎮靜劑的效用似乎還是讓他昏昏沉沉。他讀著全美火車的公司雜誌，後來我看他好像沒什麼興趣，就把我不看的那本平裝書給他。

接近中午時，火車剛過阿爾巴尼，我打了個電話。現在火車上也可以打電話了，車上有個公用電話，只要把信用卡插進去就行。我打到第六分局找到了哈里斯・康利，告訴他我帶著殺害拜倫・李歐波的嫌犯，正在克利夫蘭開往紐約的火車上。我甚至不需要提醒他拜倫・李歐波是誰，因為他腦袋裡已經牢牢記住這個名字。

他說，「你幹嘛，逮捕他了嗎？我不確定這樣符合法定程序。」

「他是自願跟我走的，」我說。「我已經把他的自白錄音了。我也不確定自己這樣做符合法定程序，可是我已經做了，他殺人用的凶槍我也帶著。」

「真是不得了，」他說，建議臨時調派幾個警察來接我們，但我覺得沒必要。海夫梅耶是自願來的，我想帶他去分局會讓他比較自在。何況，我答應他盡量不給他上手銬的。

火車抵達紐約大中央車站時，我就後悔了。天上飄著微雨，通常都因此叫不到計程車。還好沒等多久，剛好一輛計程車有人下車，我們趕緊跳上去，開往市中心。

8

我不必待在第六分局太久。我把槍（拆開包布以後，是一把點三八口徑的手槍，槍膛裡還有三發子彈）和海夫梅耶自白的錄音帶交給康利，然後回答一連串問題後，又口述一份筆錄。

「很高興你打來時我正好在，」康利告訴我，「而且幸好我還記得以前跟你談過的事情。我想不必告訴你，我們並沒有全力辦這個案子。」

「猜得到。」

「優先順序，」他說。「你會把時間花在有機會破案，或者特別受矚目的案子上頭。」

「一向都是如此。」

「而且我猜想，未來也是這樣。問題是，這個案子並不熱門，七十二個小時之後就擱到一邊了。今天整個紐約都瘋掉了，尤其是警察局，我還能記得自己的名字已經是奇蹟了，更別說你的名字和拜倫．李歐波。」

「怎麼回事？」

「你還不曉得？過去十二個小時你幹什麼去了？」

「搭火車。」

「喔，對。但即使如此，你沒看報紙、聽收音機嗎？你經過大中央車站，一定有經過報攤啊。」

「我得提行李，還得照管一個自首的謀殺犯，」我提醒他。「沒時間去管波士尼亞發生了什麼事。」

「別管波士尼亞了。今天的頭條新聞不是波士尼亞，全都是威爾。」

「威爾？」

他點點頭。「不是威爾一號復活，就是威爾二號比任何人所想的要危險。你知道那個劇評家吧？」

「瑞吉斯・基朋。」

「就是他，」他說。「威爾昨天晚上把他幹掉了。」

24

你幾乎可以說他是自找的。

我不知怎的沒看到他寫的那篇專欄。是在上個週末左右登出來的，不是在平常刊登他評論的藝文版，而是在《紐約時報》的評論版。我好像曾在報上瞄到過這個話題，而且那天我好像看過薩菲爾的專欄，那是一篇談論兩個總統候選人的文章。所以我對瑞吉斯・基朋的文章很可能看了一眼，但大概還沒產生興趣就又跳去看別的了。

很自然的，他的短論一開始就極力為媒體自由辯護。他之前為了回應登上威爾名單的風波已經寫過了，現在為了自己的良知和對讀者的責任而進一步發揮。當初我大概是覺得自己不太需要再聽一遍。

這篇篇幅八百五十字的評論中，他寫了大半才提到重點。剩下的篇幅都在評論一齣戲，但這齣戲沒在百老匯，也沒在外百老匯上演，而是演給全紐約看。他評論的是威爾，而且給了一篇惡評。

「一個歷時已久的戲，」他寫道，「往往會換個主角重新上演，此類情形甚為常見，卻毫無必要。原來的戲以明星取勝，因而換角重演總會讓人失望。而這用於音樂劇《威爾！》也的確是真理，現在某些製作人一定會在劇名後頭加上個驚歎號。

「第一次上演時，《威爾！》無疑是齣好戲。已故的艾卓恩．懷菲德極為出色的詮釋了劇名的這個角色，整齣戲緊緊扣住了八百萬紐約觀眾的心。但接棒演出的人，卻讓我們看到了一齣鬧劇的慘象（雖然也有些喜劇片段），而且有鬧劇的所有風味和效果。

「隨著懷菲德死亡並揭開真面目，他的替身演員從舞台兩側冒出來——而且跌了個狗吃屎。我們所稱呼的『威爾二號』是個吹牛大王和空心大佬倌。我們一度認真對待這個劣質的影印版，純粹只因為我們還殘留原版的記憶。

「但是現在不了。『你只是一副紙牌而已，』愛麗絲對著夢遊仙境中四個角落的敵人說。同樣的話，我也要拿來送給這個披著懷菲德舊戲服的懦夫。我再也不會帶著保鏢，再也不會坐困愁城。我看戲時，身邊靠走道的位置再也不會被一個彪形大漢所占據，他寧可回家看影集《霹靂警探》。我已經找回自己的生活，而我也只能以此建議現在的威爾。下台一鞠躬，謝幕走人——找回自己的生活吧。」

∞

基朋已經下定決心，可是發表這篇文章之前，他還是先知會了警方。雖然他們都持反對的態度，但沒有人認真的勸他不要發表。其實警方的結論跟他差不多。盜版殺手不會像原版那麼危險，但慢慢的，威爾看起來畢竟不是個盜版殺手。他只是模仿別人寫信罷了。警方還是會追捕他，但實在沒那麼緊急就是了。

所以星期二晚上，我正在俄亥俄州湖林市一棟平房的廚房中跟一個大學生和自白的犯人打拱豬之時，瑞吉斯．基朋正在看P. J.貝瑞的新戲《可憐的小羅德島》預演。他的女伴是個年輕女郎，名叫梅芭．羅琴。看起來像個模特兒，但其實是個時裝攝影師。看完戲之後，兩人去喬艾倫餐廳吃宵夜，然後一起搭計程車回到基朋位於喬爾西一棟褐石建築一樓的公寓裡。

一點十五分左右，他建議她留下來過夜，但明天一早她得起床拍照，所以想回家。（有個小報推測說如果她留下來過夜會怎麼樣。基朋還會活著嗎？或者她會跟他一起死？）他陪她走到第七大道，送她搭上往市中心的計程車——她住在克羅斯比街的一棟統樓裡——她最後一次看到他時，他正回頭往家的方向走。

顯然他直接回到自己的公寓，過了一兩個小時，有人來找他。由於並無強行進入的痕跡，因此若不是威爾有鑰匙，就是基朋開門讓他進去。基朋似乎也並沒有抵抗，他被重物擊中頭部，這一擊很可能讓他失去知覺。他面朝下倒在地板上，或者是威爾把他擺成那個樣子。接著凶手用一把碳鋼切菜刀刺他的背部，之後把刀拿去洗水槽洗好，放在滴水籃晾乾。

（「威爾大概不是廚師，」伊蓮告訴我。「廚師洗好刀子會擦乾，不能有一點污垢，否則刀子會生銹。廚師應該很明白這點才對。」或許他知道，我說，可是不在乎。可是換了廚師就會在乎，她說。）

我不知道那把菜刀有沒有生銹，可是我知道上頭有血跡，因而確定是作案的凶器。不過上頭沒有指紋，公寓裡頭除了基朋和梅芭．羅琴之外，也沒有其他人的指紋。

基朋的屍體被發現時，他全身穿戴整齊，穿著寬鬆長褲和送梅芭上計程車所穿的那件毛衣。（她說他當時還穿了一件棕色的小山羊皮運動夾克，這件衣服被發現披在椅背上。）威爾可能是在被害人上床前到達，或者基朋應門時起來穿了同樣的衣服。根據梅芭的供詞，她離去時，他精神還很好，可能回去又看了一些書報或電視，甚至寫他的評論。

如果他寫了些什麼，現場也沒有留下任何跡象。他還是用打字機，是一台古老的皇家牌手提打字機，這在他的眼裡顯然具有某種圖騰形象。他的打字機上沒有進行到一半的稿子，旁邊也沒有筆記。有個記者問梅芭．羅琴，他覺得那齣戲怎麼樣——他或許也拿同樣的問題去問瑪麗．林肯——她說她不知道。根據她的說法，他在寫評論稿之前，絕對不會針對一齣戲有任何評論。「但我想他不喜歡。」她承認。

這又引發了一大堆臆測。一個叫莉絲．史密斯的專欄作家編出一個理論說，基朋很討厭那齣戲，寫了篇批判的文章，而他的午夜訪客便是劇作家貝瑞本人，他殺害基朋後，就把那篇攻擊的評論稿子帶回家燒掉。「可是我認識貝瑞，」史密斯寫道，「我也看過《可憐的小羅德島》，我無法相信任何人會對這齣戲有一絲負面的評語，更無法想像貝瑞會做出這樣的事情。」

謀殺時間前後，沒有電話打進或打出，也沒人發現任何陌生人進入那棟褐石建築或在附近徘徊。不過警方早晚會找到一個目擊證人，他可能曾看到某個人進出，或聽到喊叫，或知道某些事情。

這只是時間問題。

∞

接近週末時，我接到了雷蒙．古魯留的電話。我提供給威廉．海夫梅耶的律師名單中也包括他，而且「硬漢雷蒙」答應要替他辯護。「那個可憐的混蛋，」他說。「你怎麼都想不到他會是謀殺凶手。這一點也不像我會接的案子，你知道。他不窮，不是黑人，又不想炸掉帝國大廈。」

「他會毀掉你的形象。」

「是呀，他沒法讓我的形象更壞了。你知道，如果不是因為太違背他的願望，我倒很想試試這個案子，我想我能讓他脫罪。」

「老天，怎麼脫罪？」

「唔，誰曉得？不過一開始可以審判整個體制，這個可憐的傻瓜一輩子努力工作，一毛存款都沒有，而他公司感激他的方式就是逼他退休。然後，可以拿他太太的死來做文章，多年的痛苦和受罪，只會更加打擊他的精神狀態。當然我要做的第一件事，就是要法官不允許那個自白列入證據。」

「哪個自白？我已經給他錄音，還走進第六分局從頭講了一遍。他們還給他唸了米蘭達警告。

整個過程都錄了音，包括米蘭達警告在內。」

「毒樹就會長出毒果子，第一個自白是不當取得──」

「才怪。」

「──後面接下來的自白都不可信。」

「完全不通。」

「也許吧，不過我想過一些方法。問題是他不希望這樣，但是我想我跟檢察官談判時，可以拿來替他爭取。」他又預測了一些情況，然後說。「我很好奇那些錢該怎麼辦。」

「什麼錢？」

「那十五萬元啊。保險公司的理賠金，雙倍理賠，那筆錢還存在海夫梅耶的湖林市帳戶裡。他一毛都沒花。」

「我想他不會拿來付律師費。」

「他不能花那筆錢。這種犯罪所得，依法是不能歸給他的。如果我殺了你被定罪，我就不能繼承你的財產，或者領你的保險金。這是法律的基本原則。」

「聽起來很合理。」

「我想不會有人爭辯，不過這造成了一些不幸的後果。幾年前那個妞兒殺了個營養師。她的律師可以讓她以輕罪認罪，只要坐幾天牢，外加參與一些社區服務而已，可是她自己沒有錢，又正好是那個營養師的繼承人。若要繼承那筆遺產，就得被判無罪，於是那個律師決定搏一搏，然後賭輸了，於是他的當事人得坐很久的牢。他應該讓當事人繼承遺產與否影響他的決定嗎？不，絕對不可以，因為我們律師絕對不該受這些事情影響。」

「感謝上帝。」

「海夫梅耶會認罪，」他說，「所以錢不會是他的。那怎麼辦？」

「保險公司會收回。」

「才怪呢。他們收了那麼多年保費，也承擔了風險，就該付這筆錢。而且該全額付，因為謀殺符合意外死亡的定義。他們得付掉這筆錢，問題是付給誰？」

「我想是付給拜倫．李歐波的遺產受贈者吧。就是那幾家愛滋病慈善單位。」

「如果李歐波還擁有那張保單的話，」他說，「那的確是如此。這樣的話，海夫梅耶就不是受益人，李歐波的遺產繼承人會收到這些錢。可是李歐波轉讓過保單的所有權換取利益。所以他就跟這些錢無關了。」

「那海夫梅耶的繼承人呢？」

「不行，海夫梅耶從來就沒資格拿那些錢，所以他不能把不屬於自己的錢給別人。更別說他還活著就沒有繼承這回事。不過這倒是產生了一個問題。海夫梅耶擁有那張保單，上頭的受益人是他。可是他有沒有指定第二受益人，以防他比李歐波先死呢？他可能不會這麼做，因為他以為如果他先死，那麼李歐波死掉時，錢就會付給他的繼承人。」

「你指的是李歐波的繼承人。」

「對。換句話說，反正錢怎麼樣都會是你的，幹嘛多此一舉去指定第二順位受益人呢？有幾個原因，這樣的話，不必等到認定遺囑，就可以拿到錢。不過大概不會有人告訴他這點，或者他即使知道了也不擔心。但如果他的確指定了，那第二受益人能拿到錢嗎？」

「為什麼不能？他又沒參與謀殺，不應該把他排除在外。」

「啊，但海夫梅耶加入那個旅費交易時，是不是就已經預謀要殺掉李歐波？」

「他說沒有。」

「那很好，可是我們怎麼知道真的沒有還假的沒有？如果他有預謀，難道我們不能辯說其實他的犯罪意圖使得那個旅費交易無效，所以拜倫．李歐波應該恢復那張保單的所有權？」

「這樣那些慈善機構就會得到這筆錢。」

「是嗎？旅費交易之前，他指定的受益人是那些慈善機構嗎？」

「老天。」我說。

「我想這是感嘆詞，」他說，「不是指受益人的名字。」

「我認識他的受益人，」我說。「旅費交易簽訂之前，要更改受益人，必須先通知她，她才因此知道的。」

「對，那是標準程序。你怎麼會認識她？」

「她是我的一個朋友，在戒酒聚會認識的。一開始就是她找我去調查他的死因。」

他大笑起來。「誰曉得呢。她原先並不曉得，但其實她的行為都讓自己得利。」

「你是說，最後那筆錢會歸她？」

「對她太有利了，」他說。「海夫梅耶的殺人，強烈暗示他是有預謀的，這麼一來，那個旅費交易就可以宣告無效作廢。如果作廢，那張保單的所有權就回到李歐波身上，而如果在進行旅費交易之前，她是原來的受益人，那麼旅費交易作廢，她的受益人身分就仍然有效。我會很樂意替她爭取，除非那些他遺囑上的慈善機構雇用我當律師，那麼我也很樂意爭取說他沒把這位女士列為遺產繼承者，顯示他是希望把錢給慈善機構，而不是她，因此……」

他接下來講的法律問題都太過於專門，而且對我來說太曲折複雜，但重點是，吉妮最後可能會得到那十五萬元。「叫她打電話給我，」他說。「我不能當她的律師，但我會替她找個好律師。」

∞

吉妮嚇呆了，這是當然的，而且她的第一個反應是她不該得到這筆錢。如果她就讓那些慈善機構拿去呢？我指出，對我來說，拜倫的意圖十分明顯，而且她如果良心不安，可以把一部分錢捐給那些慈善機構。

「反正，」我說。「這是你應得的。如果你沒找我去查出殺拜倫的凶手，那筆錢就會永遠留在俄亥俄州湖林市。海夫梅耶買披薩或茶包剩下來的，都會留給他的親戚。」

「如果有誰應該得到這筆錢，」她說。「那就是你。我們來分好了。」

「什麼?你跟我平分?」

「你、我,還有慈善機構。分成三份。」

「給我太多了,」我說,「而且給慈善機構的或許也太多,不過這一點可以再商量。現在你得打電話給律師。」

∞

我不知道是不是有些影響,不過和吉妮談過的次日,我出去為聖誕節採購禮物。當時我還不確定最後那筆保險賠償會歸她,也不能把她一時衝動說要把錢分給我的那些話當真。但意識到即將獲得一筆意外之財——無論有多麼少、多麼遙遠——顯然都讓我更富有聖誕節的博愛精神。我沒把皮夾裡的錢全部捐給救世軍,也沒大搖大擺走上街,嘴裡哼著聖誕福音歌,但總之我奮勇加入市中心那些商店的人潮中,給每個人都買了禮物。

我在麥迪遜大道上的一家店買了給兩個兒子麥可和安迪的禮物,還有麥可的太太君恩,又安排把禮物寄給他們——公事包和花皮紋手提袋寄給聖荷西的麥可和君恩,雙筒望遠鏡寄給蒙大拿州米蘇拉鎮的安迪,他在加拿大的溫哥華和卡加立分別工作了一小段時間後,最近搬回了美國。

我還以為伊蓮的禮物大概會很傷腦筋——我一向如此——但結果我在一家商店的櫥窗看到了一對耳環,當場就知道她戴一定很好看。磨砂玻璃做成的小顆雞心形墜子,配上深藍色的石頭更為出色。女店員告訴我，這對耳環是拉力可的（譯註：Lalique，知名水晶飾品之品牌），我嚴肅的點點頭，一副知道她在講什麼似的。我想反正就表示這是好東西。

次日或者再次日的早晨，我過街到對面的晨星餐廳吃早餐看報。之後直接走到第五大道和四十二街交口的圖書館。我一直待在那兒，直到肚子餓了才去布萊揚公園的一個攤子吃中飯，我吃得很快，因為外頭冷得讓人坐在那兒不太舒服。一吃完，我就馬上回到圖書館，又花了一些時間找資料、做筆記。

走回家的途中，我在第六大道和五十六街交口附近一家俗麗的小餐館喝了杯咖啡，又吃了一塊派。我想著自己已經知道的事情，或者該說自以為知道的，想著下一步該怎麼做。

那天晚上沒有威爾的新聞，早報上也沒有。馬提・麥葛羅的專欄談的是他對最近市長和州參議員爭執的看法。他們都是共和黨員，也都是義大利裔，可是他們卻彼此仇視得好像其中一個是塞爾維亞人，而另一個是克羅埃西亞人。

我拿起電話，打給幾個警察，包括哈里斯・康利和喬・德肯。然後我又撥給馬提・麥葛羅，可是卻聯絡不到他，也沒人知道他去了哪裡。

我想到可以在哪裡找到他。

25

「好傢伙，看看誰來了，」他說。「我真是受寵若驚得掉進地獄又彈上來，因為除非你哪根筋不對，或者新培養了低級嗜好，否則你一定是專程來看我的。」

「我想有機會在這裡找到你。」

他抬起頭來，眼皮半睜看著我。他面前有個空的烈酒杯和半滿的啤酒杯，我猜這不是他今天第一次喝酒。但是他的動作和談話卻似乎清醒得不得了。

「你想有機會在這裡找到我，」他說。「馬修，我老說你是個偉大的偵探。明天你就會和柯瑞特法官一起出現，後天你就會告訴全世界誰是綁架林白小孩的真凶。你想這兩個案子有關聯嗎？」

（譯註：柯瑞特法官失蹤案及林白之子綁架案，均為美國三〇年代初轟動的案件。柯瑞特法官從未被尋獲；林白之子雖逮捕凶手並予以槍決，但審理過程可議，許多人相信真凶另有其人）

「沒什麼事是不可能的。」

「沒錯。連這種事情都可能。」

我隨著他手勢的方向望過去，看到一個兔女郎上空酒吧標準裝束的女侍——高跟鞋、網狀褲襪、深紅色熱褲和白色兔尾巴，腰部以上除了兔耳朵和太濃的妝之外，什麼都沒有。她被化妝品

蓋住的臉出奇年輕，胸部則具有矽膠那種抗地心引力作用。〔譯註：一般隆乳手術係採注射矽膠〕

「先解決一件事，」女侍過來我們桌旁時，他說。「你什麼單位的？」

「你說反了吧，我才應該幫你點單。」〔譯註：此處係玩弄雙關語，英文中order除指點菜外，亦有單位、教團之意〕

「我不是要幫你點單，只想知道你是什麼單位的。你是加爾默羅修會的，還是安貧小姐妹會的成員？」看到女侍困惑的表情，他說，「蜜糖，我只是在開玩笑。別理我們。我知道你是新來的，可是他們一定告訴過你，我不會找麻煩的。」

「喔，我不知道，」她說。「我想你一定帶了槍，而且很危險。」

他開心的笑了。「嘿，你不錯嘛，」他說。「你的身材棒，服務也好。我看看，再給我一輪酒，一個雙份烈酒和一杯啤酒，不過你也可以給我兩杯雙份烈酒和兩杯啤酒。」我的表情大概不太對勁，因為他說，「別緊張，馬修。我知道你不會碰半滴酒來拯救你的靈魂，你這自以為是的操蛋。甜心，原諒我講話粗俗，千萬別把我剛剛講過的話告訴你們修道院的院長。我要你一口氣給我兩輪酒，免得待會兒有人來打擾我們，另外麻煩你給我這位戒酒的神父朋友一些飲料。」

「蘇打水就行了。」我告訴她。

「給他兩杯蘇打水，」他說，「拜託拿冰一點的。」她轉身離去，兔尾巴晃啊晃，他說，「我不知道該對矽膠有什麼感覺。看起來很完美，但就是不真實。而且對下一代會有什麼影響？十幾歲的小男孩會從小就期待完美的乳房嗎？」

「對十來歲的男孩來說，」我說，「所有的乳房都很完美。」

「如果看過矽膠質料的話，那就不是所有乳房都完美了。以前女孩子會去隆乳好吸引男人，現在是已婚男人要求太太去找整容醫師預約。『我想要什麼聖誕禮物，小親親？嗯，既然你提起，大胸脯挺好的。』你說有沒有道理？」

「不怎麼有道理，」我說。

「上帝保佑，老兄。」

「即便你在這種地方，照樣保佑，」我說。

「我喜歡俗麗的風格，」他說，「也喜歡寒酸的東西，而且我對矛盾的事物充滿熱情。雖然我很少盯著別人乳房看，但萬一想看的時候有得看，還是不錯的。何況這個地方離我他媽的辦公室才三個街口，報社裡其他人也不會來這兒，所以我不會被打擾。這是我的故事，白羅先生。現在換你說說你的了。」（譯註：白羅係英國偵探小說女王克莉絲蒂筆下著名的神探）

「我是來找你的。」

女侍把我們的酒端過來。「記在我的帳上，」他說，然後又給了女侍五元小費。「我這人很高尚的，」他說。「你看我只是把錢給她，不會想把錢塞在她的彈性熱褲前頭，我就看過有些客人這麼搞。我也多少猜到你是來找我，大偵探。我好奇的是閣下有何貴幹。」

「希望你提供威爾的情報。」

「啊，我明白了。你想玩帽子戲法。」（譯註：足球或冰上曲棍球之類的比賽中，某一名選手連續射進三球，即稱「帽子戲法」）

「什麼意思？」

「你揭發了一個凶手的假面具，又活逮了另外一個凶手。俄亥俄州湖林市是什麼樣子？當地人打赤腳？」

「大部分都穿鞋。」

「很高興是這樣。你逮到艾卓恩，又逮到這個海夫梅耶，現在你想逮威爾二號。如果照瑞吉斯在評論版那篇文章的誇張形容，應該稱之為艾卓恩的替角。」他瞪大眼睛。「海夫梅耶的名字是威廉，對吧？大家怎麼稱呼他？」

「我稱呼他海夫梅耶先生。」我說。

「所以也有可能是比爾或威利。或甚至是威爾。」（譯註：比爾、威利、威爾均為威廉的暱稱）

「都有可能，」我說。「但我怎麼稱呼他，剛剛已經告訴過你了。」

「我還以為警察都只稱呼嫌犯的名字而已，不喊姓氏的。」

「我大概離開警界太久了。」

「是啊，值得尊敬。還好你不當警察了，否則你會感到羞愧。如果他們稱呼他威爾，很難說他們不會，那就是帽子戲法了，對吧？三個凶手都叫威爾，馬修把他們全逮住了。」

「我沒在追捕威爾二號。」

「是嗎？」

我搖搖頭。「我只是你的一般讀者而已，」我說。「我所知道的，都是在報上看來的。」

「你和威爾．羅吉斯（譯註：Will Rogers，美國知名諧星，以扮演西部牛仔聞名。後成為頗具影響力的政論家）都是如此。」

「能不能提供我一些沒上報的消息。比方說，那傢伙還寫了別的信嗎？」

「沒有。」

「他每次殺了人都會寫一封信。就像那些恐怖分子宣稱爆炸案是他們幹的一樣。」

「所以呢？」

「所以沒想到他打破了這個模式。」

他轉轉眼珠。「那是艾卓恩的模式，」他說，「現在艾卓恩不寫信了。為什麼要期待這個新的威爾照樣遵循老方法呢？」

「這個說法不錯。」

「艾卓恩也從沒一口氣威脅要殺三個人。他們兩個有太多不同了，包括每個人都在談的心理狀態。」他已經喝掉一杯雙份烈酒，現在他又把另一杯拿起來喝了一小口，然後喝了同樣一小口啤酒。「這就是為什麼我會寫那篇專欄。」他說。

「嘲笑他的那篇嗎？」

「沒錯。不曉得。有天我實在受夠了大家都說他是紙老虎，所以我就莫名其妙想引他出籠。」

「這我倒是想不透。」

「我判定大家說得是對的，」他說，「而且我覺得那個傢伙什麼都不會做，於是我就想到要拿個什麼伸進他籠子裡，戳他一下，至少讓他吼兩聲，說不定可以給警方一些線索。而且我知道挑釁他很安全，因為他不太可能離開籠子。」

「可是他幹了。」

「是啊，我不認為這是我的錯，因為操他媽的基朋自己就夠挑釁了，他居然叫威爾下台一鞠躬，滾下舞台去。不過我不介意告訴你，這麼一來，我的興趣差不多玩完了。」

「哦？」

「我很高興沒再收到那狗娘養的寫來的邀功信。如果他還想再寫，拜託他寄給別人吧。我不認為他會再寫了，也不認為他還會再殺人，不過我也不會建議警方不必再保護彼得・塔利和羅姆法官。但重點是，我不管這件事了，我可以找別的題材來寫專欄。」

「在這個城市，要找題材並不難。」

「一點也不難。」

我喝了一大口蘇打水。眼角瞥見我們的女侍在替另一桌剛來的客人點飲料，是三個三十出頭的男子，穿著短上衣，打了領帶。其中一個湊近她的屁股，拍了一下兔尾巴。她好像根本沒注意。

我說，「既然你這麼沒興趣，」我說，「也許我根本不該提起，可是我需要你的情報。」

「說吧。」

我掏出筆記本，翻閱著。「『我詛咒那隻扼住我的國家咽喉的老邁之手。』」

他舉起杯子正要喝，半途停住了，皺起眉頭說。「這什麼玩意兒？」

「聽起來很熟悉吧？」

「的確熟悉，可是我不知道為什麼。提示一下，馬修。」

「威爾二號的第一封信，信中告訴我們他的三人名單。」

「對，」他說。「這是在談彼得・塔利，就在那個雜碎威脅要癱瘓市區運輸系統那檔子事情之後，或者天曉得隨便什麼。所以呢？」

「只不過有一點小小不同。『詛咒那隻扼住一個城市咽喉的老邁之手。』少掉了『我』，另外『我的國家』改成了『一個城市』。」

「所以呢？」

「所以威爾把原版改寫過了。」

「什麼原版？」他再度皺起眉頭，然後頭往後一抬看著我。「等一等，」他說。

「等多久都沒關係，馬提。」

「我真是他媽的大操蛋一個，」他說。「你知道這娘娘腔是引用誰的句子嗎？」

「誰？」

「我，」他說，兩眉一揚憤慨的說。「他引用我的句子，或者是改寫，或者隨便你怎麼形容。」

「此話當真？」

「你不會曉得的，」他說，「因為沒人曉得，不過很久很久以前，我曾經寫過一個不高明又不怎麼幸運的劇本。」

「《雲間騷動》。」

「老天，你怎麼會曉得。典故出自葉慈的詩，〈決心就義的愛爾蘭飛行員〉。老天爺，那首詩真可怕。」

「我相信你的劇本會比詩好。」

「不，更臭，你不必信我的話。反正各路評論都難得意見一致的公認很爛。不過沒人反對戲名，雖然整齣戲跟飛行無關，但是有很多騷動。雲很少，騷動很多。不過戲是講愛爾蘭人的，是我個人自傳式的愛爾蘭裔美國人經驗，而一本書或一齣戲要講愛爾蘭人，再沒有比引用葉慈的詩當題目更貼切的了。那位老兄寫得可真不少。」

「那句對白是出自你的劇本？」

「對白？」

「講老邁的手和國家的咽喉那句。」

「嗯，威爾改寫的那句。如果我沒記錯的話，戲裡頭老邁的手是指維多利亞女王。咽喉則是指神聖的愛爾蘭，你應該已經曉得了。老天在上，我對女工匠了解多少？又對愛爾蘭了解多少？我從沒去過那個可憐的落後國家，想都沒想過。」

「你真不簡單，」我說。

「怎麼說，馬修？」

「一開始認不出那句對白。接著你明白我一定知道出處，就決定自己講出來。然後假裝你不曉得我知道對白的出處，不過怎麼可能呢？如果我不知道那齣戲，又怎麼會曉得原版的對白？」

「嘿，你搞得我一頭霧水。」

「是嗎？」

他舉起杯子，「你這狗娘養的滴酒不沾，」他說，「就是不明白這玩意兒會讓腦袋轉得多慢。你想從頭再玩一遍嗎？你一定早就知道了因為我一定知道因為你知道因為我說過你說過——你懂我的意思嗎，馬修？昏頭了嘛。」

「我知道。」

「所以你要從頭跟我玩一遍嗎？」

「我看不必了。」

「嘿，振作一點。是你提起這個的，所以——」

「放棄吧，馬提。」

「你什麼意思？」

「我知道是你幹的。你寫了那些信，而且殺了瑞吉斯．基朋。」

「你他媽胡說八道。」

「我不認為。」

「我幹嘛做這些事情呢？你倒是告訴我。」

「你寫那封信，好讓自己繼續成為焦點。」

「我？你在開玩笑，是吧？」

「威爾讓你變得很重要，」我說。「你寫一篇專欄文章，然後大家都知道有個殺手在紐約殺了一堆名人。」

「還有奧馬哈，你忘了奧馬哈。」

「接著威爾自殺，結果《綠野仙蹤》裡奧茲城的魔法師只是躲在簾幕後的尋常人罷了。他是艾卓恩．懷菲德，而且死掉了。於是再也沒有新聞，這表示你再也上不了頭版了。你不能接受。」

「我每星期有三篇專欄上報，」他說。「你知道不管有沒有威爾，有多少人在看我的專欄嗎？」

「非常多。」

「有幾百萬。你知道我寫這個專欄領多少錢嗎？不到百萬，不過很接近了。」

「你之前從來沒寫過這麼轟動的報導。」

「這麼多年下來，我寫過太多報導。這個城市充滿故事，故事就像屁眼，人人都有一個，而且大部分都是臭的。」

「這個報導不同，你自己也這麼告訴過我。」

「只要你在寫，它們就不同。你在寫的時候，必須把它們想得很特別，然後新聞落幕，你繼續往前走尋找別的故事，告訴自己新的這個很特別，而且比上一個特別兩倍。」

「威爾是你創造出來的，馬提。你給了艾卓恩這個念頭，他也把所有的信寄給你。每回他寄信，你都是第一個看到的。你把自己的情報都告訴警方，警方有什麼消息，也一定第一個告訴你。」

「那又怎樣？」

「所以你受不了看到這個新聞結束。瑞吉斯．基朋沒想到，當他把這個案子比喻成百老匯的一齣戲之時，其實已經離事實不遠了。大明星已經離開舞台，你卻不願意接受戲已落幕的事實。於是你穿上他的戲服，想自己串演。你寫信給自己，最後卻露出馬腳，因為你忍不住要引用自己失敗劇本裡頭的句子。」

他只是盯著我看。

「看看你列在威爾名單上的三個人，」我說。「一個威脅要讓全市停擺的工會頭子，一個把監獄大門敞開的法官。這兩個都激怒許多紐約人。」

「所以呢？」

「所以看看名單上的第三個名字。《紐約時報》的劇評家。誰會把一個評論家的名字放在這種死亡名單上？」

「你知道，我自己也想不透。」

「不要侮辱我的智慧，馬提。」

「那你也不要侮辱我的。還有不要騎著馬踐踏事實，否則你只會搞得自己屁股發痛。你知道《雲間騷動》是什麼時候上演的嗎？十五年前。你知道瑞吉斯．基朋什麼時候開始替《紐約時報》寫劇評嗎？我剛好知道，因為都登在他的訃聞上，是不到十二年前。當時替《紐約時報》評論《雲間騷動》的是另外一個人，他五六年前死於心臟病，我發誓不是因為我從衣櫃裡跳出來大叫

『喝！』把他給嚇死的。」

「我看過《紐約時報》那篇劇評。」

「那你就知道了。」

「我也看過瑞吉斯的劇評，登在《高譚雜誌》上。」

「天老爺，你去哪兒挖出來的？連我都不確定自己看過。」

「那你怎麼會引用呢？在那封說彼得．塔利老邁的手扼住城市咽喉的同一封信裡，你這樣評論『釋放法官』羅姆。」我查閱筆記本。「『你毫不體恤人民的感受，也不顧慮他們的期望。』你是這麼寫的。而基朋評論你的劇本是：『身為記者，麥葛羅先生保持良知，不願迎合當權者。但身為劇作家，他毫不體恤觀眾的感受，也不顧慮他們的期望。』」

「我還記得那篇評論。」

「的確。」

「你現在唸給我聽，我就想起來了。但我發誓我看威爾的信時沒發現。該死，他引用我的劇本，還引用這齣戲的劇評。也許那個狗娘養的對我著魔了，也許他以為引用這些句子，可以拍我馬屁，結果我根本沒看出來。」他看著我，然後聳聳肩。「嘿，我沒說這是合理的，不過這傢伙是個瘋子，誰曉得他心裡想什麼？」

「放棄吧，馬提。」

「操他媽的這是什麼意思？『放棄吧，馬提。』有沒有人告訴過你，你這話聽起來像他媽的電視劇台詞。」

「基朋登在《高譚》上的評論非常嚴厲。那齣戲的各方評價都不好，但基朋寫得最惡毒，而且他的惡毒全都直接衝著劇本和編劇而來。那篇文章根本是人身攻擊，他好像痛恨一個專欄作家撈過界去寫劇本，想確保他以後再也不敢寫。」

「所以呢？那已經是十五年前了，我喝了兩杯酒，踢翻一張椅子，捶捶牆壁，罵幾句髒話，就忘光了。你對著我搖頭是什麼意思？」

「因為你也引用過那篇劇評。」

「引用的是威爾，記得嗎？威爾二號。我不知道他是誰，但他不是我。」

「馬提，你在自己的專欄裡也引用了那篇劇評。」我打開筆記本，唸出馬提幾篇專欄中曾引用基朋那篇劇評的句子，有的出現在艾卓恩．懷菲德死前，有的在之後。我唸完之後，闔上筆記本，看著他。他的眼睛垂下來，整整一分鐘都沒說話。

然後他開口了，眼睛還是沒抬起來，「也許我寫了那些信。」

「然後呢？」

「又有什麼大不了呢？讓一個好新聞繼續炒下去，嚇嚇三個龜兒子。這又不犯法。」他嘆了口氣。「如果有好理由的話，我也不介意犯法。而且我不在乎打破這三個混蛋的情緒平衡，他們從來沒鳥過有多少人的情緒平衡被他們打進地獄。我的說法平衡嗎？馬修，你學過拉丁文吧？」

「只有高中學過。」

「現在的小孩再也不學拉丁文了。我只知道，說不定以後又會開始學。Amo, amas, amat. Amamus, amatis, amant。你還記得嗎？」

「記不清了。」

「Vox populi, vox dei. 意思是人民的聲音就是上帝的聲音。所以我想，人民的意志就是上帝的意志，你說是嗎？」

「我不是專家。」

「拉丁文專家？」

「或者上帝意志的專家。」

「是啊，我來告訴你吧，專家先生。我寫的第一篇專欄記得吧？就是我暗示理查．佛莫去自殺幫全世界一個忙那篇？」

「那篇怎麼樣？」

「我寫那篇專欄時，從沒想到會啟發某個人去殺人，不過就算想到，我還是不管它，照寫不誤。」他身體前傾，盯著我的眼睛。「但如果我曾想到，假冒威爾之名寫信會引起某個人被殺，不論是塔利或羅姆或基朋，我就絕對不會寫的。」

「就是這麼回事嗎？你只是寫專欄讓某個人有這個念頭？」

他點點頭。「我發誓，不是故意的。我給了艾卓恩這個念頭，然後也給了某個白癡這個念頭。」

「你知道，」我說。「警方會推翻你的說法。基朋死的那天晚上，你不會有不在場證明，就算你有，也一定靠不住。警方會找到能指認你當時出現在附近的目擊者，也會找到地毯纖維或血跡或其他什麼，不過他們不需要這些證據，因為在此之前，你就會投降，跟他們自首。」

「你是這麼想的，對吧？」

「我很確定。」

「那你要我怎麼做？」

「現在就放棄。」我說。

「為什麼？好讓你大玩帽子戲法，是嗎？」

「現在的知名度已經讓我夠煩的了。我根本不想曝光。」

「那這一切是為了什麼？」

「我是替客戶做事，」我說。

「誰？你不可能是指懷菲德吧？」

「我想他希望我能讓這一切結束。」

「那我又有什麼好處，馬修，能不能告訴我呢？」

「你會覺得比較好過。」

「我會覺得比較好過？」

「海夫梅耶就是這樣。他以為可以謀殺一個人，然後回去過自己的生活。可是後來他發現辦不到。整個事情把他搞垮，弄得他不知該如何是好。我踏進他家門那一刻，他就已經準備好要放棄了，而且他告訴我，他覺得鬆了一口氣。」

「你知道，他殺人那部分幹得很漂亮，」他說。「我是說海夫梅耶。開槍射殺，跑上街，乾乾淨淨脫身。」

「沒有人能乾乾淨淨脫身。」

他閉上眼一會兒。重新睜開眼睛時，他說他絕對可以再喝一杯。他截住女侍的目光，豎起兩根指頭，又比了個圓圈。我們兩個都沒再開口，等著她端兩輪飲料過來，兩杯雙份烈酒和幫忙醒酒的啤酒給馬提，兩杯蘇打水給我。我前一輪的蘇打水還有一杯半，但她連同馬提的空杯子一起收走了。

「喔，操他的，」他一等女侍走遠聽不見馬上說。「你知道，有件事你說對了，沒有人能乾乾淨淨脫身。你要我說什麼，我寫了那些信，也宰了那個狗娘養的。你現在高興了吧？那什麼玩意兒？」

我把錄音機放在桌上。「我想錄音。」我說。

「如果我拒絕，最後會發現你身上根本裝了竊聽器，對吧？我看過那個節目。」

「我沒戴竊聽器。如果你拒絕，我就不錄。」

「可是你比較希望錄音。」

「如果你不反對的話。」

「操他的，」他說。「錄就錄，有什麼好怕的。」

26

史卡德：請說出錄音者的名字。

麥葛羅：什麼狗屎……我名叫馬提・喬瑟夫・麥葛羅。

史卡德：你願意告訴我發生了什麼事嗎？

麥葛羅：你已經知道發生了什麼事。我也已經告訴過你怎麼回事……好吧。艾卓恩・懷菲德死後，身為一個記者，我很想保持這條新聞的動能。於是我又寫了其他的信。

史卡德：以自稱威爾的身分。

麥葛羅：是的。

史卡德：懷菲德的最後一封信其實沒有寄錯地方，對吧？

麥葛羅：他寫錯郵遞區號了。這種事情常常發生，但信不會送錯地方。老天，我們是《每日新聞》。就算是郵局的那些天才也知道我們在哪裡。

史卡德：所以他的信是哪一天——

麥葛羅：星期五一大早寄到的。屍體才剛冷，我的辦公桌上就有一封宣稱自己是凶手的信。我仔細看看郵戳，想知道是什麼時候寄的、又是在哪裡寄的，檢查時碰巧注意到郵遞區號寫錯。

史卡德：然後呢？

麥葛羅：一開始我想，這不是威爾寫的信，因為他從不會犯這種錯。然後我看了內容，就知道是威爾寫的，不可能是其他人。他說一切結束了，再也不會寫信來，再也不會有任何人遇害，他做完了。

史卡德：你有沒有懷疑過那封信是懷菲德寫的？

麥葛羅：當時沒有。別忘了，我讀這封信的時候，還沒有人猜測他是自殺。我也還不知道驗屍結果顯示他已經罹患癌症。我只是覺得應該先扣著這封信，看看情況。管他去死，反正他寫錯地址，照理講會晚些收到，所以何不給自己一些時間好好考慮呢？

史卡德：最後你把信交給警方——

麥葛羅：是為了平息自殺的理論。那封信證明了威爾是凶手。我想過要重新寫個信封，把信寄給自己，但這樣會構成妨礙調查的罪名。

史卡德：你沒有馬上這麼做？

麥葛羅：我拖了一下，考慮到新信封會使得信比實際的日子晚寄，如果警方最後逮到威爾，他能證明在那封信的郵戳日期時，自己在沙烏地阿拉伯，那該怎麼辦？我想給自己擦屁股，同時不要掩蓋掉任何真正的線索。我想起他寫錯的郵遞區號，決定加以利用。於是我用紅筆圈起郵遞區號，隨意寫了延遲的字樣——就寫在錯誤的郵遞區號旁邊。我寫得很潦草，讓人覺得是郵局職員寫的。任何人都可以看到實際寄出的日期，而且只會以為信是因為郵誤才晚收到。

史卡德：很聰明。

麥葛羅：是很聰明，可是很愚蠢，因為這是捲入那個案子的第一步。

史卡德：第二步就是寫你自己的信。

麥葛羅：我只是想維持熱度。

史卡德：新聞的熱度。

麥葛羅：沒錯。即使懷菲德自殺了——當時我不這麼認為——威爾還是在，還是殺過其他幾個人。現在他沉寂下來，可是看到有人假裝他，他會怎樣？他得跳出來回應，對不對？就算不跳出來，至少他會再度成為新聞話題。

史卡德：所以你就寫了那封信……

麥葛羅：所以我就寫了那封信，然後你破了案，揭發艾卓恩就是威爾的事實。搞得我那封愚蠢的偽造信成了哪個操他的抄襲者作品，每個人都急著說只有哪個沒種的混球才會寫這種狗屎信。我覺得這封信寫得很不錯，別忘了，這封信其實並不是要冒充威爾，只是想把威爾引出來而已。

史卡德：但這是不可能的……

麥葛羅：因為艾卓恩就是威爾，而那個小操蛋已經死了。接下來這條新聞死得差不多了，我希望再給它煽點火，結果那個混蛋瑞吉斯·基朋光在藝文版發臭還不夠，又跑到評論版去撒尿。他不光是說，嘿，大家來看看，我比埃洛·弗林常演的那些英雄還要勇。反之，這個小娘娘腔居然有膽來批評我。

史卡德：他又給你另一個惡評。

麥葛羅：他毀了《雲間騷動》，你知道。其他大部分的評論都很溫和，雖然對賣座不會有幫助。可是基朋的劇評很惡毒，文章結尾的部分有一句話，他說他講這些話，是希望我別再寫劇本了。你能想像有人這樣批評一個新人的首部劇作嗎？

史卡德：給你的傷害一定很大。

麥葛羅：廢話。而且我得承認，他的話奏效了。喔，我試過了，我拚命想證明那個娘娘腔是錯的，但我辦不到。每次我打了「第一幕，第一場」這些字之後，就操他的停在那裡。那個混蛋，他讓我再也沒辦法寫劇本。他捅了我背後一刀。

史卡德：所以你就以牙還牙。

麥葛羅：很好笑吧？我原來沒計畫這麼做的，只不過很難說哪些是事先計畫好，哪些又不是。

史卡德：發生了什麼事？

麥葛羅：他批評我第二次，叫我下台一鞠躬，找回自己的人生。我心想，老天，他自找的，不是嗎？我查出他那天晚上要去看哪齣戲，幕落時，我人已經等在外面了。我跟蹤他進了喬艾倫餐廳，有機會看看那張海報。

史卡德：什麼海報？

麥葛羅：《雲間騷動》的海報。那兒的牆上掛滿了失敗的戲劇海報。《凱莉》、《克麗絲汀》，如果你的戲演出沒幾天就結束，那麼肯定可以在喬艾倫餐廳的牆上占有一席之地。

史卡德：我知道，可是我從沒注意過那兒有你的海報。

麥葛羅：喔，有的，就在男廁旁邊的牆上。《雲間騷動》，馬提．麥葛羅新劇作。而毀掉這齣戲的那個傢伙走出來，準備尿在別人的作品上。基朋和他那個攝影師女伴吃東西的時候，我在吧台喝了幾杯，然後跟著他們出門。我不必搭計程車跟蹤他們，因為我離他們很近，聽到他跟計程車司機說要去哪裡。所以我就自己叫了部計程車，來到他房子的街對面。他的女伴在屋裡的時候，我差點進去了。

史卡德：哦？

麥葛羅：因為我以為他可能一個人在家，也許她半路放他下車，自己再坐回家。如果我去了，碰到他們兩個都在——

史卡德：那你就會把他們都殺掉？

麥葛羅：不，絕對不會。第一個他就不會讓我進去。「你走吧，我這兒還有客人。」猜猜怎麼著，我就會回家睡覺，就此罷休。

史卡德：但是……

麥葛羅：但是我待在原地。我大衣口袋裡有一品脫酒，我不時喝一小口取暖，然後他們兩個出來，走到街口。我心想，操他的，現在我得跟蹤他們去她家了嗎？還是他們要去什麼午夜宴會玩到天亮？那他們自己去就好，我不奉陪。但結果他送她上了一輛計程車，自己回來了。

史卡德：然後呢？

麥葛羅：然後操他媽的進了屋子裡。

史卡德：那你怎麼辦？

麥葛羅：喝光那瓶酒，我啥也沒做站在那兒等了一下。然後我過去按了他的門鈴。他開了大門放我進去，不過讓我等在門廊上。我告訴他我是誰，說威爾的案子有了新進展。一直到那時，他都還不太想放我進去，不過畢竟是讓我進門了，然後我走進去，開始講個不停，警方這樣威爾那樣的，我不曉得自己講了些什麼，我想他也聽不太懂。長話短說，總之我逮到機會走到他身後，我用一個雕花玻璃紙鎮往他頭上砸。那玩意兒挺漂亮，重得要命，是他在哪兒演講的紀念品。我用盡全力砸，他倒了下去，就像鐵達尼號沉船似的。

史卡德：然後你走進廚房……

麥葛羅：對。

史卡德：拿了那把刀？

麥葛羅：沒錯，拿了那把刀。然後刺他的背。我心想，這回該我捅你的背了，你這小操蛋。我心想，你以前也往我背後捅過，現在扯平了。誰曉得我當時在想些什麼？我已經醉得腦袋不清了。

史卡德：你把刀拿去洗過。

麥葛羅：我洗了刀，拜託幫幫忙不要問我為什麼。我要是擔心指紋的話，只要擦一遍就是了，對不對？可是我洗了刀，把紙鎮放進口袋帶回家，然後上床睡覺。

史卡德：你醒來後記得這一切嗎？

麥葛羅：記得啊。你曾失去過記憶嗎？

史卡德：常常。

麥葛羅：我這輩子從沒忘過任何事。操他的每件事都記得。我只是試著告訴自己，說不定那是做夢。可是那個操他的紙鎮還放在我的床頭櫃上，所以不是夢。我殺了他，你能相信嗎？

史卡德：我想我非相信不可。

麥葛羅：是啊，我也是。我殺了一個人，因為十五年前他惡意批評過我的劇作。我真操他媽的不敢相信。可是我相信了。

27

「你喜歡反諷，」我告訴雷蒙．古魯留。「也許你會喜歡這個。早先我懷疑過馬提。事實上，早在他什麼事都沒做前，我就懷疑過他。」

「那是反諷，沒錯。」他說。「完全沒有問題。當時甚至我們還談過這件事。你提到要查查馬提，確定威爾的兩個被害人死的時候，他正在做別的事情。」

「帕奇．薩勒諾和羅斯偉．貝利。他沒殺他們兩個，但之前我腦袋曾掠過一個念頭。他寫第一篇專欄文章，只是抒發自己對理查．佛莫的真實感覺而已。」

「結果理查打電話給他，說他其實沒那麼壞，馬提就安排兩人碰面，敲昏了他，然後把他給吊死。」

「好像有點牽強。」我說。

「哦？」

「我覺得比較可能的是，某些有公德心的市民看了馬提的專欄，動了殺機。」

「於是寫了封信給馬提，然後做掉理查。」

「第二部分對了，」我說。「不過他沒寫信。我原先猜想，所有信都是馬提寫的。他寫了那個專欄，以為到此為止，然後理查被發現吊死在樹上。之後馬提才想到能把這個大新聞炒得更大。他發明了威爾，又寫了兩封信，一封假裝是在理查遇害之前收到的，信中對他的專欄表達支持之意，另外一封是理查死後才寄給自己的，把這件事攬成自己的功勞。」

「只是為了炒作新聞。」他說。「而且讓自己扮演關鍵角色。」

「而且並不打算繼續往下發展，這個新聞就已經夠大條了。」

「比波士尼亞還大。」

「因為是本地的新聞，離家比較近。一旦炒出這種新聞，你就不希望它死掉。你已經寫了兩封信，根本沒人懷疑過你，所以就再寫一封，威脅某個你認為對市民有害的人。」

「例如帕奇．薩勒諾。」

「正是。可是帕奇遇害時，馬提在幾哩之外演講，所以會推出一個更牽強的理論，整件事變得不可能。這個主題我想過幾個可能性，也許馬提寫了那些信，而殺掉理查的人又繼續去殺了其他幾個人。我想不太對，而且奧馬哈那個案子推翻了所有的推論。」

「怎麼說？」

「寫信的人知道羅斯偉．貝利是先被刺死，然後才用衣架絞在脖子上頭。這件事只有凶手才會知道，而凶案發生當時，馬提人在紐約。」

「然後艾卓恩死了。」

「艾卓恩死了，」我同意，「結果艾卓恩是威爾，新聞比之前炒得更大，大得讓馬提沒辦法眼看著它冷掉。於是他想到要寫一封信。有何不可呢？畢竟他是個作家。」

「你讓他知道你查過他嗎？」

我得想一想。「沒有，」我說。「問這個做什麼？」

「那你就不必擔心是你給了他這個想法。」

「我不會的。稍早查過他的人又不只我一個。警方確定過他沒有嫌疑，他也一定知道警方調查過他。但我不認為任何人曾給他想法，讓他接續艾卓恩的戲演下去。我想，這是他難免會去想到的。」

「而且沒有人會懷疑他，因為他已經排除嫌疑了，你和警方都是如此。」

「沒錯。」

「一開始只是個無傷的惡作劇，並不打算殺人。直到他被踩到痛腳。」

「聽起來你像是他的律師。」

「才不，」雷蒙說。「上帝不准許的。而且我現在手頭的客戶已經夠多了。」他談起其中一個客戶可能有能力付錢給他，然後說，「我知道你自己也會賺點錢。」

「看起來是如此。」

「我聽說李歐波的理賠金要分給你三分之一。」

「她是這麼說。但她拿到錢之後，可以改變心意。很多人都這樣的。」

「你想她會變嗎？」

「不會，」我說。「我想她會說到做到。」

「那麼，我希望你別又良心不安給推掉。」

「那筆錢太多了。」

「老天在上，那是你賺來的。不光是查出結果，也包括你投入的時間和心力。看看你，花了幾個月在上頭，結果有什麼回報？艾卓恩給你的兩千元聘雇費嗎？」

「那又怎樣？」

「光是開銷早就不只了。」

「也不見得。」

「你就別推辭了，」他說，「接受那筆錢吧。」

「我是這麼打算。」

「嗯，那我就鬆了一口氣。」

「有人給我錢，通常我都會收下的。」我說。「這一點我已經訓練有素。何況我拿這筆錢良心上也過得去。而且我也有用處。聖誕節快到了。」

「沒錯，」他說，「不過現在你應該已經買好禮物了。」

「還沒完全買好。」我說。

∞

聖誕節之前的一個星期，通常是我們的社交時間。我們幾乎每天晚上都出門。有天晚上我們和吉姆還有他太太貝芙麗吃飯，另一天晚上又跟伊蓮的朋友摩妮卡和她那位有婦之夫的男友共進晚餐。（伊蓮說，摩妮卡認為沒結婚的男人一定有毛病。）

有天下午，我去麥迪遜大道的錢斯．庫爾特藝廊參加招待會，然後跟雷蒙．古魯留夫婦吃晚飯。飯後去西九十幾街一個新的爵士酒吧找丹尼男孩，聽一個年輕小子學科崔恩和松尼．羅林斯吹薩克斯風。隔天下午米基打電話來，說有人給了他兩張尼克隊籃球賽的票，位子很好，問我要不要跟伊蓮去看球。伊蓮看籃球就像米基看芭蕾舞一樣，她堅持要我和米基一起去。我們看到尼克隊在延長賽後輸給黃蜂隊，賽後我們和伊蓮在巴黎綠碰面吃晚飯。

聖誕前一晚，我們在家裡吃飯。伊蓮做了義大利麵和生菜沙拉，我們本來想在壁爐裡生火的，後來覺得太麻煩不值得大費周章而作罷。此外，她說，聖誕老人搞不好會告我們。那天晚上電話響起幾次，都是尋常的聖誕祝賀電話。其中一通是湯姆．哈利哲打來的，說我又錯過了獵鹿季的頭一天。「該死，」我說。「我已經在月曆上做了記號了。」他問我海夫梅耶的近況，我說了，還告訴他說，他的俄亥俄老鄉雇了個好律師，罪刑可能不會判得太重。

捷森會感興趣的，他說。那個小鬼已經買了紐約的報紙，做了剪報。他還去馬西隆跟湯姆談了一下午，商量未來的出路。他打算修幾門警察學的課，拿到法律學位，通過考試，然後去找警察方面的工作。

「我想他最後會在地檢處當調查警探，」他說，「可是他現在談起來，好像想當刑警。你聽過刑警有法律文憑的嗎？」我說他搞不好最後會成為馬西隆的下一任警長，湯姆發出一個嗤之以鼻的聲音。「這個嘛，」他說，「他需要兩個東西，而我希望永遠不會發生，一個是肥屁股，一個是犯錯處分。我想他不可能的。」

午夜之前沒多久，我和伊蓮走路去聖保羅教堂。這是個清澄的夜晚，不會太冷，而且看起來聖保羅有個很不錯的午夜彌撒。不過我們的目的地並不是禮拜大廳，而是地下室，我的戒酒無名會團體在那裡舉行年度的午夜聚會。這個聚會是開放參加，不限於自稱酒鬼的人，所以伊蓮也可以去。會場點著許多蠟燭以供照明，咖啡壺旁邊則是比平常來得好的精選餅乾，不過其他各方面則是一個典型的聚會，前二十分鐘由演講人談自己的飲酒故事，然後接下來一個小時大家輪流發言。

午夜一點的時候，我們唸過平靜禱告詞，收好椅子，走路回家，一到家我們就決定不要等到早上再拆禮物。我收到了一件巴尼精品店的開襟毛衣，還有一件古德曼精品店的絲襯衫，裡頭附了張條子，說我如果不喜歡可以拿回去換。我還收到一頂渥爾斯店裡的帽子──「因為你玩了帽子戲法，」她說，「所以我想應該送你一頂帽子。」

「風格和我不太一樣。」

「這是小禮帽，大小可以嗎？應該可以的，尺寸跟你那頂軟呢帽是一樣的。試試看，你覺得怎麼樣？」

「大小剛好。我想我喜歡這頂帽子，比那頂軟呢帽來得正式，對不對？」

「更正式一點點。我看看。喔，我好喜歡。」

「適合嗎？」

「不是每個人戴起來都能那麼帥唷。」

「我戴起來帥嗎？」

「他們該找你去當廣告模特兒，」她說。「你這老熊。」

她似乎很喜歡她的禮物，我讓她最後才打開那個耳環，她眼睛一亮，我明白我選對了禮物。

「你在這裡等一下，」她說。「我想試戴看看。那頂小禮帽給我。」

「做什麼？」

「給我就是了。」

她進了浴室，幾分鐘之後走出來，身上除了帽子和耳環之外，其他空無一物。「怎麼樣？」她說。「你覺得如何？」

「我覺得耳環跟你太配了。」

「是嗎？還有呢？」

「過來，」我說，「我來告訴你。」

∞

聖誕節當天我們起得很晚，早餐吃到一半，門房打對講機告訴我們有個叫阿傑的訪客。我說請他上來。

「我告訴他我叫阿傑，」他說，「因為我就是阿傑，大哥。」

他帶了禮物來，用緞帶包著。伊蓮的是一個古董化妝包，裡頭有梳子、小手鏡和剪刀，上頭都鑲了珍珠。「好漂亮，」她說。「你怎麼知道要買這個送我？」

「有回我們去二十六街的跳蚤市場，我看你一直看著一個這種化妝包。只是當時那個太舊，你沒買。所以我想我應該可以找個比較好的給你。」

「你真是太厲害了。」她說。

「是啊，聖誕快樂，你知道吧？」

「聖誕快樂，阿傑。」

然後她對我說，「你還在等什麼，不打開你的禮物嗎？」

那是個鴕鳥皮的名片夾。非常雅緻，我告訴他。

「我想你大概用得著，拿來放名片，你知道吧？打開來，最棒的就是這個，看到沒？兩層的。店員說一層放自己的名片，一層放別人給的名片，可是我覺得一層拿來放你的名片，另一層拿來放假身分的名片。」

「對於這個什麼都好，就是不老實的人來說，」伊蓮說，「這個禮物太完美了。」

他拆開他的禮物，裡頭是伊蓮替他挑的一件毛衣和一個新的皮夾。「因為你的皮夾看起來有點舊了，」她說，阿傑眼珠子轉了轉。她叫他看看皮夾裡頭，裡頭是儲值卡。

「因為送人皮夾裡頭不裝東西，會不吉利，」她解釋。

「布魯克斯兄弟店裡的，」他說。「我可以穿去丟斯亮相。」

「上帝保佑丟斯，」我說，然後站起來伸個懶腰。「好吧，聖誕節差不多就這樣了。」

「結束了嗎？」

「差不多而已。現在我要你陪我去對街幫個忙。」

「什麼？去旅館？不可能是搬家具吧？你根本就沒家具。」

「不會很重，」我說。「我保證。」

∞

阿傑的表情很豐富，但是不輕易顯露。我猜大街上混久了，會讓你學會掩飾自己的感情。我曾看過他聽到驚人的消息，但眼睛卻完全不動聲色。

但這回我打開旅館房間的門，我可以好好看看他的臉，他的面具卸下來了，眼睛睜得很大，下巴都快掉下來了。

「你買了，」他說，虔誠的走向書桌。「真沒想到。一直跟你說說說，可是沒想到你真會去買。伊蓮替你買的，對吧？」

我搖搖頭。「我自己挑的。」

「麥金塔，」他說。「比較容易學，大家都這麼說。還記得那個幫我查氰化鉀的妞兒吧？她用的電腦也是麥金塔。也許她會教我怎麼用，不必學港家兄弟那些個招數，一般的技巧就行。而且我可以去上電腦課，還有很多人可以教我。狗屎，你這兒什麼都有了，有印表機、數據機。別告訴我這些都是你自己安裝連線的。」

「賣給我的那個人替我弄的，他還替我安裝了所有必要的軟體。磁片和盒子在櫥子裡，椅子上還有一疊參考手冊。」

「好占地方，」他說。「這就是為什麼你把電腦放這兒，而不放在對街吧？」

「這只是原因之一。」

他拿起一本很厚的教學手冊，翻閱著，又放回椅子上。「我們得讀好幾個月，」他說。「大哥，你真的買了，給你自己買了個真正的禮物。」

「不。」

「不？」

「這是給你的，」我說，「聖誕快樂。」

「給我？」

「沒錯。」

「不會吧，」他說。「我可能用得最凶，但這也不表示電腦就是我的。」

「我是買給你的，」我說，「而且現在送給你了。這樣電腦就是你的了。」

「你說真的？」

「當然是真的，」我說。「聖誕快樂。」

他花了好一會兒才搞懂。「這就是為什麼電腦放在這裡，」他說。「這樣我就可以成天在這裡，不會打擾你和伊蓮。你能不能去跟樓下的人講一講，讓我隨時都可以來？」

「誰能阻止你？」

「你什麼意思？這棟旅館歸他們管，想阻止誰就阻止誰。」

「如果房間是你的，他們就不能阻止你。」

「你說什麼？」

我把公寓的鑰匙拋給他，他在半空中接住。我說，「我在這裡住了二十年了，房租實在太便宜，我發瘋才會放棄。可是現在我都不用了，只有情緒不好或者要打免費電話時才過來，也許一個月才來一次而已。我要這個房間幹嘛？」

「所以你要給我？」

「我會繼續付房租，」我說，「而且我會是名義上的房客，這樣就符合房租管制的資格。不過樓下櫃檯的人知道我讓你住在這裡，而且我給了他們一些好處，所以他們不會為難你。」

我聳聳肩。「也許我偶爾會過來打長途電話，或只是看你用電腦變出奇蹟，但一定會先打電話通知你。因為現在這裡是你的了。」

他轉身走向電腦，手指放在鍵盤上。「我想你知道我沒有地方住。」他說。

「事實上，」我說。「我個人相信你有六個家，包括沙頓廣場上的一個閣樓和巴貝多的海濱別墅。但我是個自私的混蛋，我希望安排你住在我們家對面。」

「就知道你是有目的的。」他還是看著電腦。沉默了片刻，然後說，「你知道，我好幾年沒哭過了。上次哭是因為我祖母看病回來，說她快死了。後來她死的時候，我真的很難過，你知道，可是我平靜得很，一滴眼淚也沒掉，而且從此我再也沒哭過。」

我什麼都沒說。

「而且現在我也不想哭，」他說。「我有些話想跟你們說，你跟伊蓮，你知道，我想告訴你們我對這一切的感覺。可是我不會說出口的。」

「我懂。」

「因為如果我試著說的話……」

「我懂。」

「但這不表示我的感覺是假的，因為我的確有那種感覺。」

「我也懂。」

「是啊，你真的懂，老哥。」他轉向我，現在比較鎮靜了。「聖誕快樂。」他說。

「聖誕快樂。」